Record of
Another world the Hero

이계용자전

Fantasy Frontier Spirit

불쏘시개 판타지 장편 소설

이계용자전 5

불쏘시개 판타지 장편 소설

초판 1쇄 찍은 날 § 2007년 2월 28일
초판 1쇄 펴낸 날 § 2007년 3월 7일

지은이 § 불쏘시개
펴낸이 § 서경석

편집장 § 문혜영
편집책임 § 최하나
편집 § 문정흠

펴낸곳 § 도서출판 청어람
등록번호 § 제1081-1-89호
등록일자 § 1999. 5. 31
어람번호 § 제1-0804호

주소 § 경기도 부천시 원미구 심곡1동 350-1 남성B/D 3F (우) 420-011
전화 § 032-656-4452 팩스 § 032-656-4453
http://www.chungeoram.com
E-mail § eoram99@chollian.net

ⓒ 불쏘시개, 2006

ISBN 978-89-251-0579-6 04810
ISBN 89-251-0398-2 (세트)

Record of
Another world the Hero

이계용자전

5

L o c k   D o w n

[완결]

도서출판
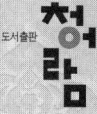
청어람

Record of
Another world the Hero

contents

제 1 8 장
대련(對鍊)

대련 對鍊

내 백 년의 행복을 위해
그녀의 천 년을 눈물로 지새게 만들어야겠냐

　　　　권을 쓰시는 어머니에게 운신의 기초를 배
웠다.

　활을 잡으신 어머니에게 평정을 유지하는 법을 배웠다.

　군인이신 어머니에겐 처세와 군략을 배웠다.

　검제라 불린 어머니에겐 검술을 배웠다.

　주당이신 어머니에겐 주도를 배웠다. 하지만 내가 술이 강
한 편이 아닌지라 이 가르침은 별 소용이 없었다. 뭐, 술버릇
이 나쁘게 들진 않았으니 절반의 성공인 셈이다.

　그리고 성녀이신 친어머니는 나에게 상냥함을 주셨다.

　나는 집안에서 많은 것을 배우고 많은 것을 받았다. 시간이

흐른 지금에서야 객관적으로 인정할 수 있는 이야기다. 당시에는 아버지의 대리라는 위치에 대한 스트레스가 워낙 극심해서 눈치를 못 채고 있었지만…… 내 짧은 인생에서 집안이 차지하는 비중은 절대적이었다.

그래, 그곳이 나의 전부였다.

하지만 나는 아버지에게 무엇을 배웠던가?

"…증오를 배웠지."

나는 무릎 사이에 박고 있던 머리를 슬쩍 들었다. 아, 잠깐 졸았나? 사방이 캄캄한 가운데 모닥불만 조용히 타오르고 있었다. 위를 올려다보니 돌벽이 가로막고 있다. 곳곳에서 들리는 이름 모를 벌레들이 우는 소리. 음, 지하 공동이라고 해도 벌레가 살긴 사는구나. 그리고 사람들의 숨소리.

그나저나 이제 불침번은 나 혼자 서는 꼴이 되어버렸군. 대거가 구시렁거렸지만…… 뭐, 몸엔 무리가 안 가니까. 루컨에 오면서 하도 많이 잠을 자서인가? 수면이라는 게 축적했다가 꺼내 쓸 수 있는 게 아닌데 말이지.

뭐, 나는 이미 더위와 추위도 타지 않는 몸이다. 수면 시간을 조절할 수 있다고 해서 이제 와 놀랄 게 못 되지. 밤을 꼴딱 새도 피곤하단 생각이 들지 않는다. 몸도 가뿐하고, 물론 졸리다는 감각은 있지만 허물 껍데기에 불과할 뿐이다. 지금 잠깐 졸은 것도 멍하니 있다가 3분 정도 눈을 감은 것에 불과하다.

"잠을 안 자도 상관없는 인간인가……."

인간이라 할 수 있을까? 아, 나는 정말로 괴물이 되어가는 것 같다. 이러다 먹지 않아도 살 수 있게 되는 거 아냐? 수면욕에 비춰볼 때 식욕도 언제 사라져도 이상하지 않다.

나는 가볍게 혀를 차고는 모닥불에 땔감을 밀어 넣었다. 이곳은 지하라 그런지 상당히 서늘하다. 밖은 한여름인데 여기는 쌀쌀한 가을 날씨다.

"아, 또 걷어찼네."

나는 혀를 차고 대거의 모포를 제대로 해주었다. 이 남자의 잠버릇은 정말 더럽다. 음, 깨어 있으면 성격이 더럽군. 그럼 자든 안 자든 더러운 인간이네?

"후우."

헛생각을 접은 나는 졸면서 하던 생각을 떠올렸다.

내가 어머니에게 긍정적인 것들을 배웠다면 내 부정적인 면은 모조리 아버지로부터 파생된 것이다. 어린 나이에 사교계의 노물들을 상대하며 속마음을 숨기는 법을 배우고, 그렇게 된 원인인 아버지를 맹렬하게 증오하고. 하여간 아버지에겐 너무 많은 것을 배웠다. 별로 추천할 만한 덕목이 아니라서 그렇지.

콰득.

나는 아버지 생각을 하다가 이를 세차게 갈아버렸다. 아, 젠장. 또 화가 치솟네. 그놈은 면상만 떠올려도 열이 받아. 가족들 이름을 모조리 '잃어버린' 이 상황에서도 아버지는 생각만 해도 짜증이 치솟는다. 하여간 그놈은 개새끼야.

그리고 난 개손자고.

"후우."

진정하자. 그냥 아버지 생각은 애초부터 안 하는 게 정신건강에 좋다. 뭐, 정신이야 이미 문드러질 대로 문드러졌다고 보지만…… 그래도 더 악화는 시키지 말아야지. 나는 한숨을 천천히 내쉬었다. 몇 번 반복하니 진정이 되었다.

좀 진정한 나는 일행들을 둘러보다 한곳에 시선을 멈췄다. 세티아가 가엔과 다르게 모포를 덮고 곱게 자고 있었다. 참 편안한 얼굴로 자는 게, 깨어 있을 때의 강렬한 카리스마는 온데간데없다. 뭐, 이건 이거대로 보기 좋군. 나는 히죽 웃으며 세티아를 내려다보았다.

스으. 스으.

정말 편안하게 잔다. 에티엔이 죽은 듯이 잔다면, 이 여자는 굉장히 자연스레 수면을 취하고 있었다. 그 아름다운 얼굴에는 한 점의 근심도 실려 있지 않다. 꼭 막내동생이 자는 얼굴 같아서 나도 모르게 웃음이 나온다. 너무 무방비인 거 아냐?

뭐, 장난을 치고 싶은 충동이 일었지만 아무리 그래도 다크 엘프의 임시 여왕이자 장군이다. 그런 권력자를 상대로 농을 거는 건 위험하다. 뭐, 세티아의 성격이라면 별 문제 없을 테지만…… 내 스스로가 버릇이 나빠진다고 해야 되나? 아무튼 애초에 하지 않는 게 좋다.

그래서 나는 대신 세티아의 이마에 손을 올려보기로 했다.

"……."

어라, 나 지금 뭐 하는 거지? 어이, 왜 안 떨어져? 자석이라도 돼? 이마에 얹은 손에서 은은한 체온이 전해져 오자 마음이 편안해진다. 아, 이 여자의 평온한 수면 상태가 나에게까지 전염되는 기분이다.

나는 멍하니 그대로 있었다. 어쩐지 무지 편한 기분인걸.

"으음."

상당한 시간이 지나자 나는 고개를 흔들고 이마에서 손을 떼어냈다. 행여나 다른 인간이 보면 골치 아프다. 아니, 그걸 넘어서 이마에 손을 대고 즐기고 있다니…… 변태 같잖아.

타인의 손길이 다녀갔음에도 불구하고 세티아는 전혀 변함이 없었다. 조금 입을 벌린 채 쿨쿨 잘만 잔다. 이래서야 누가 업어가도 모르겠다. 이보다 더한 행동을 해도 말이지.

"……."

나도 모르게 시선을 내렸다. 모포로 덮이고 다시 망토로 몸이 감싸여서 보이지 않는다. 음, 한번 들춰볼까? 복장이 어떨지 꽤 궁금한데.

순간적으로 그런 욕망이 들었지만 간신히 참아냈다. 손을 움직이려는 순간 이 망토의 재질이 무엇인지 떠올린 덕분이었다. 잘못했다간 나도 가죽이 벗겨져서 망토가 될지도 모른다.

"후우."

나는 뒤로 두어 걸음 물러나 소맷자락으로 입가를 훔쳤다. 아, 오늘 나 정말 왜 이래? 무슨 발정기도 아니고.

물론 세티아는 굉장히 아름답다. 남자라면 누구나 반할 만한 여자다. 게다가 은근히 귀여운 면도 있고. 하지만 그것과 이런 미친 짓은 별 연동성이 없는데.

"…너무 오래 참았나?"

말하고 보니 나 자신이 무척이나 저질인데. 한참 여성에 대한 호기심—나의 경우엔 호기심은 넘어선 지 옛날이지만—이 들끓는 사춘기의 밤, 게다가 여자가 저렇게 무방비한 채로 있는데 평정을 유지하는 게 이상한 거지.

아니, 그래도 성욕은 상당히 제어하는 편인데? 안 그러면 대영웅의 가문을 낚으려는 여자들의 무차별 육탄 돌격에 옛날에 무너졌지.

"으으음."

나는 길게 신음을 흘리고 뒤로 더 물러났다. 객관적으로 판단하건대 아무래도 내가 세티아에게 끌리고 있는 것 같다. 만난 지 이틀밖에 안 됐는데 이게 뭔 짓이냐?

하지만 그렇게 자신을 타이르는 것은 오히려 독이 되었다.

내가 세티아에게 끌리고 있다는 전제를 긍정해야지 성립되는 반박이니까.

"…아."

뭐, 예쁘지. 눈매가 날카로워 보이지만 성격이 굉장히 순진하다는 게 매력 포인트라고 해야 되나? 엘프니 빼어난 미모는 기본이고, 거기다 한 종족의 장군이 될 만한 매력을 가지고 있다.

사람을 끌어들이는 힘이랄까? 세티아의 어리숙한 점이 오히려 나에겐 신선하게 다가왔다. 보통 왕이나 공주라 하면 잘해봤자 능구렁이 요물인데, 세티아는 나에게 굉장히 이상한 케이스였다.

뭐, 옆에서 가만히 보고만 있기가 힘든 것도 있고. 누가 말로 벗겨먹으려 들면 홀랑 벗겨질 것 같다. 너무 사람 말을 잘 믿으니까. 판단력이나 지식, 지혜가 부족하다곤 보이지 않는데 사람을 의심할 줄 모른다. 의심투성이인 나와는 극명하게 대조적이다.

"끄응."

나는 고개를 흔들어 생각을 털어내었다. 생각할수록 의식된다. 대체 의식해서 뭐 하게? 상대는 다크엘프의 공주이자 세계 최강의 검사다. 언감생심이라고…… 내가 넘보지 못할 나무가 아닌가?

물론 나는 구세용자라는 지고한 신분이지만 동시에 알 브레히토의 사자라 알려져 있다. 그리고 어제 알게 된 사실인데 다크엘프는 엘 브레가를 신봉한다고 한다. 그러니까 에티엔을 그렇게 반갑게 맞이한 거고.

"…후우."

뭐, 어떻게 생각하든 나와 잘되긴 무리인 사이라 이거지. 그럼 그냥 포기하는 게 낫다. 으음, 류아 보기도 미안하고 말이지.

"됐다."

아침에는 식사를 해야 된다. 아무리 인간을 초월한 나라고 해도 배는 고프고, 다른 사람은 말할 것도 없다. 하지만 이 이상 통조림을 먹었다가는 죽어버릴지도 몰라. 유디트나 에티엔은 모르겠지만 대거와 나는 확실히 죽는다. 우리는 생존을 위해서 밥을 지었다.

사실 나는 잔일 처리만 하고 밥 자체는 대거가 지었다. 음, 대거는 서양적인 골격인데 동양의 음식을 쉽게도 만드는군. 꽤 숙련된 움직임이다. 물론 상황이 야외이다 보니 밥이 퍼지는 거야 어쩔 수 없겠지만 적당히 먹을 정도는 되었다. 대거는 밥이 다되자 그릇을 돌리고 밥을 퍼주었다. 김이 모락모락 올라오는 게 먹음직스러워 보인다.

"우아!"

그것을 보고 나도 모르게 감탄사를 터뜨렸다. 정말 몇 개월 만에 만나는 밥인지 모르겠다. 여기 와서는 언제나 빵만 먹었지. 동서양의 음식 문화가 교묘하게 뒤섞여 있던 집에 비하면 이래저래 먹을 걸로 고생을 많이 한 셈이다. 밥을 전부 돌린 대거는 배낭에서 김치를 꺼냈다.

"어? 그거 먹어도 괜찮아요?"

그러고 보니 밑반찬을 생각 안 했네. 김치라면 그럭저럭 괜찮겠지만 보관 상태가 의심된다. 내 의심에 대거는 고개를 끄덕여 보였다.

"어제 조달받은 거다."

흐음, 스피어즈 자매라도 왔나 보군? 뭐, 이 상태라면 앞으로 먹을 거 가지고 걱정은 안 하고 살아도 되겠다. 그렇게 생각한 나는 희희낙락하며 밥을 한 수저 떴다. 으음, 따뜻하고 말랑말랑한 게 최고군. 아, 살 것 같다. 압제와 설움의 시절이여, 이제는 안녕!

착착.

그런데 내 옆의 에티엔은 무엇이 마음에 안 드는지 예쁜 이마를 가볍게 찌푸리고 있다가 손을 움직였다. 그러더니 설탕통을 들어 밥 위에 냅다 뿌리기 시작했다. 어이, 무슨 짓이야?

기겁한 나는 막으려 했지만 이미 밥은 설탕에 뒤덮여 모습을 감춘 후였다. 기가 막힌 내가 입을 쩍 벌리자 에티엔이 내 표정을 알아차렸는지 설명했다.

"싱거워요."

저기, 그렇다고 설탕밥은 좀 아니지 않습니까? 댁의 미각은 이상한 걸 넘어서 괴이한데? 하지만 문제는 여기서 그치지 않았다.

"음, 그렇게 먹는 거군."

아니, 대체 에티엔을 사부로 삼는 정신 상태는 어떻게 되먹은 겨? 내 내면의 외침에도 불구하고 세티아는 자신의 밥에 설탕을 왕창 뿌려 버렸다. 워낙 주저없이 행동한지라 미처 말릴 틈도 없었다.

"……."

저거 못 먹어. 세티아의 입맛이 작살나게 망가져 있지 않은 이상 먹게 놔두면 안 돼. 나는 고개를 돌려 대거의 눈치를 살폈다. 그는 두 여자의 만행에 눈썹을 치켜올리고 으르렁대고 있었다.

"…저기, 대거 씨."

내가 조심스레 그의 눈치를 살피자 분노에 찬 일갈이 되돌아왔다.

"버리면 다음부터 안 해."

기껏 열심히 만들어놨는데 이 여자들이 쓰레기로 만드는 꼴을 보고 속이 뒤틀린 것 같다. 뭐, 나라도 그러겠다. 하지만 이래서야 세티아의 밥을 버리고 다시 푼다는 계획은 실행 불가군. 그렇다면…….

"그렇게 먹는 게 아니에요, 여왕님."

묘하게 공손하지 못한 어법이지만 상대도 신경 안 쓰니 상관없겠지. 설탕밥을 막 입으로 가져가려던 세티아는 내 말에 고개를 갸우뚱거렸다. 아무래도 밥이라는 걸 접해본 적이 없는 것 같다. 하긴 있다면 설탕을 그렇게 왕창 뿌리지도 않았겠지.

나는 작게 한숨을 내쉬고 내 것과 세티아의 것을 교환했다.

"음?"

"보통 이 상태 그대로 먹는 거예요. 에티엔 씨의 입맛은 워낙 독특하니까 참고하지 마세요."

"음, 알았네."

그녀는 내 말에 순순히 고개를 끄덕이고는 김치를 얹어 밥을 먹기 시작했다. 보통 김치를 처음 먹으면 맵다고 난리인데 그녀는 예상외로 잘 먹고 있었다. 다행히 입맛에 맞는 것 같다.

"…자, 그럼."

나는 내 앞에 놓인 설탕밥을 보았다. 이걸 먹어야 되나? 배는 고프지만 먹었다간 죽을지도 모르겠다. 그렇다고 안 먹을 수도 없는 게…… 그랬다간 대거가 삐쳐서 앞으로 밥을 안 할 가능성이 농후하다. 결국 해치우긴 해야 한다는 것.

나는 구도자의 심정이 되기로 했다. 후후, 내 인생이 이렇지 뭘.

아침밥—나에게는 재앙인—을 해치운 우리는 다시 걷기 시작했다. 하피드의 거처까지는 상당한 거리가 있다고 하니 걷고 또 걸어야지. 그나저나 이 지하 공동은 대체 얼마나 큰 건지 모르겠다. 내가 세티아에게 묻자 그녀는 거리낌없이 답해 주었다.

"라예생트의 절반 정도지."

"그렇게 큰 건가요?"

"선조들이 만들었다고 알고 있네. 저주를 받아 햇빛 아래서 활동할 수 없게 되자 방책이 필요했지."

그렇다 쳐도 너무 거대한 크기다. 흠, 그 정도 크기라면 가엔을 따라올 때 지하로 오면 되는 것 아니었나? 내가 그걸 묻자 세티아는 고개를 저었다.

"내려오는 것은 이 동부 산맥에서밖에 안 되네. 올라가는 것은 어디에서나 가능하지만."

흐음, 내가 모르는 기술이 관여된 것 같다. 어쨌든 지금 우리가 걷고 있는 이 길은 마을과 마을을 잇는 가도다. 세티아의 말에 따르면 앞으로 나흘을 걸어야 야수단의 거처에 도착한다고 한다.

간간이 다크엘프들이 우리와 마주쳤지만 왕관을 쓴 다크엘프가 일행 안에 있음에도 별로 신경 쓰지 않는 눈치였다. 세티아와 눈이 마주친 다크엘프가 가볍게 고개를 숙여 보이는 정도랄까. 세티아도 그런 무관심에 대해서 아무렇지도 않는 눈치인 것 같았다. 이건 소탈을 넘어서 권위 의식 자체가 없는 거군.

하긴 임시라지만 여왕인데 수행원 하나 없이 쫄래쫄래 일행을 안내하고 있다는 점부터가 끝장인가? 나는 그걸 생각하고 가볍게 웃었다. 음, 궁금한 거나 한번 물어볼까?

"그런데 세레아님은 어떤 분이시죠?"

"…그건 그대가 직접 보는 것이 나을 것이야."

그렇게 말한 그녀의 낯빛은 왠지 어두워 보였다. 우려와 걱정이 뒤섞인 표정이랄까? 뭐야, 그렇게 무서운 여자인가? 뭐, 최강의 마법사라고 하니 성격까지 괴이하다면 상대하기가 곤란하겠지.

나는 고개를 끄덕여 보이곤 앞을 바라보았다. 아무튼 그건 나중의 문제다. 지금은 하피드를 상대할 방법만 생각하자.

그런 맥락에서 나는 점심을 먹고 그녀에게 대련을 신청했다. 세티아는 고개를 끄덕이더니 망토의 움직임을 고정하고 있는 브로치를 떼어냈다. 그러자 용의 비늘로 만든 망토가 좌우로 갈라지며 가려져 있던 그녀의 몸이 드러났다.

광택이 도는 검은 가죽으로 만들어진 복색이…… 미니 드레스라고 해야 할까? 원피스 형태로 어깨에 끈을 걸친, 가슴부터 시작된 옷은 허벅지의 위쪽에서 끝나 있었다. 저건 조금만 움직여도 속옷이 보일 정도인데. 가엔과 달리 옆구리나 가슴 쪽이 패여 있진 않았지만 저 짧은 길이가 묘하게 마음을 울렁거리게 한다.

늘씬하게 뻗은 다리는 검은 스타킹으로 감춰져 있고, 그걸 검은 가터벨트로 고정시키고 있었다. 너무나 유혹적이라 나도 모르게 뚫어지게 쳐다봐 버렸다.

후우, 한차례 숨을 들이쉰 나는 허리에 매둔 신검으로 손을 가져가려다 멈췄다. 잠깐, 신검을 쓰면 그냥 토막 날 텐데?

"아무리 드래곤 본이라고 해도 신검과 부딪치면 무사하지 못할 것 같네요."

나는 고개를 휘휘 젓고 구경 자세인 일행들을 바라보았다. 그러자 유디트가 일어나서 자신의 바스타드 소드를 풀어 건네주었다. 뭐, 익숙한 무기는 아니지만 사생결단을 내리려는 것도 아니니 실력 전부를 발휘할 필요는 없겠지. 이것도 마법검이니까 저 검에 훼손당할 염려는 없고.

"그럼 시작하지."

내가 준비를 마치자 세티아는 검을 뽑아 들었다. 순간 그녀의 기운이 일변했다. 방금 전까지는 순진한 여왕님이었는데 검을 손에 쥔 순간 강대한 맹수로 돌변한 것이다. 그것을 본능적으로 느낀 나는 입술을 깨물고 눈앞의 상대를 관찰했다.

세티아는 양손으로 환도를 잡고 검극을 내게 겨누었다. 찌르기로 들어올 것 같은데 왼발이 왜 저렇게 틀어져 있지? 기세가 대단하고 자세도 생소해서 섣불리 덤비지 못하겠다.

고민하는 사이에 시간이 흘렀다.

"으음."

일단 치고 들어가야지 안 되겠다. 속도와 힘은 내 쪽이 월등할 테지만 나는 그녀에게 기술을 배우려고 하는 거다. 그러니 스펙으로 짓눌러 봤자 무의미하지.

"갑니다."

공격을 통고한 나는 적당한 속도로 뛰어들었다. 뭐야, 반응을 못했나? 내가 그렇게 생각하며 지척에 접근한 순간 그녀가 움직였다.

삭!

젠장, 찌르기가 아니라 베기다! 예리한 검날이 바로 내 코끝을 비켜 지나갔다. 으악! 속으로 비명을 지를 정도로 날카로운 검격이라서 가슴이 서늘해졌지만 다행히 실패한 공격이다. 좋아! 이대로 달려들면 내 승리인가? 그렇게 생각한 순간 검이 내 가슴에 닿았다.

"…어?"

세티아가 내려치기에서 바로 올려 찌른 것이다. 아니, 이런 움직임이 딜레이없이 가능한가? 언제 발을 움직인 거지? 어안이 벙벙해서 내가 말이 없자 그녀는 검끝으로 내 가슴을 눌렀다.

"한 판이네."

"아……."

그제야 정신을 차린 나는 거리를 벌렸다. 연계 공격에 당한 것이다. 워낙 빠르고 물 흐르듯이 이어진 공격이라서 얻어맞은 다음에 알아차릴 정도였다. 게다가 그녀는 스펙적으로는 나와 그렇게 큰 차이가 나는 상대가 아닌 듯하다. 으음, 제대로 해야겠군.

세티아는 아까 그 자세를 취한 채 나를 기다리고 있었다. 아, 그러니까 달려들면 내려치기로 벤 후 바로 찌르기를 하는 건가? 굉장히 효율적인 검법이군. 뭐, 실전이었다면 죽었겠지만 이건 대련이니까.

"와라."

사냥감을 노리는 맹수의 눈이 된 그녀가 조용한 목소리로 요구했다. 웃기게도 그 목소리를 듣자 그녀가 얼마나 강한지 알 수 있었다. 대련임에도 불구하고 정신을 굉장히 집중하고 있다는 게 느껴졌달까? 내 경이적인 속도를 접하고도 아무런 동요 없이 집중하는 게 과연 칠단장을 잡는다고 말할 만했다.

뭐, 마냥 감탄할 때가 아니다. 나는 호흡을 고르고 그녀의 사정권 안으로 뛰어들었다. 그 공격이 또 나온다면 아깐 몰라서 당한 거니까 깨뜨릴 수 있다.

그런데 그녀가 오히려 내 쪽으로 몸을 날리는 게 아닌가?

"엇?"

이 여자의 속도도 나와 비견할 만하다! 그렇게 생각한 순간 복부에 강렬한 통증이 왔다. 앞차기로 나를 가격한 세티아가

횡으로 검을 휘둘렀다. 복부를 맞아 경직당한 순간 절묘하게 들어온 일격이었다. 나는 간신히 검을 세워 공격을 막아내었다.

"흠."

하지만 그녀는 공격이 무위로 돌아감에도 놀라는 빛 하나 없이 움직였다.

퍽!

팔꿈치로 내 턱을 쳐올린 세티아는 다시금 목젖에 검을 겨누었다.

"두 판이군."

제길, 상대가 안 되는구나. 운신에서부터 현저히 차이가 난다. 그녀의 속도와 힘은 나보다 떨어지지만 기술적인 부분이나 판단력이 너무 빼어나다. 속도나 힘은 감당할 정도면 충분하나 압도적인 기술로 능가한달까? 유디트를 천재라고 생각했는데 세티아에 비하면 상당히 떨어진다.

"그대는 약하군."

"……."

당신이 너무 강한 거라고 보는데. 두 판을 내리 지니 대련할 마음이 사라졌다. 나는 뒤로 물러서서 입을 열었다.

"예, 그런 것 같네요."

이렇게까지 실력 차가 나니 반박할 생각도 들지 않았다. 내가 뒤로 물러나자 세티아는 뭔가를 알겠다는 듯이 고개를 주억거렸다.

"어떻게든 차크라 세 개를 열었지만 그릇이 제대로 받아들이지 못했다는 건가. 그대의 속도나 힘은 나라면 충분히 대적이 가능하네. 뭐, 나보다는 빠르고 강하지만 못 이길 정도는 아니지."

가볍게 이긴 다음에 격차가 적다는 식으로 말해도 설득력이 떨어지는데. 하지만 세티아의 말은 끝난 것이 아니었다.

"이건 어디까지나 일반적인 검기를 지니고 있을 때의 이야기이네. 솔직히 그대의 검기는 굉장히 실망스럽군. 검사가 아니었는가?"

"…맞다고 생각해요."

카타나에 매료된 어린 시절에 검을 잡은 뒤로 계속 수련했지. 좋은 스승이 있는 데다 나에게도 어느 정도 재능이 있었으니까. 하지만 그것은 이 세계로 오기 전까지의 이야기다. 압도적인 스펙을 손에 넣은 이후론 제대로 검을 휘두를 일도 없었고, 결국 실력이 녹슬었지. 몇 년의 노력이 몇 개월의 태만으로 무너지다니…… 끄응.

"내려 베어봐라."

그녀는 나와 조금 떨어져서 요구했다. 으음, 나는 마음을 다잡고 바스타드 소드를 아래로 내려 베었다. 푸르고 검은 눈으로 내 동작을 관찰한 세티아가 의문을 표했다.

"흐음, 아무래도 그 무기가 몸에 안 맞는 것 같군? 무기특

화자(武器特化者)였는가?"

"예?"

"원래 쓰는 무기로 잡아보게. 실력을 제대로 가늠할 수가 없군."

세티아는 자신의 말을 설명하지 않고 내게 신검을 뽑으라 요구했다. 뭐, 대련이 아니라면 괜찮겠지. 나는 바스타드 소드를 유디트에게 돌려주고 신검을 뽑아 들었다. 정신을 집중하자 강철의 손잡이에서 잿빛의 서기가 뿜어져 나왔다.

"다시 내려쳐 봐라."

내려베기야 검을 쓰시는 어머니에게 지겹도록 가르침받은 동작이다. 으음, 옛날 생각이 나는군.

상념을 접은 나는 세티아의 요구대로 몸을 움직였다. 서기가 소리없이 공간을 갈랐다.

"카타나가 몸에 딱 맞게 되어 있군. 앞으로 나와 대련할 때는 그 검을 쓰도록."

음? 잠깐, 앞으로라니? 무슨 소리야? 하지만 세티아는 자못 진지한 얼굴로 나를 직시하며 말했다.

"그 실력으로 하피드와 싸웠다가는 위험하네. 내가 지도해 주지."

"…아니, 저도 생각해 놓은 수가 있는데요."

뭔가 꼴이 우습잖아. 도우러 온 놈이 실력이 모자라서 요청자에게 지도받는다니. 뭐, 나는 체면 같은 건 신경 쓰지 않지만 순간 그렇게 답해 버렸다.

내 말에 다크엘프의 임시 여왕은 고개를 저었다.

"생각이 없다고 보진 않지. 리워드, 그대는 내가 가늠하지 못할 정도로 머리가 좋으니 분명히 비책을 갖고 가는 거겠지."

너무 띄워주는 거 아냐? 내가 무슨 현자씩이나 된다고 저래. 하지만 세티아가 하는 말이니까 진심이겠지. 이 여왕님은 허위를 모르고 거짓을 말할 재주가 없는 여자다. 표정이나 몸짓, 목소리만 들어도 충분히 알 수 있다.

그러니까 이 말 또한 진심이겠지.

"단지 이대로 그대를 보낸다면 내가 걱정이 되는군. 그러니 지도하게 해다오."

"……."

이상하게 생각하면 안 돼. 내가 의식하고 있는 것뿐이다. 그녀는 순수하게 나를 걱정해 주는 거지 나에게 호감이 있다거나 이런 건 전혀 아니란 말이지. 여자의 호의를 남성은 꼭 연애적인 감정으로 해석하려는 경향이 있는데, 그건 대단히 어리석은 처사라고 생각한다.

…이성은 그렇게 판단하지만 감성은 그런 식으로 해석하려고 하는 게 참 괴리가 크군.

"네, 고마워요."

뭐, 세계 최강의 검사라고 하니까 분명히 도움이 되겠지.

그리고 나는 여자 애의 호의를 거절하는 데 익숙하지 못하다. 내가 동의하자 세티아가 유디트에게 물었다.

"호엔 경, 목도를 가지고 왔는가?"

유디트는 가지고 있던 목도를 꺼내 그녀에게 건네주었다. 어? 저런 걸 언제부터 들고 있었지? 유디트가 쓰는 바스타드 소드가 아니라 환도 모양이다. 그 출처가 어찌 되었든 세티아는 도신을 만져 보고 감탄사를 뱉었다.

"역시 질이 좋군. 경의 협력에는 늘 감사하고 있네."

"별것 아닌 일입니다."

유디트는 세티아의 말에 정중히 고개를 숙여 보였다. 뭐, 저번에도 왔다니까 부탁이라도 했나 보지. 내가 그 광경을 보며 멀뚱히 서 있자 세티아가 내 쪽으로 몸을 돌렸다.

"이거라면 마음껏 움직여도 되겠군."

…어째 불길한 소리입니다? 설마 방금 두 판이 전력을 다한 게 아니란 소리?

확실히 세티아는 평소에 차크라를 닫아두고 있다가 상대가 잡졸이 아닐 땐 하나를 열고, 강적일 때는 두 개를 연다고 했었지. 오늘 나를 상대로 하나를 열었고, 난 신나게 두들겨 맞았다. 아, 복날 개 패듯이 맞아보니 감회가 남다르구나. 최근 계속 남을 때리기만 하다가 신명나게 맞아보니 기분이 색다르다. 젠장.

"아야야."

속이 골병 들었나 보다. 목도는 겉을 베지 않는 대신 속에 타격을 준다. 키비타스 테레나와 날을 맞대면 순식간에 동강 나겠지만 그것도 맞아야 가능한 일이지. 삭삭 피하면서 두들겨 패는 데는 방도가 없었다.

바위에 등을 기댄 나는 신검을 뽑아 들고 눈을 감은 후 정신을 집중해 치유 능력을 끌어올렸다. 그러자 서서히 고통이 가라앉기 시작했다. 후우, 죽겠다. 나는 숨을 깊게 들이쉰 다음 눈을 떴다. 고통은 어느 정도 가셨다. 신검을 집어넣은 나는 머리를 긁적였다.

잠이 안 온다.

모두들 잘 자고 있지만 나만은 전혀 잠이 안 온다. 뭐, 잠이라는 건 자도 되고 안 자도 되는 것으로 변질되어 버려서……. 억지로 자려면 잘 수는 있는데 굳이 그러고 싶진 않다.

불침번이라고 거짓말할 수도 없다. 여기는 다크엘프의 영토, 마물이란 존재하지 않는다. 설사 땅에서 솟는다고 쳐도 바로 옆에 세계 최강의 검사가 주무시고 계시는데 뭐가 걱정이랴.

"…으음."

나, 참 약하구나. 새삼스레 느꼈다. 스펙은 최상급인데 몸과 머리가 제대로 활용하지 못하고 있다. 오늘 세티아에게서 두들겨 맞으면서 확실히 깨달았다. 어차피 힘과 속도가 늘어도 기본은 달라지지 않는다. 거리에 상관없이 상대를 죽일 수 있는 경지가 된다고 해도 상대가 자신과 동등하다면 결론은 하나가 된다.

막고, 피하고, 때린다.

투로(鬪路)라는 것이다. 검을 들면 검로, 주먹을 쥐면 권로겠지만 종합해서 투로라 부른다. 여하간 어떤 상황에서도 피할 수 있고, 어떤 상황에서도 공격할 수 있다면 최강의 길에 다가갈 수 있다…… 라고 권을 쓰시는 어머니께서 말씀하셨다. 하아, 몇 년 동안 배운 걸 몇 개월 만에 까먹다니 나도 참 한심하군.

확실히 세티아는 최강 소리를 들을 만하다.

내 속도와 힘에다가 유디트를 능가하는 기술을 갖추고 있다. 이 정도면 샤마슈보다 훨씬 강하지 않을까? 칠단장 둘을 상대할 수 있을지도 모른겠단 생각이 들 정도다. 오늘 그녀는 전력을 다 드러낸 것도 아니고.

그럼에도 불구하고 오늘 난 완전히 농락당했지.

"후우."

뭐, 유감은 없다. 음, 속옷을 봤으니까.

"……"

아니, 잠깐. 뭔 생각이야. 그야 저런 옷을 입고 움직이니까 당연히 안 볼 수가 없잖아. 아, 난 속옷 같은 것에 관심없다고 생각했는데 급박한 상황이라 그런지 자연스레 그쪽으로 눈이 가는 건 어쩔 수 없었다. 게다가 검은 가죽옷에 검은색도 아니라…… 하얀색이라서 눈에 더 띄었다고.

"후."

나는 머리를 긁적이며 생각을 털어내려 애썼다. 실컷 얻어 맞고 야한 생각이나 하고 있다니 무지 변태 같잖아? 이건 저런 옷을 입는 세티아의 잘못이다. 암, 그렇고말고.

"안 자는가?"

부스럭거리는 소리와 함께 갑자기 세티아가 상반신을 일으켰다. 윽, 내 생각을 읽었나? 워낙 상황이 나빠서 잠시 답하지 못했다.

세티아가 완전히 일어나서 내 쪽으로 걸어오자 그제야 말문이 트였다. 아, 깜짝 놀랐네.

"세티아… 씨는 안 주무세요?"

여왕 마마라고 해야 할까 고민했지만 나는 조심스레 그녀의 이름을 불러보았다. 세티아는 내가 그녀의 이름을 불러도 별로 신경 쓰지 않는 눈치였다. 역시 권위 의식이라는 게 거의 없는 것 같군.

"음, 잘 오지 않는군. 그대야말로 피곤하지 않나? 내가 오늘 좀 과해서……."

그렇게 말한 그녀는 내 앞에 앉아서 머리를 긁적였다. 확실히 과하긴 했다. 일반인이었다면 열 번은 더 죽었다. 뭐, 내가 범인이 아니니까 그렇게까지 몰아붙인 거겠지만.

내가 오늘 낮의 고통을 되새기느라 아무 말도 안 하자 세티아는 더듬더듬 말했다.

"…그, 그러니까 격이 맞는 상대를 간만에 만나서. 너무 즐거워져서 심했던 것 같네. 미안하군."

"예?"

무슨 소리인지. 나는 턱을 매만지며 그녀가 한 말을 머릿속으로 정리했다. 음, 음……?

"…뭐라고요?"

"미, 미안하다고 하지 않느냐."

내가 낮게 묻자 세티아는 손가락을 입에 물고 쩔쩔매기 시작했다. 아, 저 포즈 정말 귀엽다. 강아지가 화난 주인 앞에서 어쩔 줄 몰라 하는 것 같다. 덕분에 조금 났던 화도 눈 녹듯 사라져 버렸다.

하아, 정말 이렇게까지 순진해서야…… 남자에게 잘못 걸리면 인생 조지겠군. 그냥 그랬으면 입 꾹 다물고 있을 것이지 굳이 고백까지 하다니. 뭐, 세티아의 성격상 이게 당연하겠지만.

"뭐, 괜찮아요. 별로 아프지도 않았고, 배울 것도 많았으니까."

"으음, 그런가?"

그녀는 내가 고개를 젓자 활짝 웃었다. 근심걱정이 단박에 사라졌다는 얼굴이었다. 대체 어떻게 자랐길래 이렇게까지 천진난만하냐? 그녀의 외모는 20대 정도로 보이니까…… 순진한 여무사 정도로 쳐줘도 되긴 하지만, 그녀는 엘프잖아. 대체 그 많은 나이를 어디에다 쓴 거람?

"네. 세티아 씨의 동작이라거나 투로는 확실히 도움이 돼요."

이건 정말이다. 그녀는 나보다 한참 위를 웃도는 고수다. 신명나게 맞는 것도 수행이 되긴 하지. 물론 하루 맞았다고 바로 달라지는 건 없지만…… 나야 어머니들에게 수행을 빙자한 구타를 당한 적도 꽤 많았으니까. 머리는 잊어버려도 몸은 안 잊는다고 해야 되나?

"도움이 됐다니 다행이군."

"근데 왜 안 자요?"

"아, 자다가 궁금한 것이 있어 일어났네. 리워드, 그대는 칠단장을 어떻게 이긴 것이지?"

별 이상한 걸 다 궁금해하는군. 뭐, 예상보다 내 실력이 낮으니까 궁금해진 모양이다. 그런데 전에 다 말하지 않았나?

"말했잖아요. 이상한 기분이 들면서 차크라가 열려 몸에 힘이 충만해져서 이길 수 있었다고. 게다가 이 검도 있었고."

"그 검, 잠깐 볼 수 있겠는가?"

뭐, 어려울 것 없지. 나는 검날을 지우고 검을 그녀에게 넘겨주었다. 그녀는 금속의 손잡이를 찬찬히 살피더니 고개를 갸웃거렸다.

"대체 무엇으로 만들어졌는지 모르겠군. 알 브레히토가 남긴 검이라고?"

"네."

류아가 그렇게 말했지. 하지만 세티아는 고개를 가로저었다.

"아닐 것이야. 알 브레히토는 양(陽)의 신, 하지만 이 검에겐 양의 기운이 느껴지지 않는군. 참(斬)의 기운이 강렬하게 서린 것으로 보아 알 브레히토의 작품은 아니네."

"흐음, 그래요?"

나는 별 생각 없이 고개를 끄덕였다. 한마디로, 알 브레히토가 딴 놈이 만든 걸 가지고 자기가 했다고 거짓말을 쳤다는 건가? 뭐, 신이라고 해서 거짓을 말하지 말란 법은 없지만 그래도 왠지 품위가 없는걸. 명색이 선신인데⋯⋯.

"어라? 잠깐. 그럼 선신인 알 브레히토가 모두에게 거짓말을 했다는 거예요?"

"그냥 남겼다고 했지 직접 만들었다곤 안 했다. 그런데 내가 알기론 육신 중에서 참검을 만들 수 있는 자는 없을 텐데."

"흐음. 뭐, 그럼 다른 세계의 검인가 보죠."

예를 들어 로스터슬라프라거나. 세티아는 뭔가 걸리는지 한참 동안 키비타스 테레나를 들여다보다가 석연치 않은 표정으로 나에게 돌려주었다. 나는 그것을 받아 들고 고개를 꺾었다.

두둑.

"윽!"

아, 아프다. 잘못 꺾었네? 내가 고통스러운 표정을 짓자 세티아가 놀란 얼굴로 물었다.

"괜찮은가? 어디가 잘못된 건가?"

"아, 아뇨. 잠깐 목을 잘못 꺾은 거예요."

"잠깐, 내가 보지."

그렇게 말한 그녀는 나에게 등을 보이게 하고 뒷목을 손가락으로 꾹꾹 눌러보았다. 손가락이지만 상당한 힘이 실려 있는 게 느껴졌다.

"윽, 거, 거기, 하지 마요."

"흐음……."

내 요구에도 불구하고 그녀는 뭔가 이상하다는 듯이 계속해서 눌러보았다. 사람이 몸을 잘못 꺾었으면 아픈 거야 당연하지 않나?

"오른팔은 왜 이러나?"

"예?"

오른팔이 뭐가 어쨌다는 거야? 내가 고개를 뒤로 돌려 세티아의 안색을 살피자 그녀는 상당히 심각한 표정을 짓고 있었다.

우드득!

"으아아악!"

갑작스레 팔을 타고 올라오는 고통에 나는 참지 못하고 비명을 토했다. 뭐, 뭐야? 어찌나 아픈지 순간적으로 혀를 깨물어 버렸다. 나는 몸을 흔들어 세티아를 떨쳐 내고 숨을 몰아쉬었다.

자, 장난이 아냐. 눈물이 안 나오는 게 이상할 정도의 고통이다. 팔을 생으로 뽑으면 이런 아픔일까? 대체 세티아는 뭘한 거지?

나는 손과 무릎으로 땅을 짚던 자세에서 고개만 들어 그녀를 노려보았다. 너무 아파서 호의적인 시선으로 봐줄 수가 없다.

"대체 무얼 했던 건가?"

나는 잘 떨어지지 않는 입술을 시간을 들여 천천히 열었다. 말이 제대로 나올까 염려되었는데 다행히도 그럭저럭 흘러나왔다.

"…그건 제가 묻고 싶은 말인데요."

"그대의 오른팔, 대체 뭘 어떻게 했길래 그 지경이 되었는가? 경락이 심하게 뒤틀렸군."

"아?"

순간 나는 그녀가 무슨 소리를 하는지 깨달았다. 그래, 샤마슈와 싸울 때 일격필살을 노리고 반신을 완전히 뒤틀었지.

별 이상 없이 움직여서 제대로 돌아왔다고 생각했는데 회복이 불완전했던 모양이다.

그런데 이걸 뭐라고 설명한다지?

"…아, 문제가 좀 있어서요."

나는 길게 설명하기를 포기했다. 사실 나도 내 팔을 어떻게 비튼 건지 이치에 맞게 설명할 수가 없다. 비틀어야겠다고 생각했고, 그래서 비틀렸으니까. 어떻게 팔과 다리를 움직이느냐는 질문에 대한 답과 비슷하군.

내가 적당히 얼버무리자 세티아는 이맛살을 가볍게 찌푸렸다.

"험한 꼴을 당했구나. 편하게 있어봐라."

"아니……."

내가 뭐라고 말하려 하자 세티아는 눈썹을 치켜세웠다. 앗, 흑표범 모드다. 압도적인 기세에 눌린 내가 입을 다물자 그녀는 혀를 찼다.

"대체 이런 몸을 갖고 무얼 하겠다는 거냐. 몸 관리도 제대로 안 하는군."

질책하는 말투가 된 그녀는 내 팔을 가볍게 주무르기 시작했다. 아까보다는 고통이 없었다. 상당히 조심스러우면서 정성이 담긴 안마다.

"으음."

나는 뭐라 할 말이 없어 잠자코 있기로 했다. 아, 호강하는

구나. 지금 난 여왕님의 안마를 받고 있다. 이 정도면 출세한 거지?

세티아는 내 몸의 왼편을 몇 번 만져 보더니 고개를 끄덕이곤 오른쪽을 집중적으로 주무르기 시작했다. 검을 오래 잡아 굳은살이 배긴 손으로 조심스레 내 뼈와 살을 매만진다.

"으으윽."

이상한 소리를 내는 건 조금이나마 고통이 있기 때문이다. 아무리 살살 한다고 해도 비틀렸던 것을 원상복귀시키는데 안 아플 리가 없다. 사실 보통 인간이라면 팔을 못 쓰는 게 당연한 거다. 나도 참 미친 짓을 많이 하는구나. 앞으로도 많이 할 거지만.

그렇게 생각하고 있는데 어느새 그녀의 손이 내 허리를 주무르더니 다리로 내려가기 시작했다. 팔이야 뻗어주면 됐지만 허리는 별수없으니까 완전 밀착하게 되어버렸다. 본래 안마라는 것은 의도가 아니더라도 신체 접촉이 심하단 말이다.

"아."

나는 코를 간질이는 블루블랙의 머리칼을 내려다보다가 나도 모르게 신음을 흘렸다. 세티아는 더없이 진중한 표정으로 내 허리를 만져 보고 주무르고 있었다. 이마에서 송글송글 솟아난 땀방울이 검회색의 피부를 타고 흐른다. 의심할 여지 없이 진심을 담은 행동이었다. …나한테 잘 보인다거나 이런 계산이 전혀 없다.

젠장, 야한 생각하면 안 돼. 이렇게 진지한 상대를 가지고 머릿속으로 희롱하는 것은 쓰레기나 하는 짓이다. 물론 내가 쓰레기라는 것을 부정할 생각은 없다만…… 그것도 정도가 있다. 적어도 여자 애가 이렇게 날 걱정해 주고 진심으로 대해주며 땀을 흘리고 있는데…… 그런 애를 가지고 야한 생각을 하느니 혀를 깨물고 말지.

근데 깨물어야겠다.

제길, 의식할수록 더해 버린다! 기도문이라도 외워볼까? 하지만 생각과 달리 눈은 세티아에게서 떨어지지 않는다. 그녀는 내 쪽에는 전혀 신경 쓰지 않고 눈앞의 몸뚱어리를 고치는 데에만 전력을 다하고 있었다.

아, 가슴이 보인다. 내가 좋아하는 크기인데.

"……."

진짜 죽어버리고 싶군. 저열한 자신에 대해서 한숨이 나온다. 뭐, 남자가 야한 생각하는 거야 어쩔 수 없지만 제발 이때만큼은 접자.

"음, 아프지는 않은가?"

세티아는 순진한 눈으로 나를 올려다보며 물어보았다. 이마를 타고 주르륵 흘러내린 땀이 뺨을 타고 흐른다. 입에서 단내가 나는 게 잘은 몰라도 이 안마는 상당히 힘이 들어가는 것 같다. 아까 대련할 때도 땀 한 방울 흘리지 않았는데 지금은 꽤 힘들어 보이는 기색이었다.

여왕님, 그렇게 진심인 눈으로 보지 말아줘. 눈앞의 이 남자는 지금 당신을 대상으로 야한 생각을 해버렸다고. 젠장할.

"괜찮아요. 그런데…… 안 힘들어요?"

"음, 다리만 하면 될 것 같으니까."

그렇게 말한 세티아는 내 다리도 마저 주무르기 시작했다. 나는 야한 생각을 애초에 차단하기 위해 눈을 감았다. 아무 소리도, 시야도 죽어버린 와중에 촉각만이 살아 움직인다. 섬섬옥수는 아니지만 단련된 검사의 증거인 손이 내 허벅지를 문지르고 놓았다가 뭉친다. 그리고 다시 종아리로 내려간다.

열심히도 하고 있군. 이 여자는 너무 진솔한 데다가 꾸밈이 없다. 순진하기까지 하고 사람을 대함에 있어서 정성이 넘친다. 게다가 검을 들면 세계 제일의 검호.

뭐, 이렇게 흠잡을 데 없는 사람이 다 있냐? 물론 순진하다는 건 단점이지만…… 적어도 내 시점으론 장점이다.

…썩은 사과인 내가 손을 댈 수 있는 존재가 아니야.

"음, 이제 됐군. 괜찮겠지."

그 말에 눈을 뜨자 세티아는 구슬땀을 훔치며 고개를 끄덕였다. 망토 앞섶이 벌어져 예의 그 노출 심한 복장이 드러나 있는 게 더욱 매혹적으로 다가온다. 으음, 제발 자중하자. 남자라는 걸 입증할 때가 아니잖아.

"고마워요."

"뭘 하면 이렇게 되는진 모르겠지만…… 좀 몸을 조심스레 움직이는 게 어떤가? 오늘 대련만 해도 그대의 태도는 무모하기 짝이 없더군."

음, 그런가? 나로선 모를 소리인걸. 세티아는 낯빛을 엄하게 하고 나에게 훈계했다.

"그대의 싸움법은 무모하네. 마치 자신이 죽어도 된다는 것처럼 굴고 있지."

"……."

정곡을 찔렸군. 나는 할 말이 없어져 입을 다물었다. 입을 다물면 시인하는 꼴이지만 뭐라 반박할 수가 없다. 이 다크엘프는 순진한 얼굴을 하고 사람을 진심으로 대하지만, 동시에 세계에서 가장 강하다고 평가받는 검사다. 그녀의 눈썰미를 속여 넘길 수 있을 리가 없다.

"공격일변도. 피하고 막는 것은 애초에 투로에 없고, 오로지 공격만을 위한 움직임. 상대와의 격차가 어찌 되었든 모든 것은 공격하기 위한 움직임이더군."

"…그랬어요?"

"그래. 물론 공격하지 않으면 이기지 못해. 하지만 그대는 너무 심하더군. 압도적인 상대라도 일단 방어를 하면서 현상태를 유지하겠다는 생각이 전혀 보이지 않아. 왜 그렇게 조급한 건가?"

예리하군. 마냥 순진한 줄 알았더니…… 과연 검사는 검사인 걸까? 오늘 한번 대련한 것치고는 상당히 세세하게 알고 있다.

사실 저 부분은 나도 자각하지 못하던 부분이다. 듣고 나서야 아, 그랬나라고 인지해 버렸지.

"뭐, 성격 탓이죠."

"고치는 게 좋겠네. 그렇게 극단적인 사고로 싸우다간 자신보다 약한 자에게도 패할 수 있어."

"…아, 네."

슬슬 귀찮아지는군. 분명 이 여자는 진심으로 나를 염려하고 있다. 하지만 이런 코어적인 부분은 바꿔줄 수 없다. 제아무리 진심을 갖고 대하더라도 사람에겐 건드려서는 안 되는 선이 있는 거다.

내 건성인 대답을 정말로 들었는지 세티아는 힘있게 고개를 끄덕였다.

"좋네. 그럼 내일도 내가 지도해 주지. 피곤할 테니 어서 주무시게."

그렇게 말한 세티아는 모포 안으로 기어 들어갔다. 그 뒷모습을 보며 나는 실소했다. 그녀의 진심 어린 말에…… 조금이지만 내 마음이 흔들렸다. 확실히 내가 많이 무모한 건가?

아냐, 그렇지 않아.

기억해라, 리워드. 네가 상대하는 무리들은 마(魔), 그중에서도 순도 높은 강마(强魔)다. 지금까지 이긴 건 요행이라고 봐도 좋을 정도다. 그런 강적을 상대로 자신의 몸을 돌보느니 어쩌느니 하며 안일하게 생각하지 마라.

　이기지 않으면 내게 의미는 없어. 나는 이겨야 해.

　설사 죽더라도.

　나는 구세용자니까.

　며칠 동안 연이어진 세티아의 수업은 혹독했다. 물론 어딘가를 부러뜨리진 않았지만 체력과 정신을 한계로 몰아붙였다. 하루 종일 걷다가 잠자리를 정하면 네다섯 시간 동안 검을 섞어야 했다. 일행들이 이 참사를 구경하다 잠들고도 한참 뒤에야 쉴 수 있었다.

　"헉헉."

　나는 차가운 돌바닥에 대자로 드러누웠다. 보통이라면 밤하늘이 보이겠지만 여기는 지하 공동이다 보니 보이는 건 돌뿐이다. 아, 그러고 보니 지금 밖이 밤인지 낮인지도 확실치 않군. 뭐, 그냥 밤이라고 해두자.

　"자, 물이다."

　세티아는 대접에 냉수를 담아 나에게 건네주었다. 내가 이렇게 지쳤는 데도 나를 상대한 그녀는 땀 한 방울 보이지 않고 있다. 대체 그녀의 역량이 얼마나 되는지 가늠조차 못하겠다.

　나는 목례를 하고 감사히 받아 마셨다. 후아, 살 것 같다. 온몸이 땀투성이가 되어 목욕을 하고 싶은데 환경이 안 도와주는군.

뭐, 그래도 땀을 흘린 보람이 있는 것 같다. 싸우면서 내가 점차 세티아의 공격에 익숙해진다는 걸 알 수 있었기 때문이다. 약간이나마 검로를 읽을 수 있게 되었다고 해야 되나?

"그래도 많이 나아졌다. 저돌적이고 무모한 것은 여전하지만."

"…칭찬이죠?"

내가 피식 웃으며 농을 걸자 세티아는 순순히 고개를 끄덕였다. 쳇, 재미없게. 임시이지만 그래도 여왕인데 무엄하다고 소리라도 쳐보지 그래?

뭐, 사실 그럴 성격이었다면 옛날에 했겠지. 음, 좀 피곤한데 한잠 잘까? 안 자도 상관없지만 자면 피곤한 게 가실 것 같다. 일행은 이미 다 잠들었고.

"음, 잠깐."

내가 일어나려는데 세티아가 내 어깨를 잡고 움직였다. 음, 뭐 하는 거지?

"괜찮은가?"

"……."

각도가 왜 이래? 아, 가슴이 바로 앞에 보인다. 얼굴은 좀 멀리 보이네. 머리는 푹신푹신하고…….

"…저기, 지금 뭐 하는 거죠?"

묻지 않을 걸 그랬나? 음, 이거, 이 여자가 용기를 내서 무릎 베개를 해주는 상황인데 수치를 주는 거잖아. 설마 나에게 호감이라도 있었던 걸까?

말도 안 되는 망상이라는 걸 잘 알지만 상상력이 야생마처럼 날뛰는 게 제어가 안 된다.

"음? 기분이 안 좋은가?"

"아뇨, 좋긴 좋은데요."

왜 이걸 해주느냐의 문제지. 어, 음. 역시 호감의 표시라고 해석해야겠지? 헤헤, 그렇게 생각하니 기분이 좋긴 하구만.

"누이가 남자가 지치면 이렇게 해주라고 말해서. 싫다면 그만두겠네."

"……."

그럼 그렇지. 언니 되는 분의 성격이 대단하신가 봅니다. 아, 관두자. 나는 한숨을 쉬고 상체를 일으켰다. 내가 좋아서 해주는 거라면 정말 기쁘겠지만, 아무 생각 없이 이렇게까지 친절하게 대해주면 곤란하다.

남자는 멍청해서 왠지 기대하게 된다고. 이쯤에서 끊어주는 게 적절하다.

"…저기, 싫었나?"

세티아는 검지를 입에 물고 눈망울을 깜빡였다. 이 여자는 지금 자신이 어떤 포즈를 취하고 있는지 자각이 있는 걸까? 아마 없으리라 보지만.

하아, 이렇게 귀여워 보이는데 대놓고 싫은 소리를 할 수는 없지.

"누이에게 배웠지만 막상 해보는 것은 처음이라……."

그렇게 말한 세티아는 말끝을 흐렸다. 뭐, 아무래도 호의는 호의인 것 같다. 단지 내가 기대하는 것과 성격이 달랐을 뿐이다. 사실 이 여자의 성격이라면 웬만한 사람에겐 호의를 품을 것 같지만.

"아뇨, 좋았어요. 음, 근데 이쪽이 좀 곤란해져서요."

"뭐가 곤란하다는 건가? 경락이 또 이상하게 되었나?"

걱정스런 얼굴을 한 세티아는 서슴없이 손을 내 어깨로 뻗었다. 순간 나도 모르게 몸이 움직였다.

탁.

"멀쩡해요."

어깨에 닿기도 전에 손목을 낚아챈 나는 웃는 낯 그대로 말했다. 세티아는 뭐라 더 말하고 싶은 얼굴이었지만 내가 반복해서 말하자 시무룩한 표정으로 고개를 끄덕였다. 그리곤 어깨를 축 늘어뜨린 채 모포 속으로 들어갔다. 그것을 지켜본 나는 작게 한숨지었다.

이 이상 잘해주면 곤란하다고, 이 사람아.

의도는 아니겠지만 남자들의 애간장을 많이 태우겠다. 끝내주는 미녀가 사람을 진심으로 대하며 순진하게 걱정해 주는데 자신에게 마음이 없다고 생각할 남자가 몇이나 될까?

원래…… 남자라는 동물은 우둔해서 자기에게 잘 대해주는 여자는 자기를 좋아하는 줄 아는 법이다. 그리고 나도 그

우둔한 남자 중 하나이고.

아무래도 좋아하게 된 것 같다.

대체 얼마나 봤다고 이런 감정을 느끼는지 모르겠다만…… 하여간 그렇다. 세티아에겐 남자를 홀리는 마력이 있었다. 강하면서도 약하고 순진하면서도 예리하다. 엄격하면서도 귀엽고 혼자서도 잘살 것 같으면서도 옆에서 돌봐줘야 할 것 같다. 상호 모순적인 요소가 난마처럼 얽혀 있는 게 이 매력적인 여검사의 빛을 더해준다.

아무래도 자신의 매력을 전혀 자각하지 못하나 본데 남자가 피 많이 보겠군. 나도 지금 좀 피를 본 것 같고.

관두자, 어울리지 않아.

저런 좋은 여자는 좋은 남자를 만나야 되는거야. 뭐, 그 외에도 이래저래 문제가 많다.

그녀는 다크엘프이고, 나는 인간이다. 그녀는 엘 브레가를 섬기는 종족의 장군이고, 나는 알 브레히토의 사자다. 그녀는 나를 여느 사람 대하듯 굴고 있지만 나는 그녀를 특별하게 대하고 싶어 한다…….

삼불가론이네. 뭐, 첫 번째부터 걸리지. 엘프와 인간은 수명에서부터 차이가 나고 종래에는 엘프 쪽이 불행해진다고 한다. 주변에 실제 사례가 있던 것은 아니지만 구전 설화는 그렇게 말한다.

내 백 년의 행복을 위해 그녀의 천 년을 눈물로 지새게 만들어야겠냐고.

뇌가 없다면 그러겠지만 나는 달고 다닌다고. 손을 뻗어 가지고 싶지만…… 그 행동은 결국 세티아를 울리게 되겠지.

그건 싫어.

저런 좋은 여자는 행복해야 한다. 안 그러면 그렇게 만들어야 해. 뭐, 저토록 매력적이니까 다크엘프의 좋은 남자를 짝으로 맞을 수 있을 거다. 틀림없어.

그러니까…… 포기하자고, 리워드.

긴 한숨이 나왔다.

"다크엘프의 영토를 벗어났다."

점심을 먹은 뒤 출발을 하려는 순간 세티아가 말했다. 그 말을 들은 우리는 주변을 둘러보았지만 딱히 달라진 것은 없었다. 뭐, 벗어난 즉시 마물들이 달려들진 않겠지만 긴장이 되긴 하지. 우리들의 반응을 본 세티아가 고개를 저었다.

"경계할 것 없네. 가로막는 것이 있다면 내가 처리하지. 경들을 무사히 하피드의 거처로 데려가 주겠네."

세티아가 워낙 자신있게 말해서 나는 고개를 끄덕였다. 뭐, 입 이상의 실력이 있으니까 맡겨도 되겠지.

과연 이동은 편했다. 기온은 여전히 서늘했고 마물들은 거의 나타나지 않았다. 어쩌다 멀리 보이는 바질리스크나 키메라는 세티아의 존재를 감지했는지 알아서 몸을 피했다. 하지만 그렇다 해도 야수단의 본거지치곤 너무 한적한데?

"그건 병력을 바르디아로 쏟고 있기 때문이지."

내 의문에 밥에다 김치를 얹어 먹던 세티아가 답해주었다. 흐음, 아무래도 이 다크엘프 장군님은 먹을 것을 별로 가리지 않는 것 같다. 김치를 처음 먹으면 다들 괴로워하던데 세티아는 잘만 먹잖아? 그럼, 저번에 설탕밥을 안 먹었어도 되는 거 아냐?

내 침묵을 다른 의미로 이해했는지 세티아가 묻지도 않은 것을 덧붙였다.

"확실히 어느 순간부터 야수단의 움직임이 활발해졌어. 거시적으로 보고 움직이더군. 후방에서는 실질적인 공격 위험이 없으니까 병력을 놔두지 않은 것이지."

"흐음……."

아냐, 저건 틀리다. 하피드는 내 움직임을 감지하고 있었다. 루컨을 습격하게 한 그놈이 내가 다크엘프의 요청을 받았다는 것을 생각 못했으리라고 가정하기 어렵다. 아마 다 알고 있겠지.

"……."

음, 생각해 보니 난 그걸 알면서도 군대를 끌고 오지 않았군. 이게 뭔 멍청한 짓이냐? 이것저것 생각하다가 깜빡 잊어 먹었구나. 이런, 깜빡할 게 따로 있지! 일이 이렇게 풀려서 다행이지 아니었다면 어쩔 뻔했냐?

뭐, 사실 다크엘프의 영토가 지척이니 마을로 퇴각해서 병력을 요청하면 그만인 일이지만…… 그래도 내 정신 상태가 너무 해이해졌다. 여자에게 헤벌레 한 덕분에 중요한 일을 망각하다니 한심하군.

"오늘 저녁이 중요하겠군요."

놈이 정말 생각이 있다면 좀 더 끌어들여서 기습할까? 세티아는 내 말뜻을 알아들었는지 고개를 끄덕였다. 이런 이야기는 잘 알아듣는구만.

"내일 점심때쯤이면 하피드의 거처가 나온다. 습격할 거라면 오늘 저녁이겠지. 뭐, 내가 동행한 것을 안다면 아까운 병력을 쏟지는 않겠지만."

"야수단을 어느 정도까지 감당하실 수 있죠?"

내가 순수한 호기심 차원에서 묻자 세티아는 잠시 생각하는 얼굴이 되었다.

"음, 아마 다 잡을 수 있을 것 같은데?"

"……."

농담이겠지. 혼자서 야수단과 단장을 다 잡는다고? 내가 안 믿는다는 걸 아는지 그녀는 부연 설명을 했다.

"어차피 단장만 잡으면 나머지들이야 약화되니까. 그대들이 하피드만 잡아주면 손바닥 뒤집는 것보다 쉽지."

"그럼 오늘은 돌아가면서 불침번을 선다."

식사를 마친 대거가 그릇을 내려놓으며 선언했다. 흠, 어차피 난 잠을 안 자도 상관없는데. 그런데 내가 뭐라 말하기 전에 대거가 나를 노려보았다. 그 안광에 워낙 살기가 넘실대는지라 나도 모르게 입을 다물었다.

"아가리 다물어라. 네놈이 계속 선 거 알고 있다."

아니, 모를 리가 없잖아. 깨운 적이 없는데. 뭘 비밀이라고 새삼스레 떠들어대?

"짜증나서 원. 식충이도 아니고 밥값은 해야지. 그러니 오늘은 전원 돌아가면서 선다."

"전 주문 다운로드 때문에 자야 되는 데요."

"지금부터 자서 8시간 채우고 일어나 서면 되잖아."

대거의 말도 안 되는 억지에 에티엔은 탄성을 질렀다. 전혀 생각 못했다는 얼굴이다. 에티엔은 수저를 내려놓고 모포 속으로 기어 들어갔다. 설마 정말 할 생각인가? 나는 한숨을 쉬었지만 대거의 기세는 쉽게 풀리지 않았다.

"그리고 넌 오늘 빠진다."

"아니, 왜요?"

나처럼 효율적인 불침번이 어디 있다고? 한잠도 안 자도 전혀 피곤하지 않으니 이 얼마나 유용한 인적 자원이란 말인가?

하지만 대거는 설명 대신 마른 눈빛으로 나를 노려보았다. 요즘 햇빛을 못 받았더니 완전 야수가 되어 있다. 갈색 눈이 번들번들거리는 게 사람 하나 잡을 것 같군. 나는 그 흉악한 기세에 눌려 고개를 끄덕여 버렸다. 그제야 대거는 얼굴을 풀었다.

"그럼 대거 씨부터 서시죠."

"아니. 너부터다, 꼬마."

…잘도 싸우는구만. 뭐, 서로 대화도 없이 지내는 것보단 이게 낫다. 일단 파티 화합이라는 측면에서 내가 입을 다물고 있는 게 낫겠다.

나는 속으로 웃고는 모포 안으로 기어들어 갔다. 묘한 시선이 느껴져서 옆으로 고개를 돌려보니 에티엔이 말똥말똥한 눈으로 나를 응시하고 있는 게 아닌가?

"잠이 안 와요."

나보고 어쩌라고.

"양을 세어봐요."

"벌써 백만 마리가 넘었어요."

거짓말하지 마. 자리에 누운 게 언제라고 벌써 백만을 센 거야?

"그럼 천만 마리 세봐요."

"이미 1억이에요."

"……."

귀찮게 구는구만. 나는 한숨을 쉬었다. 딱히 잘 필요는 없다지만 막상 자려는데 이런 태클이 들어오면 귀찮아진다.

"그럼 타깃을 바꿔봐요. 다른 동물로."

"개와 고양이, 어느 쪽이 좋아요?"

"원숭이로 해요."

이 말을 끝으로 나는 눈을 감았다.

저녁 사이에 습격은 없었다. 하긴 머리가 있는 놈이라면 세티아를 상대로 병력을 쏟아 붓는 게 얼마나 아까운 짓인지 잘 알겠지. 우리들은 가볍게 아침식사를 하고 길을 나아갔다.

까마득한 높이의 천장과 우툴두툴한 벽, 그리고 차가운 바닥. 사방이 돌로 이루어진 공동을 계속해서 걸어간다. 워낙 주변 환경이 분간이 안 가는지라 이거 똑바로 가는건지 의심이 간다. 뭐, 세티아가 잘 안내하고 있겠지.

나는 마음을 편하게 먹었다. 오늘은 하피드와의 결전이다. 비책을 마련해 뒀지만 상대는 강적, 단단히 마음을 먹어둬야지.

히드라가 나오기 전까지는 별 문제가 없었다.

저 멀리서 마물이 보일 때만 해도 다들 긴장감이 없었다. 모습 자체는 근근이 보였고, 어차피 다가가면 알아서 피할 거라 생각했다. 하지만 우리가 접근함에도 마물은 움직임이 없었고, 대상이 히드라임을 확인하자 우리는 모두 걸음을 멈추고 세티아를 보았다.

저 거대한 마수를 상대하는 거야 별로 어렵지 않다. 그녀가 우리의 안전을 책임지겠다고 했으니. 그리고 개인적으로 그녀의 실력을 옆에서 보고 싶기도 했다.

"후."

가볍게 고개를 저은 그녀는 한 걸음을 내딛으며 검을 뽑았다. 그 순간 기세가 일변했다. 아, 검을 쥔 것만으로 공기를 떨리게 하다니 대체 이 여자는 얼마나 고수란 말인가?

우리는 세티아의 일거수일투족에 눈을 떼지 못했다. 그녀는 상상 불가의 고수, 그렇다면 그 움직임 하나하나가 큰 공부가 되리라. 에티엔을 제하면 모두 무인인지라 흥미진진한 마음을 감출 수가 없었다.

"거기서 비키지 않는다는 것은 긴 말이 필요없겠지."

열두 개의 머리를 가진 히드라는 대답 대신 입을 움직였다. 아! 그 순간, 말도 안 되는 공격이 펼쳐졌다. 12개의 머리가 일제히 입을 벌리더니 냉기의 브레스를 뿜어낸 것이다! 깜짝 놀란 내가 몸을 움직이려 할 차에 세티아의 손이 움직였다.

"까부는구나."

차갑게 말한 세티아는 망토를 휘둘렀다. 용을 죽이고 그 비늘로 만든 전리품이 허공에 한번 휘둘러지자 열 발이 넘어가는 브레스 줄기들이 소멸하는 것 아닌가? 세상에, 저렇게 좋은 매직 아이템이었나?

"감히 나를 알면서도 대적한 죄, 무겁다."

저거 세티아 맞아? 검을 들면 사람이 변하는데? 냉기의 브레스 저리 가라 할 정도로 차갑게 읊조린 그녀는 무릎을 굽혔다. 그리고 그렇게 생각한 순간 세티아는 이미 움직인 뒤였다.

세티아는 히드라의 목을 한 번 밟아주는가 싶더니 곧장 등 뒤로 올라탔다. 내가 간신히 잡은 움직임이니 히드라에겐 잔상도 보이지 않았겠지. 용의 뼈로 만든 검을 쥔 다크엘프의 무장은 잠시 히드라를 응시했다. 그제야 이변을 알아챈 머리들이 뒤로 시선을 던졌다.

아무 소리도 나지 않았지만 검이 움직였다.

히드라의 머리 하나가 등 뒤의 세티아를 노리고 움직인 순간…… 피를 뿌리며 떨어졌다. 히드라의 머리는 불로 지지지 않는 이상 계속해서 돋아난다. 하지만 용을 죽인 검사가 손수 벼린 용골검(龍骨劍) 앞에서도 그런 기적이 가능할까?

크에에?

자신의 이변을 알아차린 히드라가 일제히 머리를 움직였고 곧 허공에 피분수가 일었다. 그리고는 나머지 11개의 머리가 앞서거니 뒷서거니 떨어지며 피를 뿌렸다. 12개의 머리를 가져 마물 중의 마물이라 불리는 것이 한 수에 제압되는 광경에 경외심이 절로 솟았다.

"아!"

나라면 저렇게 못한다. 확실히 실력 차를 확인했다. 나라면 몸통을 폭사시키지 저렇게 깨끗한 한 수로 죽일 순 없다. 결과적으로 이긴다는 점에선 똑같겠지만 실력에는 메울 수 없는 격차가 있다. 자신과 비슷한 적을 만나면 확연히 골이 드러나게 된다.

경련하던 히드라의 몸이 천천히 쓰러졌다. 육중한 소리를 내며 널브러진 시체에서 피가 분수처럼 뿜어져 나왔다. 12개의 목에서 뽑혀 나온 혈액이 강물이 되어 도도히 흐른다. 그 참경을 연출해 낸 여검사는 흔들림없는 표정으로 서서 나를 보고 있었다.

아, 그 모습은 실로 흑표범을 연상케 했다. 군살이 전혀 없는 동작으로 날렵하게 상대를 제압하는 모습은 더할 나위 없이 효율적이고 강렬한 이미지를 남겼다. 나는 멍하니 그녀를 응시했다.

"음, 피라도 묻은 건가?"

등에 멘 검집에 환도를 집어넣은 세티아는 자신의 얼굴을 매만졌다. 검을 손에서 떼니 그 차갑고 무시무시한 분위기가 사라지는군. 이중인격 같은 게 아니라 마음가짐의 문제인 것 같다.

"아니요, 워낙 멋져서 감탄하고 있었어요."

"으음?"

얼떨떨한 표정으로 그녀는 내 시선을 피했다. 우왓, 설마 부끄러워하는 건가? 대체 부끄러워할 게 뭐가 있다고?

잠시 침묵이 흐르는 사이에 대거가 움직였다.

"저긴가?"

그가 손가락으로 가리킨 곳은 묘했다. 돌바닥에 격자 무늬 뚜껑이 있는 게 아닌가? 원래는 히드라가 버티던 자리인데 옆으로 쓰러지면서 드러난 것이다. 우리는 가서 뚜껑을 열어보았다. 그러자 통로가 드러났는데 마치 우물처럼 보인다. 한쪽에 오르내리라고 만들어둔 건지 철제 사다리가 아래로 이어져 있었다.

"음, 여기가 하피드의 거처지."

세티아가 확인해 주자 대거가 아래로 내려갔다. 에티엔과 유디트도 내려가고 나만 남았다. 나는 내려가기 전에 세티아를 잠시 보았다. 그녀는 진지한 얼굴로 내가 내려가는 것을 기다리고 있었다.

"희소식을 들고 올게요. 그러니까……."

어라? 나 지금 뭐 하는 거야? 야야야!

"웃어줄래요?"

한번 뱉은 말은 주워 담을 수 없다. 이 명제가 이토록 저주스러운 것은 오늘이 처음이었다. 제길, 실수했다. 하지만 내 안의 동요를 눈치 채지 못한 세티아는 내 말에 활짝 웃었다.

"그래, 즐겁게 기다리도록 하지, 리워드."

그 순수한 미소를 보고 있자니 빠져 버릴 것 같다. 나는 애써 마음을 다잡고 통로를 내려갔다. 내려가는 도중에 위를 보니 세티아는 웃는 낯 그대로 나를 내려다보고 있었다. 어, 어쩐지 부담된다. 나는 고개를 숙여 그 시선을 회피했지만 뒷목이 뜨거워지는 건 막을 수 없었다. 젠장, 의식되네.

사다리가 꽤 긴 게 상당히 내려온 것을 알 수 있었다. 쳇, 어차피 지하인데 왜 거기서 더 아래로 굴을 판 건지 모르겠군.

머리에 꽉 들어찬 세티아의 미소를 지우기 위해 나는 투덜거리기로 했다. 곧 효과는 나타나서 마음이 차분해졌다.

"왔군. 여기서부터는 조심해라. 무슨 함정이 깔려 있을지 몰라."

랜턴을 든 대거는 내가 내려오자 날카롭게 말했다. 그 말에 나는 어깨를 으쓱여 보였다.

"뭐, 지금껏 말은 안했지만 하피드도 우리의 접근을 알고 있을걸요?"

"……."

대거는 나를 노려보았다. 왜 이제야 알려주냐는 얼굴이다.

"어차피 알아도 소용없잖아요."

"쳇, 여하간 함정이나 조심하도록 해. 이제부턴 내가 앞장서겠다."

"네이, 네이."

어깨를 으쓱여 보인 나는 옆으로 한 걸음 물러났다. 그런데 갑자기 가슴이 답답해지고 울렁이는 것이 아닌가?

"어?"

항마력을 뚫고 뭔가가 내게 간섭했다! 직감적으로 깨달은 나는 벗어나려 했지만 시야까지 일렁이는 게 이미 늦었다! 대거가 날 보고 놀란 얼굴로 뭐라 말했지만 안 들린다. 젠장!

눈앞이 번쩍였다.

으윽. 머리가 아프군. 이거 전이 마법인가? 텔레포트는 인간에게 실전된 주문이라고 하는데, 대체 뭐지? 단거리 이동계들은 여간한 술자가 아닌 이상 내 항마력을 뚫지 못할 텐데?

"…여긴 어디야?"

나는 삼거리의 중앙에 서 있었다. 천장은 아까보다 낮은 편이었다. 왼쪽과 중앙, 오른쪽. 어디로 가볼까? 일단 일행과 합류해야겠는데…… 먼저 왼쪽으로 가볼까?

"젠장, 일이 안 풀리네."

나는 투덜거리고는 돌 천장에 거꾸로 달라붙었다. 뭔 놈이 튀어나올지 모르니까 이렇게 가야지. 사방에 야명주가 박혀 있는 게 꽤 훤했다. 인공적인 통로란 소리지.

"음?"

걷다 보니 통로를 쇠창살로 막아두고 자물쇠를 걸어둔 곳이 나왔다. 나는 천장에서 떨어져서 창살의 안쪽을 살폈다. 안쪽은 야명주가 없어서 캄캄했지만 내 눈은 그런 것에 구애받지 않는다.

칠흑 같은 암흑 속에서 무언가가 꿈틀거리고 있다. 저게 뭐지?

인간이었다.

순간 나는 자물쇠를 부숴 버렸다. 아, 젠장! 욕지기가 튀어

나온다. 이 코를 찌르는 악취는 무엇이며, 나신으로 신음하는 저 여자들은 무엇인가? 취미 한번 고약하군!

나는 쇠창살을 열고 안으로 들어갔다.

찰박.

입구에 피가 웅덩이져 있었다. 내가 들어가자 뒹굴고 있던 검은 피부의 여자들은 벌벌 기어 양옆으로 갈라졌다.

마치 나를 두려워하는 것처럼.

"저기, 괜찮아요?"

내가 입구 근처의 흑인 여자에게 말을 걸며 손을 대자 여자가 찢어지는 비명을 질렀다.

"흐아아악! 잘못했어요! 전 맛이 없어요! 먹지 마세요! 먹지 마세요! 제발!"

"……."

무슨 일이 벌어진지 알 것 같다! 하피드, 개자식! 나는 여자와 대화하는 것을 포기했다. 이런 암흑 속에 오랫동안 가둬두고 참상을 보여준다면 미치기 쉽다. 지금은 대화할 상황이 아니군.

일단 하피드를 조지고 꺼내야겠다. 나가려고 하던 나는 다시 발을 멈췄다.

코를 찌르는 악취와 혈향, 벌거벗고 널브러져 있는 여자들, 불길함을 선사하는 흑암…… 이 모든 게 어우러져 나에게 어떤 것을 이야기해 주고 있었다. 그 기묘한 조합의 예언에 홀린 나는 멍하니 서 있었다.

발소리가 난다.

열원이 나에게 다가오고 있었다. 저 어둠의 안쪽에서 무언가가 움직인다. 뭐지? 긴장한 나는 주먹을 말아 쥐었다. 여차하면 후려쳐야 할지도 모른다. 마음속에 생긴 불길한 그림자는 그것이 다가올수록 커지고 있었다.

"이계용자?"

음울한 목소리가 꼬리를 그린다. 땅에 뒹굴어서 더러워진 은색 머리칼과 피딱지가 말라붙은 피부, 키는 내 가슴에 닿을까.

불길한 암흑 속에서 태어난 회색 눈의 소녀가 내 앞에 섰다.

"맞아?"

나는 소녀의 눈동자에 압도되었다. 죽은 생선의 눈이다. 대체 뭘 보면 저렇게 썩어버린 눈을 할 수 있는지 모르겠다.

"귀머거리야?"

소녀의 음침한 목소리가 끈적끈적하게 달라붙는다. 나는 그것을 털어내려고 고개를 끄덕였다. 그러자 소녀는 피식 웃었다. 그 웃음에는 명확히 규정할 수 없는 어두운 감정이 실려 있었다. 분명히 나보다 어려 보이는 데도 불구하고 안고 있는 어둠의 깊이가 나를 압도한다.

"세페르 예시라."

"…뭐?"

"내 이름이야."

잘은 모르겠지만 기분이 좋아진 것 같다. 공포에 미쳐 버린 여자들이 좌우로 갈라져 만들어진 통로에 선 소녀는 천진하게 웃는다. 마치 숭배를 받는 여신처럼, 기사들의 경배를 받는 여왕처럼.

갑자기 나타난 이 소녀는 정체를 알 수 없는 어둠을 안고 있었고, 나는 그것에 눌려 버렸다. 수많은 걸물(傑物)을 보았지만 이 소녀처럼 강렬한 이미지를 그리며 사람을 휘어잡는 것은 처음 본다.

"마황군 야수단 부단장."

소녀는 매력적인 미소를 끝냈다. 애써 지은 웃음은 조각조각이 나 부서진다. 예의 죽은 생선의 눈동자가 된 소녀가 나를 똑바로 올려다본다.

"내 직함이야."

이해하는 데 조금 시간이 필요할 것 같다.

제 1 9 장
맹약(盟約)

맹약
盟約

이 맹약은 양자 합의에 의해
정당하게 성립되었다

　　　　　"무슨 소리지?"

　"머리가 나쁘구나."

　고개를 흔든 소녀는 친절한 표정을 지었다. 손님을 응접실로 안내하는 하녀의 얼굴이 된 은발의 소녀가 또박또박 말을 이른다.

　"마황군 야수단 부단장 세페르 예시라. 단장 하피드의 신임을 받고 있는 참모. 여러 가지 계책을 세워 크게 신뢰받고 있다."

　나신의 소녀가 어둠 속에서 냉소 짓는다.

　"가장 최근에 관여한 일은 루컨 한 마리를 개조해 웨어울

프로 뒤흔든 일. 그 일은 이계용자를 도발하기 위한 가벼운 계책으로 실행되었다."

잠깐.

"이해했어?"

이가 악물린다. 거짓말이… 아니다! 저런 눈을 한 인간이 거짓말을 할 리가 없다! 미친 것도 아니다! 단순히 돌아버린 녀석이라면 루컨의 일을 알 리가 없다!

전부 사실이다. 이 녀석이, 이 녀석이 나에게 사람을 죽이게 만들었다.

나는 떨리는 주먹을 애써 다잡았다.

"다 죽였지?"

소녀는 차갑게 웃는다. 자기 파멸을 맞이하는 미소는 놀랍도록 아름다웠지만…… 그 이상으로 섬뜩하다. 마치 마음이 칼로 베인 것 같다. 그 웃음을 마주할 수 없어서 나는 한 걸음 물러났다.

"…얼마나 죽인 거냐."

알 수 없는 신음 소리를 내는 여자들을 배경으로 소녀는 고개를 젓는다. 흑인들의 제례 의식이 연상되는 장면이다. 신이 임한 샤먼처럼…… 소녀에게선 어떤 알 수 없는 카리스마가 흐르고 있었다.

광기.

보통 그렇게 불리는 것이다. 깊고 깊은 마음의 어둠 속에서 만들어진 독기를 두른 소녀는 예리한 칼 같은 미소를 지우지 않고 선선히 답했다.

"십만 정도."

"너……."

기가 막힌 나는 소녀를 노려보았다. 하지만 허무에 절어버린 눈동자는 아무 동요 없이 내 시선을 받아내었다. 대체 뭐지? 이 녀석의 말은 일견 허황되지만 사정을 맞춰보면 거짓이라 볼 수 없다. 루컨의 일을 알고 있는 이상 부단장이라는 말은 틀리지 않을 것이다. 먹을 것에게 그런 정보를 알려주는 놈은 없으니까.

무엇보다 소녀에겐 자신의 말을 믿게 만드는 힘이 있었다. 광기와 허무에 물든 인간만이 보여줄 수 있는 독기가 철철 넘쳐흐르는 게 너무 설득력있다. 단순히 미친년이라면 좋겠지만…… 그런 것치곤 내 눈을 바라보는 저 눈이 썩기는 했어도 이성을 잃은 듯 보이지는 않았다.

"너, 무슨 짓을……."

"머리…… 정말 나쁘구나. 과연 온실 속의 화초네."

너무 당황스러운 전개라 제대로 사고가 되지 않는다.

"눈앞의 내가 지금 이야기하고 있는 당신에게 학살을 하게 만들었다고 말하는 거야."

덕분에 이해됐다.

나는 부들거리는 어깨를 천천히 움직였다. 소녀의 얼굴 앞으로 천천히 주먹을 가져간다. 명백한 죽음의 위기 앞에서도 소녀의 냉소는 흐트러짐이 없다.

아, 죽여 버리는 것은 너무도 쉽다! 이대로 힘을 주어 갈기면 단박에 머리가 터져 뒈지겠지! 하지만 눈앞의 이것은 소녀다! 인간이란 말이다! 과연 이 어둠이 인간 여자 애가 품을 수 있는 종류의 것이냐는 것은 차치하고라도!

"…대체 뭐냐, 너."

"이미 한 설명 또 해야 해?"

"왜 그런 짓을 한 거냐."

침착해, 리워드. 에슬라가 말했지, 사고하라고. 내가 지금 주먹을 휘둘러서…… 죽여 버리는 것은 결국 화풀이에 지나지 않는다. 이 녀석을 죽인다고 해서 내 죄업이 사라지는 것도 아니고, 사람들이 살아나는 것도 아니다.

"왜? 글쎄……."

소녀는 자신을 숭배하는 신자들을 뒤돌아본다. 내가 지금 미쳐 날뛰려는 것을 억누르는 걸 모르는 게 아닐 텐데 소녀는 너무도 태연하다. 역시 제정신이 아니다. 애초에 상대를 함정에 빠뜨린 책사가 사냥 대상 앞에 아무런 대비도 없이 나타난다는 게 미친 짓이다. 고로 무슨 방비가 있다고 생각하는 게 순리다.

하지만 이 소녀의 부서진 표정은 은은히 뿌리는 광기와 독기만큼이나 너무 진실해 보여서…… 그런 수가 없다는 걸 알 수 있었다. 이 소녀는 목숨에 대한 어떤 구제책도 없이 내 앞에 서서 진실을 고한 것이다.

당신이 사람을 죽이는 함정을 짠 것은 바로 나라고.

"별거없어."

등을 보인 그대로 소녀는 답했다. 그 목소리에는 짙은 허무
감이 실려 있었다. 나는 다음 말을 기다렸지만 더 이상의 말
소리는 들려오지 않았다. 할 말은 끝이란 태도다.

여자들의 신음 소리가 공간을 지배하는 시간이 흐르고, 이
윽고 소녀가 입을 연다.

"왜 발광 안 해?"

"……"

"지금까지 보인 태도대로라면 미쳐 날뛰어야 하잖아?"

"……"

뭐야, 이 녀석. 정말로, 정말로 나에게 죽고 싶어서 이러는
건가? 이 소녀가 품고 있는 어둠을 봤을 때부터 어느 정도는
예상한 일이었다. 일이 이 지경까지 되면…… 결정하지 않을
수가 없다.

어째야 하지? 이 녀석을 죽여야 하나?

젠장, 아니다. 잘은 모르겠지만 그건 아니다. 내가 여자 애
를 죽일 수 있을 리가 없어. 라렌시아는 죽인 주제에 이런 소
릴 해봤자 우습지만, 허무에 절어버린 이 여자 애를 죽여서
얻는 것도 없잖아?

젠장, 에슬라의 말에 따라보자.

"나에게 뭘 원하는 거야?"

세페르 예시라라는 묘한 이름을 갖고 있는 소녀는 대답하지 않았다.

"뭘 생각하고 다 까발리는 거지?"

"아무것도."

야수단 부단장은 차갑게 잘라 말했다.

"나한테 원하는 게 뭐야?"

더러운 육신을 숨김없이 내보이고 있는 소녀는 아무 말도 하지 않았다. 나는 마음을 가다듬고 답을 기다렸다. 열이 안 받는다면 거짓말이다. 이 녀석을 쳐죽여서 내 분풀이를 하고 싶다는 생각은 분명히 존재한다. 이런 녀석을 살려둬 봤자 인간에게 득 될 것이 없다는 거야 분명하다.

그렇다면 죽여야지.

하지만 그렇게 판단하고 행동해 온 나는 분명히 후회했었다. 나는 다시 그 상황을 마주하고 싶은 건가?

조금만, 조금만 더 기다려 보자.

약간이라도 좋으니까 판단을 늦추자.

"나는……."

허무와 독기가 제거된 순수한 목소리가 말을 이으려 할 때,

"요, 여기 있었나."

방해가 들어왔다. 기척이 전혀 없었다. 놀란 마음을 숨기며 나는 뒤를 돌아보았다.

검은색 정장에 하얀 와이셔츠, 검은 넥타이. 귀에는 뭔가 요란한 것을 잔뜩 박아 넣은 놈이 날 노려보고 있었다. 붉은색과 노란색이 뒤섞여 있는 머리칼이 현란하게 보인다.

근데… 저거 뭐냐?

인간의 모습을 하고 있지만 저걸 인간이라고 부르면 나는 인간이길 포기하련다. 그런 강렬한 직감이 들었다. 생겨먹은 게 인간처럼 생겼다고 죄다 인간의 범주에 넣으면 안 된다. 신의 아바타도 인간처럼 생겨먹은 경우가 있는걸.

그런 맥락에서 저것은 인간이 아니다.

"하피드."

즐거움을 참지 못하겠다는 얼굴인 야수단장은 어깨를 으쓱였다.

"부단장과 미팅 중이었군. 방해했나?"

젠장, 해치울까? 지형도 나쁘지 않다. 저놈이 압도적인 힘을 갖고 있는 게 확연히 보이지만 어차피 싸워야 할 상대!

하지만 하피드는 내 마음을 읽은 건지 피식 웃고는 뒤로 물러났다.

"따라와라, 이계용자. 세페르, 너도."

그렇게 말한 놈은 내가 뒤를 치든 말든 신경 쓰지 않겠다는 태도로 걸어가는 게 아닌가? 나는 그 모습을 보며 갈등했지만 곧 마음을 접었다.

저렇게 등을 보인다는 건 때려달라고 말하는 것과 다를 바

없다. 그리고 하피드는 비열하긴 해도 머리는 있어 보이니까…… 분명히 함정이겠지. 일단 여기서는 순순히 응해줄까?

그렇게 생각하는데 소녀가 먼저 터벅터벅 걸음을 옮겼다. 젠장, 이제야 정신이 들었는데, 지금 보니 이 녀석 나신이다. 이 마당에 야한 생각은 전혀 들지 않지만 신경 쓰이는 건 어쩔 수 없었다.

"잠깐."

나는 망토를 벗어 세페르에게 둘러주었다. 질질 끌리긴 하지만 적절히 몸을 가릴 순 있었다. 아! 적에게 이게 뭔 짓이냐마는…… 어차피 마법 아이템도 아니고, 이 정도 호의는 베풀어둬서 나쁠 것 없다. 이 소녀가 대체 무슨 생각으로 나와 접촉한 건지 확신할 수 없으니까.

세페르는 망토를 잠깐 만져 보다가 내게 시선도 주지 않고 하피드의 뒤를 따랐다. 나도 그 뒤를 따르며 생각을 정리했다.

일단 일행과 헤어졌지. 저 소녀야 일반인으로 보이지만…… 또 모르지. 어떤 괴상한 능력을 가지고 있는지는 모른다. 사실 칠단장 정도의 경지라면 인간을 강력한 마물로 변환시키는 정도야 손쉬운 일이다. 겉은 저렇게 보여도 속은 어떤 괴물일지 모르는 법. 하피드보다는 약하겠지만 그래도 경계해 두는 게 좋겠다.

일행이 와서 저 녀석을 상대해 주면 편하겠는데…… 대체 어디서 뭘 하는 거지? 뭐, 지금 없는 인간들을 탓해봐야 소용 없겠지. 일단 기회를 엿보자.

하피드는 아까의 삼거리로 돌아가서 중앙의 통로로 걸어 갔다. 사람 둘 정도가 지나갈 수 있을 정도의 길인데, 양쪽 벽에는 정교한 조각화가 새겨져 있었다. 수백의 짐승이 인간을 사냥하는 그림을 보고 있자니 토악질이 나온다. 누가 야수단장 아니랄까 봐 센스가 개떡이네.

"묵시록을 아나, 이계용자?"

"모르겠는데."

내 무뚝뚝한 대답에 그는 뭐가 좋은지 소리 높여 웃었다. 어차피 이놈과는 협상할 건덕지가 전혀 없으니 막말을 해도 된다.

"밥은 먹고 다니냐?"

"염려하지 않을 정도는 된다."

"뭐, 내가 차린 진미를 한 점 먹어보는 것도 좋을 거야."

세페르는 오가는 대화에 어떤 말도 하지 않았다. 통로의 끝에는 거대한 지하 공동이 나왔다. 음, 천장 한번 미친 듯이 높구만. 공동의 안에는 원탁 이외에는 아무것도 없었다. 칠단장 치고는 참 간소한 살림새라고 할 수 있겠다.

"앉지."

미리 준비해 뒀는지 탁자의 중앙에는 뚜껑으로 덮인 접시가 놓여 있었다. 나와 세페르가 마련되어 있는 돌의자에 앉자 하피드는 과장되게 팔을 움직였다.

"자, 신사숙녀 여러분, 제가 공들여 제조한 요리이니 마음껏 즐기시길."

그렇게 말한 하피드는 뚜껑을 열었다.

인육이었다.

고통스러워하는 얼굴, 눈동자, 팔다리, 뼈, 근육. 인간을 부위별로 잘라내서 튀기면 이런 모습이 될까? 꼴 자체는 닭튀김과 비슷하다. 단지 인간이라는 게 다르지. 본래라면 눈동자가 있었을 구멍과 눈을 마주하는 순간…… 이성이 살짝 날아갔다.

"이 씨발 새끼가…… 뒈져 볼래?"

"왜, 인육은 싫은가?"

입이 찢어져라 웃은 하피드는 다리 한 점을 집어서 뜯어먹었다. 인간의 모습을 취하고 있지만 입을 벌린 순간 드러난 날카로운 송곳니가 그가 인간이 아니라는 걸 증명하였다.

우적우적.

인간 튀김을 한입 씹어 먹은 그는 세페르를 돌아보았다.

"한입 먹지 그래?"

"먹지 마."

세페르는 우리 둘의 대화 공방은 상관없단 얼굴이었다. 텅

빈 눈동자로 먼 곳을 바라보는 자세를 견지할 뿐이다. 그것을 보고 있자니 머리가 돌아버리기 직전에 클레임이 걸렸다. 적어도 세페르가 좋아서 한 게 아니라는 건 잘 알았다.

"이 여자 애는 뭐냐."

"아? 내 참모. 꽤 쓸 만해서 부리고 있지."

"그걸 묻는 게 아니잖아!"

냉정도 잠시다. 꼭지가 돌아버린 나는 탁자를 엎어버렸다. 이성적으로 행동해야 된다는 건 잘 알겠는데 아주 돌아버리겠다! 이 또한 놈의 계책이라는 건 충분히 짐작이 가지만 여기서 화를 내지 않으면 인간도 아니다!

"아깝잖아."

하피드는 비열한 웃음을 지우지 않고 인간 튀김을 집어 들었다. 아, 진짜 그냥 덤벼들까? 처음부터 말리고 들어가는 싸움이라는 게 나를 억누르고 있지만 진짜 이러다간 확 돌아버릴 것 같다.

눈앞의 강적을 앞에 두고 흥분은 금물이지만…… 어떻게 화를 안 낼 수 있겠냐?

"뭐, 직접 물어봐. 먹으려고 잡아왔는데 쓸 만해서 부리고 있지. 요즘 보이는 야수단의 활발한 움직임과 효율적인 학살은 죄다 세페르의 작품이라고."

그렇게 말한 놈은 튀김의 가슴을 베어 물었다. 봉긋하게 솟아나온 가슴 부위로 보아하니 생전에 여자였던 것 같다. 그것과 아까 석실의 광경을 연상하니 바로 답이 나왔다.

너무 화가 나니 오히려 냉정해지는군. 이런 상황은 처음이다. 이렇게까지 열 받은 건 전례가 없었으니까.

나는 나직이 물었다.

"자신은 죄가 없다고 말할 셈이냐……."

"죄? 무슨 죄?"

놈은 인간의 살점을 뜯으며 천연덕스레 말했다.

"나는 하루에 삼시 세 끼 인간을 한 명씩 먹고 있다고. 필요 이상으로 먹지도 않아. 과식을 즐기는 편이지만 세페르의 조언으로 관뒀지. 현명한 참모의 말을 들어야지 어쩌겠어?"

그 말을 들은 나는 세페르를 돌아보았다. 죽어서 물에 둥둥 떠다니는 물고기의 눈동자. 그렇게밖에 생각할 수 없는 회색 눈으로 그녀는 나를 흘깃 올려다보았다. 저런 표정은 만사를 포기한 자만이 가질 수 있는 것이다.

하! 그림이 적당히 그려지는데?

"한마디로 계약한 거군? 지혜와 인간의 목숨인가?"

"판단이 빠르군. 과연 탐나는 인재야."

하피드는 먹을 것을 내려놓고 박수를 쳤다. 이 개새끼가 지금 그렇게 여유 부릴 상황이라고 보나? 나는 부들거리는 어깨를 억누르고 놈을 노려보았다.

하피드는 쥐고 있던 고기를 허공에 흔들며 천연덕스럽게 설명했다.

"나에게 인간의 관점을 강요해도 소용없어. 이렇게 보여도 나는 인간이 아니니까."

"네놈 새끼가 괴물인 건 너무 잘 알고 있어. 하지만 인간의 모습을 취해놓고 하기엔 너무 저열한 변명이라고 생각하지 않아?"

하피드는 입술 끝을 올렸다. 그러자 놀랍게도 부드러운 미소가 지어지는 게 아닌가? 놈은 목을 울려 봄바람 같은 목소리를 토해냈다.

"인간은 말이지…… MP3야."

"…뭐?"

갑자기 튀어나온 생소한 단어에 내가 반문했지만 하피드는 조용조용한 음성으로 설명을 계속했다.

"널리 퍼졌고 싸구려지. 다루기도 편리하고."

"무슨 소리를 하는 거야?"

"넌 뭐냐, 이계용자?"

"인간이다."

내 대답에 하피드는 고개를 저었다. 저번에도 이런 소리를 했었지. 대체 뭘 말하고 싶은 거야? 내가 인간이 아니면 뭐라는 거지?

"MP3는 결국 확장자명이지. 바꾸는 것으로 감출 수 있어. 그래서 너도나도 인간의 모습을 취하기는 쉽지. 하지만 말야…… 그렇게 바꿔놓고 있어봤자 너는 노래할 수 없어."

"뭔 소리야?"

"애초에 너에게는 노래가 없었으니까. 확장자를 바꾸고 있어봤자 너는 음악 파일이 아니었으니까. 백날 윈앰프로 돌려봐도 아무것도 튀어나오지 않아."

"…뭔 개소리야?"

조금 시간이 지나자 얼추 가닥을 잡을 수 있었다. 한마디로 내가 인간의 거죽을 뒤집어쓰고 있다는 건가? 생소한 용어가 난립해서 확신할 수는 없지만 맞는 것 같다.

하지만 하피드는 애초에 나의 이해를 필요로 하지 않은 것 같다. 놈은 고개를 젓고는 나를 올려다보았다.

"네놈이 뭔지는 내가 더 궁금하군. 뭔데 그렇게 지독한 악취를 풍기는 거지? 넌 뭐냐, 이계용자?"

"인간이다."

거듭된 대답에 하피드는 피식 웃었다. 그리고 의자에서 몸을 일으켰다. 저 개새끼는… 손에 들고 있는 것 좀 버리지? 이 와중에도 식탐을 포기 못하겠단 건가?

"뭐, 좋아, 네가 무엇이든…… 나와 손을 잡지 않겠나?"

"뭐?"

이놈, 돌았구나? 머리가 좋은 줄 알았는데 또라이였군. 기가 막혀서 나던 화도 수그러들 것 같다.

"너와 내가 손을 잡으면 세계를 지배할 수 있다. 남는 장사라고 생각하지 않아?"

떡밥이 좀 되야 미끼를 물어주지. 뭐, 이 녀석은 나를 높게 사는 것 같았다. 내가 샤마슈를 죽인 것 때문인가?

하지만 애초에 이놈과는 협상할 여지가 없다.

받아들이는 척하면서 뒤통수를 치는 것도 나쁘진 않겠지만, 그게 통할 정도로 만만한 상대도 아니다. 그렇다면 차라리 살해욕이 충만한 지금 싸우는 게 낫다.

"미친 거 아냐? 내가 너랑 손잡을 것 같아?"

"큭, 과연. 인간이라고 믿고 싶다, 이거군."

그렇게 말한 하피드는 들고 있던 고기를 내게 집어 던졌다. 으악! 내가 몸을 숙여 피하자 뒤의 벽에 맞았는지 쿵! 소리가 났다. 세상에…… 살덩이를 던져서 저딴 소리를 내? 칠단장을 상대하는 것이 이번이 처음은 아니지만 새삼 두려움이 몰려왔다.

"그럼 뒈져라!"

그렇게 말한 하피드가 눈을 두어 번 깜빡이더니 모습을 변화시켰다. 24개의 머리를 가진 히드라가 된 놈의 머리가 일제히 브레스를 뿜어내었다. 아, 젠장! 이건 항마력으로는 못 막는다! 급한 마음이 된 나는 세페르를 끌어안고 등으로 받아내었다.

"큭!"

조금 시원했을 뿐이다. 불꽃이 침범하지 못하는데 냉기라고 효용을 발휘할 성싶냐? 하지만 하피드는 별로 놀라지도 않은 채 머리를 움직였다. 일고여덟 개의 머리가 재빠르게 나를 물기 위해 달려드니 정신이 없다.

"젠장!"

입구 쪽으로 물러나며 이빨들을 피한 나는 안고 있던 세페르를 내려놓았다.

"어서 나가!"

잠시 나를 보던 세페르는 두어 발자국 뒤로 물러났다. 하지만 그 이상은 움직이지 않는다. 아, 젠장! 이거 도움은 못 될망정 방해만 되네? 뭐, 부단장이 싸움에 끼어들지 않는다는 데에 감사해 줘야 하나?

"하!"

하피드는 다시 한 번 브레스를 뿜어내었다. 24개의 냉기가 내게 쇄도했다. 하지만 이것이 아무리 강맹하더라도 나에게 통하지 않는 것을 알 텐데?

"윽?"

그런데 냉기 사이에 불꽃이 섞여 들어왔다! 히드라에서 키메라로 모습을 바꾼 뒤 또다시 브레스를 뿜은 것이다! 젠장, 저 머리 세 개 달린 놈이! 어차피 원소 공격은 나에게 무의미해! 나는 이를 악물고 불꽃의 강과 냉기의 파도를 헤치고 달렸다.

"이런 장난질로 용자를 이길 생각이냐!"

나는 신검을 빼어 들어 그대로 찔렀다. 내 움직임에 놀랐는지 하피드는 다시 모습을 변형시켰다. 윽? 이건 뭐지? 분명히 찔렀는데 허공을 쳐버렸다.

"화상 전이?"

헛 친 걸 보니 맞는 것 같다. 여섯 개의 다리를 가진 짐승은 등에 달린 다섯 개의 촉수로 나를 쉬지 않고 후려치고는 다시 변신했다. 아, 젠장! 피해는 없지만 정신이 없군!

"끄르르르!"

거대한 보라색 벌레로 변한 하피드가 나를 삼키기 위해 위에서 덮쳐들었다. 나는 옆으로 몸을 날려 피하면서 옆으로 검을 좍 그어버렸다. 처음으로 유효타가 터졌다! 그것도 꽤 깊다!

팟!

하지만 그것도 소용없었다. 상처를 입은 즉시 스핑크스로 변신하더니 방금 입힌 자상은 순식간에 사라져 있었다.

"젠장!"

이래서야 곤란하다! 놈은 빠르고 강하다. 게다가 상처를 입어도 변화하면 금세 상처가 낫는다. 신검으로 베여도 재생하다니…… 역시 몸을 검집으로 만들어야 하나?

아니, 일단 그건 나중으로 미루자. 지금은 시간을 끌면서 기회를 엿보는 게 낫겠다. 스핑크스로 변한 놈은 득의만만한 기색으로 나를 노려보고 있었다.

"이건 어떨까?"

"윽!"

다음으로 변한 모습에 나는 놀라지 않을 수가 없었다. 공동의 천장에 닿을 듯한 몸집에 거대한 입, 그 사이로 열주처럼 늘어서 있는 날카로운 이빨들. 그리고 전신에 나 있는 날카로운 가시들!

"제기랄, 크기가 전부인 줄 아냐!"

"크오오!"

내 도발에 짐승의 포효로 답한 하피드는 앞발을 휘둘렀다. 젠장! 나는 몸을 굴려 공격을 피했다. 하지만 완전히 피하지는 못해 등과 허리에 상처를 입었다. 제길, 치유 능력을 끌어내기 위해선 시간이 필요한데 지금 그런 여유가 어딨어! 나는 연이어지는 꼬리와 이빨의 공격을 피해냈다.

내가 아슬아슬하게 공격을 피해내자 놈은 짜증이 났는지 손바닥을 벌리고 나를 짓눌러 왔다. 옆으로 몸을 피하려던 나는 뒤를 돌아보고 이를 악물었다. 젠장! 저 부단장은 누가 마황군 소속 아니랄까 봐 버티고 서 있냐!

쿵!

"아……."

위에서 내리누르는 손바닥을 양손으로 받아낸 나는 이를 악물었다. 제, 젠장! 도감에서 말하는 것보다 훨씬 더 세잖아! 역시 세티아의 말대로 마물의 평균적인 수준을 상회하는 것 같다.

그 사실은 둘째 치고 신장 15미터, 무게 130톤의 괴물과 힘 겨루기를 하다니 내가 완전 돌았구나!

"크으으으!"

위에서 누르는 힘이 배가된다. 돌바닥이 쩌저적! 하고 금이 가며 내려앉기 시작했다. 아, 허리가 부러질 것 같다! 힘으로 는 오래 못 버틴다!

"피, 피해!"

내 말을 들은 소녀는 잠시 시간이 지난 뒤 다시 세 발자국 뒤로 물러났다. 미친! 관전을 할 거면 좀 안전한 데서 하던가! 내가 왜 야수단 부단장의 목숨을 신경 쓰고 있어야 하는 거 지? 그 상관이 상관없단 태도인데!

"씨발!"

욕설을 내뱉은 나는 몸을 옆으로 굴려 겨우 빠져나왔다. 입 술을 비집고 피가 배어 나오는 게 몸 안쪽이 상한 모양이다. 몸이 망가진 거야 하루 이틀이 아니지만 이번은 좀 위험하겠 는데?

"합!"

하피드가 다시 손톱으로 긁어오자 나는 위로 뛰어 피했다. 하지만 그건 멍청한 짓이었다. 내 움직임을 예측했는지 기다 렸다는 듯이 육중한 꼬리가 날아온 것이다!

"제길!"

쾅!

팔을 교차시켜 막아보려고 했지만 압도적인 힘 앞에서 별 소용이 없었다. 멋지게 채인 나는 천장에 갖다 처박혔다가 떨어졌다.

빠르게 다가오는 지면을 보며 나는 애써 몸을 움직였다. 여기서 그냥 꼴아박혔다간 목숨은 둘째 치고 하피드에게 생으로 발리게 된다.

우드득.

간신히 낙법을 성공시킨 나는 숨을 몰아쉬었다. 눈앞이 팽팽 돈다. 낙법이 아니라 팔법이었나? 성공했다고 생각했는데 왼팔이 나간 것 같다. 젠장, 에티엔은 어디서 뭐 하는 거야?

나를 궁지로 몬 하피드는 득의의 웃음을 지으며 나를 내려다보고 있었다. 너무도 여유가 넘치는 모습이다.

이것이 칠단장의 본력이란 말인가?

니메그와 샤마슈도 분명히 강했지만 이길 수 있었다. 밀리는 싸움을 했어도 이렇게 압도적인 격차는 아니었다. 2할, 5할이 아닌 10할의 칠단장과 맞붙은 나는 변변한 공격 한 번 제대로 먹이지 못하고 있었다.

"후후후후."

괴물이 낮게 웃는다. 아, 젠장! 저 이빨이 인육을 찢어먹었다는 걸 생각하면 더 열이 받는다! 하지만 부러진 팔을 덜렁거리며 무릎 꿇고 있는 내 자신이…… 너무도 한심해서 더욱더 열이 받는다.

넌 라렌시아를 죽였잖아! 그래놓고 이렇게 땅에 주저앉아 있을 거냐! 렌이 뭘 위해 죽었는데!

"후우우."

나는 이를 악물고 천천히 몸을 일으켰다. 아, 눈이 침침하군. 솔직히 말해서 승산이 희박하긴 하다. 대체 뭘 어떻게 해야 될지 모르겠다. 지금 비장의 수로 승부를 걸어봐야 하나? 기회가 많지 않지만 놈이 웃고 있는 이때가 적기일 것 같다.

탁.

그때 한 소녀가 내 앞에 섰다. 소녀의 체구는 작다. 괴물의 앞발에 달린 발톱보다도 작다. 가볍게 손가락으로 튕겨도 그냥 죽어버리겠지.

그러나 소녀는 내게 뒷모습을 보인 채 물러서지 않는다.

"뭐냐, 세페르?"

하피드는 세페르의 움직임이 의문인 듯 물었다. 나도 궁금해지는데? 질문이 완성된 뒤 조금 지나자 세페르 예시라가 답했다.

"배반이야."

"…뭐?"

하피드는 기가 막힌지 헛웃음을 터뜨렸다. 워낙 몸집이 큰지라 가볍게 웃는 데도 공동이 뒤흔들린다. 나는 눈을 깜빡이며 천천히 몸 상태를 점검했다. 할 수 있을까?

"지금 배반하겠다고 했어."

"미쳤구나? 계약 파기를 하겠다고?"

하피드가 흥분한 목소리로 손톱을 휘둘렀다. 머리 바로 위로 무시무시한 흉기가 스쳐 지나가는 데도 세페르는 한 발자국도 물러서지 않았다. 내가 준 망토로 더러운 나신을 감싼 소녀는 묵묵히 그 자리를 고수한다.

때는 이때다.

비튼다.

저번에는 반신이었지만 이번에는 전신이다. 한쪽 팔이 부러졌지만 알 바 아니다. 이것은 내가 이기기 위해 가지고 있었던 궁극의 술수. 내가 저 강대한 마물에게 이길 수 있는 유일한 방법이다.

우드드득.

내장이 꼬인다. 뼈가 뒤틀린다. 근육이 회전한다. 발, 발목, 발꿈치, 무릎, 허리, 가슴, 어깨, 팔꿈치, 팔, 손, 손가락.

천천히 시간을 들여 완전히 비튼다. 비트는 것 자체에는 고통이 없다. 풀어낼 때가 문제지. 세페르와 하피드는 설전을 벌이느라 내게 신경을 쓰지 못하고 있었다. 지금이 기회다. 나는 느릿느릿 팔을 움직였다.

세페르를 방패 삼아 하피드를 공격한다.

잘되려나 모르겠네. 하지만 공격을 명중시키기 위해선 이게 최선의 술수. 지금의 하피드는 내가 공격하리란 생각을 못하고 있으니까 적기다.

소녀의 등을 본다.

당연한 이야기지만 후려치는 순간 죽는다. 피를 토하고 자시고 할 것도 없다. 전신왜곡(全身歪曲)을 풀면서 가격하는데 몸이 제대로 남아날 리가 없다. 아마 허리 위쪽은 완전히 날아가겠지. 생사가 문제가 아니라 시신 보존의 문제다.

하자.

젠장, 팔이 잘 안 움직인다. 정확히 말하면 망설여진다. 아, 제길! 어차피 이 녀석은 자기 입으로 십만이나 죽였다고 했어! 내가 이 녀석을 방패로 삼아 싸우는 게 뭐가 어때서! 이 방법이 아니면 이길 수가 없단 말이야!

격공장 같은 건 힘을 제대로 전달하지 못할 거다. 소녀와 함께 하피드를 날려 버리는 게 가장 안전하고 확실해. 이번에 비트는 것으로 이기지 못하면 다음은 없다. 극심한 고통으로 몸을 못 가눌 테고…… 그럼 게임 셋이다. 이번 한 번으로 반드시 끝내야 한다.

하지만……

이 소녀를 희생시켜야만 이길 수 있다. 하지만 그것이 옳은 것인가?

아니! 나는 옳고 그름 따위 따지지 않아! 그런 것에 관심 쏟으면서 이길 수 있을 정도로 나는 유능하지 않다!

사고하라.

젠장, 에슬라! 사기 치는 거 아니지? 사고하면 뭔가 달라져? 내가 이렇게 고민하는 동안 뭔가 달라져? 소녀를 희생시키는 걸 망설이고 있는 지금의 이 행동이 맞는 거야?

젠장이기지못하면의미가없는데이겨야되는데이겨야되는데이기지않으면안되는데그런데왜이러고있는거야젠장이이상뭘어쩌라고씨발눈앞의이녀석은살인자야나를궁지로몰았어죽여마땅해부단장으로수많은계책을내서사람을희생시켰다고자기입으로말했어죽어마땅하잖아당연히죽여야하잖아심각한살인마잖아죄인이잖아죄악이잖아용서할수있을리가없잖아!!

"내가 네 부모를 먹어치우고 분명히 말했지? 고분고분하게 굴면 같은 마을 연놈들은 안 먹겠다고. 나와 너는 계약에 충실했고, 상호 간에 좋은 관계를 맺었지. 근데 넌 지금 용자에게 배팅을 한 거냐? 저런 비리비리한 놈의 어딜 봐서?"

저딴 이유 따윈 알 바 아니다. 어차피 저런 백스토리는 누구나 가지고 있다. 내가 상관할 바가 아니다. 나는 이겨야만 한다. 반드시 이겨야만 한다.

지는 것은 결코 용납하지 못한다! 무능한 놈에게 두 번이란 없다!

"그런 것이 아냐."

묘한 이름을 갖고 있는 소녀는 내게 등을 보인 그대로 답했다. 산처럼 거대한 마물 중의 마물을 상대로 담담하게 이른다. 그 태도는 삶과 죽음을 초월해 있었다.

아마 그 회색 눈동자는…… 여전히 가라앉아 있겠지. 심해에서 살다가 죽어서 처음으로 물위로 떠오른 생선이 가질 듯한 죽은 눈.

여자 애가 하고 있을 눈이 아니다.

"이젠 더 이상 싫어. 사람을 죽이는 것도, 희생시키는 것도 모두 싫어. 하기 싫어. 그러니까 관둘 거야."

아니, 하고 있으면 안 되는 것이다.

"그래?"

팔을 움직였다.

"그럼 안녕이군."

하피드도 움직인다.

나는 팔을 뻗었다. 왼팔로 세페르를 감싸 옆으로 치우고 비스듬히 떨어지는 거대한 발톱을 향해 오른팔의 회전을 풀었다.

우드드드드드드득.

부러진다. 틀림없이 부러졌다. 아니, 이런 소리가 나는데 단순한 골절로 그칠 리가 없다. 신경이 뒤틀린다. 미칠 것 같다. 피부 구멍 하나하나를 바늘로 찌르는 듯한 느낌이다. 너무 아프다. 돌아버릴 것 같아.

젠장, 왜 이랬지? 나 미친 거 아냐? 왜 세페르를 보호했지? 내가 돌았지. 이 절호의 기회를 날려 버릴 생각이냐!

"젠자아아앙!"

나는 고통을 참아내고 반신의 왜곡을 풀어내자 그 위로 거대한 발톱이 덮쳐든다.

한 인간의 주먹과 그 인간의 몸보다 큰 발톱이 격돌했다.

콰앙!

"크아아아아아!"

하피드의 몸이 터져 나간다. 가격된 발톱을 시작으로 순식간에 몸의 절반이 날아가 버렸다. 몸집이 워낙 거대한지라 그 안에 품고 있던 피의 양도 상상을 초월했다.

후드드득.

붉은 비가 내린다. 검은 돌바닥이 시뻘건 선혈로 덮여 원래의 색을 잃어버렸다.

"으아아아아아!"

나는 그것을 보며 이성이 날아가 버렸다. 방금 전과는 비견할 수 없는 아픔이 나를 덮쳤다. 나는 돌바닥에 고개를 처박고 몸을 꿈틀거렸다. 입속으로 하피드의 피가 흘러들어 오지만 토해낼 여유가 없다.

아파아아! 죽을 것 같아! 젠장! 세페르를 보호하는 게 아니었는데! 세페르를 공격하게 하고 몸의 중앙을 쳐야 했는데! 몸의 절반을 날린 정도로 이길 수 없다! 칠단장은 그렇게 만만한 놈이 아니다!

"끄으윽. 허억, 허억."

어서 추가타를 날려야 하는데 격렬한 고통이 몸의 절반을 물고 놓아주지 않는다. 아, 머리가 아프다. 몸이 아프다. 팔이 아프다. 몸이 절반이 떨어져 나간 것 같다. 오른팔, 오른손, 오른쪽 다리, 그 어느 것에도 감각이 없다. 제길, 붙어 있긴 한 거야?

"씨, 씨발. 아아악!!"

나는 입으로 비명을 지르면서 왼팔을 움직였다. 반신만 풀어낸 덕분에 왼쪽은 아직 멀쩡히 움직인다. 고통으로 입술에서 침이 잔뜩 흘러나오고 시야가 흔들흔들하긴 하지만 왼팔 자체는 아무 이상이 없다. 그걸 움직이는 뇌가 뒤틀려서 문제지.

"그으으으윽!"

나는 간신히 왼손으로 바닥을 짚고 고개를 들었다. 상황은? 상황은? 나는 희미한 시선으로 타라스크가 있던 자리를 보았다.

머리 여덟 달린 대사(大蛇).

각각의 미간에 박힌 색색의 보석이 영롱한 빛을 뿜낸다. 그 검은 비늘은 강철과 같고 우아한 자태는 공작과 같다. 일찍이 인간을 지배하며 권세를 누렸던 음흉한 뱀이 똬리를 틀며 나를 주시하고 있다.

그 크기는 산과 같아 공동 전체를 메울 지경이었다. 이건… 대체 몇 미터야? 이 정도 크기라면 말하고 싶지도 않다. 삐져 나온 송곳니가 내 몸보다 훨씬 더 크다.

"…야미타노오로치."

나는 멍하니 그 이름을 불렀다. 이런 녀석을 알고 있을 리 없지만 지금 이 순간 나도 모르게 알게 되었다. 예의 출처 불명의 지식이 나에게 이 강대한 뱀의 이름을 불러준 것이다. 그 외 몇 가지 정보도 나왔다.

"내가 스사노오가 되라는 건가……."

무리다. 억지로 몸을 움직여 보지만 아직도 반신에는 감각이 없다. 이 몸을 가지고 싸울 수는 없다. 반면 상대는 치명상을 입었음에도 지금은 아무런 흔적도 남아 있지 않다. 오히려 더 강력한 마물의 몸을 빌려 나를 오연하게 내려다본다.

"마지막으로 묻지, 이계용자. 넌 뭐냐?"

뱀이 기다란 혀를 날름거리며 나에게 묻는다. 아, 그래. 이 질문이 나에게 내려진 유일한 빛이겠지. 여기서 제대로 답하지 않으면 나는 죽는다. 여지없이 뒈진다. 아부를 해야 살 수 있다. 어떻게든 거짓말이라도 해야 한다. 그래야 궁극적인 승리를 노려볼 수 있다.

"인… 간이다!"

멍청하긴. 나는 내 자신을 저주했다. 평소에는 아부를 잘만 떨던 놈이 결정적인 순간에는 허리를 숙이지 못해요. 씨발.

"그래? 아쉽지만 먹어주마."

뱀이 거대한 입을 벌렸다. 인간 정도는 수십을 삼키고도 남을 붉은 구멍이 점차 커진다. 나는 그 탐욕스러운 구멍을 노려보았다. 왼손에는 아직 신검이 쥐어져 있다. 하지만 놈은 기다려 주지 않겠지.

졌다. 그리고 죽는다.

뭐, 별수없나. 당연한 귀결이다.

나는 눈을 감았다. 편한 죽음은 나에게 과분하다. 뱀의 몸속에서 천천히 소화되며 고통스러워하는 게 배덕자에게 어울리는 형벌일 터.

여기까지인가.

분명히 그렇게 생각했지만 아무것도 느껴지지 않았다. 기다리던 나는 망설이다 눈을 떴다.

다 해진 검은 망토가 시야를 가득 채운다.

목까지 오는 청람색 머리칼이 눈부시다. 새하얀 피부가 어둠 속에서 매혹적인 빛을 뿜낸다. 마물의 피로 물든 바닥을 딛고 선 소년이 검을 양수로 쥐고 어마어마한 크기의 뱀과 대치하고 있었다. 그 광경은 무모하기 짝이 없어 보였다.

Overlap.

샤마슈 때와 상황이 비슷하다. 안 돼, 안 된다. 그때는 운 좋게 살아남았다곤 하지만 그 운이 이번에도 있으리라는 법은 없다. 어차피 진 싸움이라면 나 하나 죽는 것으로 깨끗하게 끝나는 게 정답이다.

"그만둬라."

나는 잘 나오지 않는 목소리를 억지로 토해내었다. 여기서 유디트를 희생시키고 시간을 버는 게 더 낫다는 건 안다. 일행 중 나 다음으로 실력이 빼어난 유디트가 싸운다면 어느 정도 시간은 벌 수 있겠지. 내가 다시 일어나기에 충분한 시간일 거다.

하지만 녀석은 분명히 죽는다.

저런 신화 시대의 괴물을 상대로 목숨을 부지할 수 있을 리가 없다. 유디트를 희생시키고 다시 기회를 잡는 게 현명한 처사라는 건 너무도 잘 알지만…… 그게 합리적이라는 건 잘 알지만!

"바라쥬칼의 주구? 어째서 나를 막는 거지?"

뱀은 유디트를 먹어치우는 대신 의문을 토했다. 그러고 보니 샤마슈도 저런 소리를 했지? 대체 유디트는 나에게 뭘 숨기고 있는 거지?

"그만둬. 비켜라, 유디트."

유디트는 대답하지 않고 움직이지도 않았다. 세페르도 그렇고…… 왜 애들이 이렇게 설치는 거지? 유디트를 희생시키고 이기느니 차라리 그냥 뒈지는 게 나아!

"뭐, 이렇게 되면 먹어도 되겠지."

여덟 개의 머리가 입을 벌린다. 그 흉흉한 기세에 나는 전신을 긴장시켰다. 고통은 사라져 있다. 아니, 아직 잔류하고 있지만 '사라져 있다고 믿는 수' 밖에 없다!

나는 이를 악물고 다리 힘만으로 몸을 일으켰다. 좋아, 일단 섰어. 몸의 절반의 신경이 죽었지만 일단 움직이기는 한다고. 젠장, 지금은 다리로 서는 게 한계인가? 허리도 안 펴진다. 이래서야 하피드를 어떻게 상대하지?

"어딜 보냐!"

순간 뱀의 몸통이 드리운 그림자에서 인영 하나가 튀어나왔다! 아, 저건 대거 아닌가? 실력도 안 되는 주제에 어디서 깝치는 거야!

그러나 내 예상과 달리 대거가 팔을 사방으로 휘두르자 피분수가 일었다. 무슨 무기인지는 몰라도 신화 시대 괴물의 외장을 손쉽게 파훼한 것이다.

"흐읍!"

몸통이 갑자기 공격당하자 하피드는 뒤를 돌아보며 대거를 향해 머리를 움직였다. 저놈의 머리 움직임은 바람보다 더 빠르다. 대거가 피할 수 있을 리가 없다. 내가 소리 높여 경고하려는 순간 난데없이 튀어나온 도끼가 뱀의 머리를 후려쳤다.

"후우."

팔두사의 머리 하나를 쪼개 버린 거한은 도끼를 양손으로 잡고 휘두르기 시작했다. 정말 힘이 넘치는 동작이긴 한데…… 너무 허점이 많다. 그 틈을 대거가 옆에서 보완해 주고는 있지만 그다지 오래갈 것 같지 않다. 당장이야 호전이지만 저대로 놔둘 수는 없다.

유디트가 뒤를 돌아본다.

"사부님."

"…젠장, 지금 뭐 하는 짓이야! 어서 다들 데리고 퇴각해!"

이것들이 단체로 돌았나. 내가 당했으면 어서 튀지는 못할 망정 와서 꼴아박는 건 대체 뭐야? 뭐, 실력이 있다면 상관없 지만 사실 내가 파티 최강자잖아? 그런 내가 완전히 박살난 상대에게 덤비는 건 대체 무슨 심보야?

하지만 유디트는 내 말을 듣지 않았다. 내 거센 힐책에도 연보랏빛 눈동자에는 한 점의 흔들림도 찾아볼 수 없다.

탁한 목소리가 알아볼 수 없는 그림을 그린다.

"저는 천 년 동안 당신의 마음이 되겠습니다. 마음이 되어 혼을 더럽히지 않게 보필하겠습니다."

뭔 개소리야? 말투는 또 왜 이래? 평소에 쓰지 않았던 단어 들을 갑작스레 쓰는 유디트가 뭔가 이상하다. 평소에 본인, 본인거리던 놈인데?

"정식 계약을 요청합니다."

"야, 니가 지금 상황 파악이 안 되나 본데……."

무슨 귀신 씨나락 까먹는 소리야. 강적을 앞에 두고 한가하 게 헛소리나 하고 앉아 있어야겠어? 그러나 내가 으르렁거리 든 말든 유디트는 눈 하나 깜짝하지 않았다. 그걸 보자 나도 모르게 입이 다물렸다.

맞아, 그때다. 샤마슈와 싸울 때 보여줬던 그 모습. 담담하게 말하곤 최강의 권사에게 돌격하기 전에 보여줬던 얼굴.

…잘은 몰라도 이 녀석, 진심이다. 개소리가 아냐.

"계약하시겠습니까?"

"대체 무슨 계약이야?"

"계약하시겠습니까?"

"아니, 뭐냐고!"

"계약하시겠습니까?"

"…야."

무정한 눈동자가 동음을 반복해서 만든다. 머리로 피가 몰린 나는 놈을 노려보았다. 이 꼬마가 너무 막무가내로 구는데? 내가 인상을 일그러뜨려도 눈앞의 미인은 눈썹 하나 까닥하지 않는다. 그 모습은 처음 만났을 때의 고집불통과 전혀 달라진 게 없다.

아, 씨발! 그래 뭔지 몰라도 일단 해주마!

"그래! 한다, 해! 할 테니까 어서 다들 데리고 나가! 뒤는 내가 막을 테니까!"

결국 잡아먹히겠지만 어느 정도 시간은 벌 수 있겠지. 지금 오른쪽 손가락이 회복된 게 조금만 더 있으면 어떻게든 싸울 수 있을 것 같다. 나는 길게 한숨을 쉬며 상황을 살폈다.

대거와 거한은 초반엔 선전했지만 점차 궁지에 몰리고 있었다. 머리 네 개를 상대로 혼신의 힘을 다해 싸우고 있지만 열세다. 나머지 머리 세 개는 위에서 느긋하게 구경 중이고,

싸우는 네 개도 놀고 있다는 느낌이 팍팍 들었다. 제길, 저 새끼가 진심이 되기 전에 대거를 빼내야 하는데…….

가느다란 손가락이 내 어깨를 잡는다.

위험하다.

그렇게 느낀 순간 끝난 싸움이 되어버렸다.

"……!"

이, 이이이이이이이이이!

내게 입을 맞춘 유디트는 손에 잔뜩 힘을 줘서 나를 끌어안고 있다. 나는 필사적으로 버둥거렸지만 몸의 절반이 기능을 상실한 지금 유디트의 손에서 빠져나가기는 무리였다.

아, 기기기기기분 나빠아아아! 나, 남자 놈에게 지금 입맞춤당하고 있는 거야? 그런 거야? 지금 전투 중 맞아? 이 새끼, 미친 거 아닌가? 제, 젠장! 이 녀석 입술의 감촉이 여자의 것과 다를 게 없다는 게 더 최악이다!

혀, 혀 섞지 마! 너, 너 잘라 버린다? 혀 들이밀지 마! 자를 거다? 자를 거야!

나는 유디트에게서 빠져나오기 위해 몸부림을 쳤지만 타액이 밀려오는 데는 도리가 없다. 유디트는 능란한 움직임으로 자신의 타액을 내 목구멍으로 밀어 넣었다. 제, 젠장! 먹어줄 것 같냐! 아, 씨발 이걸 완전 죽여 버릴까? 날 너무 얕보는데?

꿀꺽.

넘겨 버렸다.

주, 죽고 싶다. 자신에 대한 강렬한 해부 욕구가 샘솟는데? 한참 동안 혀를 섞어 내게 타액을 전하고 받아 간 유디트는 천천히 입술을 떼었다. 농밀하게 뒤섞였던 타액이 호선을 그리다 툭 끊어진다.

"……."

미칠 것 같다. 하지만 내 심경과 반대로 유디트의 얼굴은 무덤덤했다. 아, 음. 이거 죽여도 되지? 문제없겠지? 아니, 하피드를 앞에 두고 이게 뭔 미친 짓이지? 죽기 전에 키스하고 싶었다고 하면 정말 죽여 버릴 거다.

"나는 회한의 별."

내가 버럭 화내기 직전에 유디트가 얼굴빛을 달리하더니 목소리를 가다듬었다. 허스키한 목소리가 작은 파동을 만드는 것을 느낀 나는 입을 다물었다. 말에 힘이 실려 있는 게 심상치 않은 소리를 한다는 걸 알 수 있었다.

이 말의 무게는 여느 것과 비교할 수 없다.

"청람의 성좌. 정천의 호가 여기서 그대의 종복임을 선언한다. 부디 이 밤의 끝에 환희는 없다 하더라도 비탄은 하지 말기를. 시간이 그대를 변하게 하더라도 이 맹세는 잊지 않기를."

표현할 말을 찾기 힘들 정도로 아름다운 인간이 더없이 진지한 음성으로 계약 조항을 읊는다.

"나는 이 숨이 다할 때까지 그대의 마음을 지킬 것을 맹세

한다. 그대는 그 뜻이 상하지 않는 것으로 나에게 보답하라. 이로써 정천의 호는 열천의 왜와 그 운명을 같이한다."

유디트가 정연한 눈빛을 하고 나를 직시한다.

"이 맹약은 양자 합의에 의해 정당하게 성립되었다."

그리고 무언의 시선으로 내게 답문을 종용했다. 정당하게 성립은 개뿔이! 설명 하나 없이 다짜고짜 도둑 키스를 한 다음에 진지한 얼굴을 하면 넘어가 줄 것 같아?

"사부님."

내가 입을 다물고 있자 유디트가 나를 재촉했다. 그 얼굴은 담담하지만…… 어딘가 묘하게 부서져 있었다. 아까의 행위를 사과하지도 않고 변명하기는커녕 뻔뻔하게 이쪽의 페이스대로 따라오라고 요구한다. 뭐가 뭔지 설명하라고 해도 들은 척도 안 한다.

하지만…… 이 녀석이 내게 해를 입히려고 이러는 건 아니다. 표정의 밑바닥에 깔린 감정으로 그건 읽어낼 수 있었다.

"사부님."

물기 어린 목소리가 귓가를 적시는 것을 음미하며 나는 눈을 감았다. 정말 요령없는 녀석이다. 적당히 거짓말이라도 하던가. 말은 절대 안 하면서 사람을 움직이려 하다니…… 어리석기 짝이 없다. 거짓말을 할 능력도 없는 주제에 사람을 가지고 뭘 꾸며보려 하다니 멍청하군. 누가 고개를 끄덕여 주겠냐?

아아, 하지만…… 이 녀석은 내 제자잖아.

한 번 정도는 속아줘도 상관없겠지.

"이 맹약은 양자 합의에 의해 정당하게 성립되었다."

화악!

눈을 감고 있어도·뭔가가 변했다는 것은 충분히 알 수 있었다. 나는 엉겁결에 뒤로 두세 걸음을 물러나며 눈을 떴다.

길어진 청람색의 머리칼이 허리께에 닿는다. 등에서 한 쌍의 날개가 돋아난다. 순백의 날개에서 떨어져 나온 깃털이 내 얼굴을 간지럽힌다. 눈부신 휘광을 몸에 두른 그 모습은 옛 영광을 찾기 위해 지상에 강림한 천족의 영용한 자태였다.

나는 유디트의 변화에 숨쉬는 법조차도 잊고 멍하니 바라보았다. 이것은 외적인 아름다움의 문제가 아니었다. 지금의 유디트는 인간의 시선을 모으는 힘이 있었다. 그 자체로 고결하다고 느끼게 만드는 힘. 인외마물, 아니, 인외신물(人外神物)이라고 해야 할까?

지금의 유디트는 인간 따위는 감히 범접치 못할 천상의 존재였다.

"EXIS No.6 기동(起動)."

담담하게 내뱉은 유디트는 등을 돌렸다. 그 모습을 보며 나는 손을 뻗으려 하다가 주저했다. 저런 고귀한 것에 내가 손을 대도 될까?

나는 육체 접촉 대신 말을 걸기로 했다. 눈앞의 변화에 압도당했지만 그건 그거고, 이건 이거다.

"유디트! 설마 덤비겠다는 건 아니겠지?"

"마스터."

엥? 저 괴상한 단어가 날 부르는 소리 맞지? 모습이 변했어도 목소리는 여전히 탁하다. 높낮이가 없는 어조로 유디트는 차분하게 말했다.

"임시 기동은 5분이 한계입니다. 그동안 회복하시기 바랍니다."

"…잠깐. 대체 무슨 무모한 계획이야?"

회복한다고 뭐가 달라져? 나는 이미 졌다. 다시 덤빈다고 해도 이길 것 같지 않다. 하피드는 내 계산보다 강했다. 비장의 수는 이미 한 번 써버렸다. 절기라는 것은 같은 상대에게 두 번 쓸 수 있는 성질의 것이 아니다. 시간을 끈다고 해도 상황이 악화되면 악화되었지 호전되지는 않는다.

"이길 수 있습니다."

성스러운 빛에 감싸인 천사가 나를 돌아본다. 평소와 다를 것 없는 목소리이지만 불신과 고집으로 똘똘 뭉친 나도 순간 입을 다물 만큼 설득력이 있었다. 근거가 있어서 설득되는 게 아니라 눈앞의 고결한 자가 말했기에 받아들일 수 있다니…… 비겁하다.

변화한 지금의 유디트는 억지를 진리로 받아들이게 하는

힘을 가지고 있었다. 이 정도의 아름다움, 기품, 고결함이라면 대체 무엇에 견주어야 할까?

"저는 그것을 위한 존재입니다. 마스터에게 승리를 안겨주기 위해 만들어진 것."

"뭐?"

무슨 소리야? 흘려듣지 못할 소리다. 유디트는 예의 무표정한 얼굴로 나를 바라본다. 성스러운 광휘를 걸치고 있는 그 모습은 홀릴 듯이 아름답지만…… 동시에 어딘가 불안정해 보였다. 갑자기 호칭이 바뀐 것도 그렇고, 일련의 상황이 전혀 이해가지 않는다. 계약은 또 뭐고, 마스터는 또 뭐야? 이 정도면 설명해 줘야 되는 거 아냐?

하지만 모든 것을 알고 있을 미인은 입을 꼭 다문 채 나를 직시하고만 있다. 분명히 아름답다. 내가 본 미인 중 최고라고 칠 만하다. 그렇다 해도 외모로 사람을 설득시키려는 것도 정도껏 해야지. 사람을 너무 물렁하게 보고 있다.

나는 유디트의 말을 따르고 싶어 하는 감성을 이성으로 내리쬤었다. 평소에 지겹게 하던 짓이었기에 무척이나 쉬웠다.

"저를 믿어보십시오."

신뢰.

이 녀석은 내가 가진 신뢰로 설득하려 하고 있었다. 신뢰라는 불합리하며 불확실한 것에 기대란 말인가? 이 내가?

물론…… 이 녀석이 아니었다면 이미 나는 사람을 죽이며 즐거워하는 괴물이 되었겠지. 계약이 뭔지는 모르지만 내 불안정한 뿌리를 잡아주었다. 뭐, 이 모든 상황과 이 녀석이 연관없으리란 법은 없다. 의심병 같지만 그럴 가능성도 염두에 둬야 한다.

나는 이 녀석을 믿는가?

모르겠다. 이 녀석이 날 갖고 무슨 짓을 꾸미는지…… 대체 상황이 어떻게 되어가는 건지 하나도 모르겠다. 제대로 알려주지도 않는다. 재주가 없어서 그걸 속이지도 못한다. 이 녀석이 뭔가 나에게 숨기고 있다는 것은 알겠는데 티를 낼 뿐, 아무리 다그쳐도 말해주지 않는다.

그런 상대를 믿으란 건가?

근거없는 신뢰라는 것은 비합리다. 합리적인 신뢰는 상대의 약점을 잡거나 상대의 욕망을 이용하는 것이다. 이 녀석과 내가 갖고 있는 관계의 끈은 어느 쪽에도 속해 있지 않다.

묘한 관계다. 힘만 넘치고 재주없는 사부와 힘이 부족할 뿐, 이미 배울 것이 없는 제자. 차라리 내가 능력이 넘쳐서 나에게 얻어갈 게 많다면 모를까…… 언제 깨어져도 이상하지 않은 관계다

훅 불면 날아가 버릴 것 같은 관계. 언제 적이 되어도 이상하지 않을 관계. 잠시 한눈을 팔면 등에 칼을 박아도 이상하지 않을 관계다.

이 인연은 지독하게 약하다.

믿을 수 없다.

"나는……."

믿을 수 없다. 믿어서는 안 된다. 상대는 너를 속이려 하고 있다.

왜냐면 나도 남을 그렇게 대하니까.

나는 언제나 계산과 처세로 사람을 대해왔다. 어린 시절의 경험이 나를 이렇게 만들었다. 합리적이라 생각했다. 사람을 믿지 않으면 상처받지 않는다. 아버지에게 매달리지 않으면 얻어맞지 않는다.

맹목적인 신뢰를 준다는 것이 얼마나 상처받을 수 있는지 잘 알고 있다. 그것을 가르쳐 준 것은 다름 아닌 아버지다.

류아는 분명히 나에게 깊은 신뢰를 주었고, 나는 그 마음이 고마워서 나름대로 답했다. 하지만…… 류아에게마저 완전히 속을 내보인 것은 아니다. 라렌시아에겐 속을 그대로 드러냈지만 내가 죽여 버렸다.

즉, 살아 있는 인간 중 내 바닥을 본 인간은 전무하다. 다들 내 겉면을 접했을 뿐 속이 어떻게 되어 있는지는 모른다. 알 리가 없다.

보여주지 않았으니까.

보이고 싶지 않았다. 보일 상대도 없었다. 보여주고 싶던 인간은 나를 죽일 기세로 구타했다. 어머니는 내 바닥을 아실 테지만 아무런 말도 하지 않으셨다. 모두와 함께 있으면서,

가족이라는 소중한 존재와도 결국 신뢰는 없었다. 있었지만 깊은 것은 아니었다. 그것은 지나치게 막연했다.

결국 나는 아무도 믿지 못하게 되었다.

나에게는 상대가 약속을 깨뜨리지 않음으로써 얻을 수 있는 보증만이 잠시간의 신뢰를 약속할 수 있었다. 언제나 계산하고 머리로 생각하고 재어본 다음에 행동했다. 덕분에 많은 사람들을 상처 입혔다.

상관없다고 생각했다.

심지어 그 대상이 류아라고 할지라도 이 생각은 변하지 않는다. 등을 내줄 수는 없었다. 내주고 싶지 않았다.

인간이라는 건 단지 불쾌하다는 이유만으로 아들을 죽이려드는 동물이다. 다른 것이라고 해서 다를 리 없다.

"나는……."

하지만 눈앞의 이 소년은 어떤가? 나에게 무엇을 바라고 이러고 있는가? 호엔은 나에게 이 녀석을 세계 최강의 검사로 만들라 했지만 앞뒤가 맞지 않는다. 이미 이 녀석은 인간으로서는 최강이라고 말할 수밖에 없다. 나 같은 규정 외 비도가 아닌 이상 경지의 끝이라 해도 과언은 아니다.

사고하라.

비가 내리던 그때, 최강의 적을 상대로 나에게 등을 보여주던 그 모습.

살의에 물들어 버린 자신의 모습이 추악하고 무서워서 도망치던 나를 붙잡아주던 손.

옆에 있어서 다행이라고 말해주자 처음으로 웃어주었던 얼굴.

그래, 이 녀석은 나를 위해주고 있다.

그것만큼은 진실이다. 어떤 계산이나 술수가 도사리고 있다고 해도 이것만큼은 변하지 않는다. 막판에 뒤집는다 해도…… 적어도 지금까지는 그렇다.

이 녀석이 나에게 어떤 거짓을 품고 있더라도 지금까지의 행위가 나를 위해주었다는 점은 변하지 않는다.

그리고 지금도 내가 회복할 시간을 위해 칠단장에게 덤벼들겠다고 말하고 있다. 비록 가르칠 재주는 없지만 자신보다 월등히 강한 사부가 패한 존재에게 달려들겠다고 말하고 있다. 그걸 의심하는 개새끼에게 자신을 믿어달라고 말하고 있다!

"3분만 버텨라."

"네."

유디트는 내 말에 힘있게 고개를 끄덕였다. 아, 뭔가 엉망인 것 같다. 전혀 합리적으로 상황이 돌아가지 않아.

하지만 내린 결론은 이거다. 어차피 합리적으로 사고하기도 글러먹은 상황이다. 합리를 내세울 거면 내가 상황을 제대로 파악하고 있어야지.

"그럼…… 다녀오겠습니다."

날개를 펄럭이는 유디트를 향해 나는 소리쳤다. 분명히 빛을 내고 있지만…… 그 등은 어딘가 불안정해 보였다. 직소 퍼즐의 한 부분을 빠뜨려 놓고 완성했다고 우기는 애 같아 보여서 견디지 못하고 한마디를 던졌다.

"죽지 마라!"

그 말에 내 제자는 살짝 고개를 돌렸다. 그 입매는 활짝 웃고 있었다.

아.

순간 가슴이 두근거렸다. 아름답다, 고결하다, 고귀하다, 마력적이다…… 이딴 말은 필요없다. 지금 이 순간 이 녀석이 웃는 얼굴에 나는 매료되었다. 그것은 아름다움이나 기품에 의한 마음의 흔들림이 아니었다. 혼이 관통되는 느낌이랄까? 이 기분을 뭐라 표현해야 될지 모르겠다.

확실한 건 지금 내 안에 있는 진심이 반응했다는 거다. 평소에 꼭꼭 숨겨놓았던 것이 순간 꿈틀거렸다.

"마스터가 피워내는 꽃을 보기 전까지는 죽지 않습니다."

알아먹을 수 없는 소리를 한 유디트는 다시 앞을 바라보았다. 눈앞의 적은 신화 시대의 마물, 여덟 개의 머리를 가지고 인간 위에 군림했던 대사. 그 흉포한 괴물에 맞서는 대거와 남자는 외로운 싸움을 간신히 이어 나가고 있었다. 아니, 싸움이라고 말하기도 구차하다. 농락당하고 있다. 간신히 목숨을 부지하고 있지만 여기저기 상처를 입은 게 위태로운 상황이었다.

하얀 날개가 펄럭이자 순백의 깃털이 시야를 가득 메운다. 눈처럼 흰 빛깔의 깃이 사방으로 퍼지는 것이 마치 창세기의 한 장면처럼 아름다웠다. 그 절경의 중심에서 유디트가 날아올랐다. 궁극의 마물이라고 불릴 만한 적에게 소년은 무모한 비행을 시작한다.

그렇게 생각했다.

유디트가 검을 휘두르기 전까지는 그렇게 생각했다.

"아!"

나는 깜짝 놀라 탄성을 내뱉었다. 목이 떠오른다. 하나, 둘, 셋, 넷, 다섯! 위로 날아오르며 한 번 검을 휘둘러 다섯 개의 머리를 쳐날린 것이다. 실로 놀라운 무용이었다. 유디트에게 힘과 속도가 갖춰지면 이렇게 되는 건가? 무시무시하다!

"하앗!"

가벼운 기합과 함께 떨어져 내리며 검을 휘두르자 나머지 두 개의 목이 공중으로 튀었다. 세상에! 방심하고 있었다고는 하지만 단 두 수에 일곱 개의 목을 취해 버린 것이다.

유디트는 허공에 서서 도도한 태도로 머리가 죄다 날아가 버린 뱀을 내려다보았다. 펄럭이는 날개의 움직임을 따라 순백의 깃털이 머리가 잘린 뱀의 몸 위로 나풀나풀 떨어진다. 신화 시대의 괴물을 참살한 영웅답지 않게…… 어딘가 쓸쓸해 보이는 모습이었다. 내 착각일지도 모르겠지만.

"으윽."

이러고 있을 때가 아니다. 어서 회복해야 된다. 머리를 날렸다고 해서 저게 죽었을 거란 생각은 안 들어.

과연 예상을 빗나가지 않아서 몸통이 꿈틀거리는가 싶더니 곧 거대한 너구리로 변신했다. 너, 너구리? 내 놀람과는 별개로 유디트는 지체하지 않고 날아들었다.

"여기에 여신의 큰 은총이 깃들라. 힐!"

두근거리는 가슴을 안고 그 광경을 지켜보고 있는데 갑자기 등으로부터 따뜻한 기운이 흘러들어 왔다. 그러자 뒤틀렸던 속과 박살났던 어깨가 단박에 치료되는 것이 아닌가? 내가 뒤를 돌아보자 무표정한 에티엔이 저 장렬한 싸움을 지켜보고 있었다. 여태 어디 있다가 어디서 튀어나온 거지?

"저걸론 안 돼요."

"뭐?"

에티엔이 뭔가 알고 있다는 듯이 한 말에 나는 반문했다. 에티엔은 앞으로 한 걸음 나와 내 옆에 서서 유디트와 하피드의 싸움을 지켜보았다. 유디트의 외적인 변화에도 전혀 놀라지 않은 얼굴이다. 너무 담담하신데?

"칠단장은 마황의 권능이 닿은 존재, 멸하려면 신검의 힘이 필요해요."

"으음."

나는 왼손에 들고 있는 신검을 내려다보았다. 확실히 유디트는 잘 싸우고 있었다. 너구리 다음은 머리 셋 달린 전설의 맹수, 강력한 거호, 표범, 양 머리에 사자의 몸을 하고 있는 괴수, 상서로운 빛을 뿌리는 새…… 쉴 새 없이 변한다.

하나같이 전설의 반열에 이름을 올렸던 마물들이었다. 그 존재 자체만으로도 나라 하나는 충분히 멸망시킬 수 있는 권능을 자랑하는 괴물들이다.

하지만 모두 유디트에게 십여 합을 버텨내지 못했다. 좀 시간을 끈다 싶으면 유디트는 그 틈을 파고들어 가 베어버렸다. 단단한 가죽도 검기로 잘라 버리고, 빠른 공격은 예측했다는 듯이 미리 피해 버린다. 하피드의 공격은 유디트가 뿌리고 간 흰 깃을 때릴 뿐이다. 그걸 알아차렸을 땐 이미 치명상을 입은 뒤다.

마치 싸우기 위해 태어난 자 같다. 그 검의 움직임은 바람과 같고 운신의 법은 물과도 같이 표표히 흐른다. 막강한 힘과 재빠른 속도, 상상키 어려운 기술이 결합했을 때 볼 수 있는 강함이 내 앞에서 펼쳐졌다.

그 황홀한 움직임에 나는 도취되었다. 신화 시대의 장절한 싸움이 지금 눈앞에서 재현되고 있었다. 검을 쥐고 살아가는 자로서 빠져들지 않을 수가 없었다.

싸우고 있는 것이 내 제자임에도 불구하고, 걱정조차 잊을 정도로 아름답고 처절한 사투였다. 갖은 마물을 향해 천사의 날개를 가진 아름다운 인간은 검을 휘두른다. 깊이를 잴 수 없는 기술과 강력한 육체적 능력이 합쳐져 비현실적인 결과를 만들어내는 광경은…… 외경심을 품지 않을 수가 없었다.

그야말로 '신화 창조'라고 제목을 붙여야 할 강렬한 그림이었다. 이 정도면 화폭에 담을 수 있는 것 중 최고급이다.

"슬슬 한계인가 보네요."

화려한 싸움을 멍하니 지켜보던 정신이 확 깨어났다. 에티엔의 표정은 처음과 변한 것이 없다. 목소리도 여전하다. 하지만 그 내용은 흘려들을 수가 없었다.

"리워드, 준비해요."

그녀는 내 쪽으로 고개를 돌리며 말했다. 나는 무심결에 몸을 움직여 보았다. 팔의 통증은 어느 정도 가라앉아 있었다. 그러나 반신은 여전히 비틀려 있고.

나는 신검을 오른손으로 잡고 에티엔을 응시했다. 그녀는 무표정을 고수한 채 뇌까렸다. 밤하늘을 닮은 검은 눈동자는 조용히 가라앉아 있다.

"마황의 부하는 용자가 물리쳐야 하잖아요."

어딘가 쓸쓸함이 묻어 있는 것은 내 착각이리라. 어쩌면 그녀는 지금 라렌시아를 떠올리고 있을지도 모른다.

나는 뭐라 말하려다가 입을 다물었다. 지금은 내가 그녀에게 뭐라 말할 수 있는 상황이 아니다. 움직여야 한다. 나는 입술을 달싹이다가 고개를 젓고 다시 싸움으로 신경을 돌렸다.

전황은 바뀌어 있었다.

호랑이 몸에 날개가 달린 마물, 궁기(窮奇)가 유디트에게 발을 휘둘러 밀어붙이고 있었다. 몸을 굴리면서 간신히 공격을 피하곤 있지만 위태위태해 보인다. 방금 전까지만 해도 압도적인 우세였는데 어쩌다 저렇게 된 거지? 하늘을 날던 천사가 땅으로 추락해 마물에게 위협받는 장면을 보니 마음이 조마조마하다. 지금 뛰어 들어갈까?

다행히 유디트는 뒤로 빠르게 굴러 궁기의 사정권에서 벗어났다. 하지만 안전권에서 몸을 일으킨 순간,

피가 터졌다.

선홍빛 피가 유디트의 작은 입에서 왈칵 터져 나왔다. 뭐, 뭐야! 왜 저래? 공격이 맞지도 않았는데 갑자기 토혈이라니? 유디트는 비틀거리며 뒤로 물러났다. 휘청휘청거리는 게 대단히 상태가 안 좋아 보인다. 그리고 하피드는 호기를 놓치지 않고 발을 휘둘렀다.

토혈을 하는 꼴을 보아하니 속이 완전히 망가진 것 같은데…… 그럼 그렇지. 대체 어떤 방법으로 저런 속도와 힘을 손에 넣었나 했더니 역시 올바른 방법은 아니었다. 몸에 과부하가 걸린 것이다. 그리고 그것이 지금 한계에 달해서 피가 역류한 거고.

그 상태에서 하피드의 공격을 허용한다는 것은 죽음과 직결된다.

순간 뇌가 타버리는 것 같은 느낌이 들었다. 사고나 생각, 감성이나 이성을 모두 배제하고 입력 즉시 곧바로 결과를 출력했다.

왼발의 왜곡을 푼다.

"네 상대는 나다!"

그렇게 외치자 나는 빛이 되었다. 비틀린 왼쪽 다리를 풀며 땅을 차자 거대한 소리가 울렸다. 그리고 나도 주체하지 못할 속도로 몸이 움직였다. 아니, 쏘아졌다는 게 정확한 표현이다. 숨 한 번 들이쉴 순간 궁기의 거대한 몸이 바로 코앞에 있었다.

"크악!"

하피드는 갑작스런 나의 난입에 깜짝 놀라 괴성을 질렀다. 하지만 늦었다!

나는 그대로 비틀었던 반신을 풀어내며 주먹을 내질렀다. 고통이 척추를 훑고 지나간다. 이가 절로 악물리고 비명이 새어 나온다. 필설로 형용하는 것이 무의미할 정도로 괴로운 고통이다. 하지만 지금 이겨야 한다. 이기지 않으면 안 된다. 이기지 않으면 유디트가 위험하다.

그러니까 지금 이 순간 승리를 갈망한다.

이기지 못하면 아무도 도울 수 없어. 비록 나는 10의 6을 돕고 4를 버리기로 했더라도 그것은 나의 승리를 담보로 한 계산이다. 패배한다면 6은커녕 1마저 돕지도, 구하지도 못해.

돕지 않으면 안 돼, 구하지 않으면 안 돼!

그것을 위해 모든 것을 무시한다.

통각 절단.

"좀 뒈져라!"

빠각! 그드득! 우드득! 콰드드득!

잔뜩 비틀었던 것을 단박에 풀어내자 요란한 소리가 들렸다. 아마 거덜났겠지. 재기불능이다. 그래 봤자 움직이는 데 방해만 되지 않으면 문제없다. 승리를 위해서라면 팔 하나 정도 날려줘야지! 그러지 않고서 손에 넣을 수 없다면야 기꺼이!

콰앙!

주먹이 적중한 궁기의 허리가 폭발했다. 간신히 살아남은 내장 조각이 돌바닥에 털퍼덕 쏟아진다. 몸통이 반 토막 난 하피드는 굉장히 고통스러워하는 기색이었지만 아직 살아 있었다. 그래, 몸이 날아간 정도로 이 질긴 놈은 뒈져 주지 않는다.

고양이도 쥐를 몰 때 도망갈 길을 두고 몬다. 너는 나 하나만을 상대해야 했어. 유디트와 대거를 위협한 순간…… 나는 각오를 다졌다.

미친 짓이라는 걸 알면서도 한다.

허공을 딛고 오른쪽 몸을 비튼다. 한 번 비틀었던 몸, 고통이 사라졌다고 해서 금세 제대로 비틀릴 리가 없다. 세티아의 말대로 경락이 비틀린 것일까? 삐꺽이는 게 좀처럼 비틀리지 않는다. 부드럽게 비틀렸던 아까와는 천양지차다.

어리광 부리지 마.

빠득. 콰득. 우득. 콰지직! 그드드득!

뭔가 요란한 소리가 울렸지만 무시하고 끝까지 비틀었다. 지금의 나에겐 통각은 거세되어 있다. 어떻게 했는지는 모르지만 그걸 원하니까 끊어졌다. 뭐, 좋아. 지금의 나에게는 아주 좋은 능력이다. 쌍수 들고 환영할 만해.

앞으론 양손을 쓸 수 있을지 모르겠으니 지금 들어두자.

그래, 이건 정말 미친 짓이다! 지금까지 내가 한 또라이 짓 중에서도 단연 톱이다. 랭크를 매긴다면 무조건 1순위다. 그렇게밖에 말할 수 없다. 애초에 나는 비트는 것 자체에 고통을 느끼지 않았다. 풀어내는 것이 정말 아팠지. 그런데도 비트는 것에 이렇게 위화감이 든다는 것은 하면 안 된다는 몸의 경고다.

그런데도 통각 신경을 끊으면서까지 억지로 진행시키고 있다. 왼팔은 어떻게 나중에 쓸 수 있을지도 모르겠지만…… 오른팔은 앞으로 영영 못 쓸 거다. 강렬한 직감이 내가 지금 하고 있는 짓의 위험성을 알려주었다.

신성 마법이고 나발이고 간에 결국엔 정도라는 게 있다. 애초에 비튼다는 자체가 상식을 벗어난 행위인데, 그걸 상식의 선에서 되돌릴 수 있으리라 기대하는 것은 너무 안일한 생각이지 않나?

뭐, 어마어마한 능력자라면…… 그래, 아버지 정도라면 뚝딱 고쳐 낼 수 있을지도 모르지. 하지만 그것도 지금까지 벌어진 상황만을 놓고 봤을 때다. 이 이상 해버리면 그라도 절대로 돌아갈 수 없다.

그래도 상관없어. 몸이 부서지더라도, 두 번 다시 싸우지 못하는 몸이 되더라도 좋아! 나는 이기지 않으면 안 되니까!

몸을 검집으로 만든다.

사방이 새하얗게 변하면서 나와 검만이 남아 있었다. 아무것도 없는 공허한 세계 속에서 나는 정신을 가다듬었다. 손을 뒤로 물리고 발도 자세를 취한다. 천천히 정신을 끌어모으고 영격(靈格)을 날카롭게 갈아서 신검의 힘을 불러낸다.

놈을 끝장내기 위해선 신검의 힘이 필요하다. 하지만 순수한 신검의 힘만을 가지곤 이길 수 없다. 나는 철저히 농락당했다. 한 번 당한 수를 갖고 다시 덤비면 그건 정말 병신이지.

검사가 검에 손을 가져갔을 땐 이미 승패는 정해져 있다.

완전히 비틀어버린 오른손에 신검을 든다.

몸을 검집으로 만든다는 것은 대단히 위험한 행위다. 보통이라면 시도하다가 뒈지고, 잘해봤자 영격 상실이다. 그런 의미에서 나는 굉장히 특이한 케이스라고 할 수 있었다. 몇 번씩이나 하면서도 여전히 버티고 있다는 게 경이적이다.

하지만 그럼에도 불구하고…… 분명히 나는 부서져 가고 있었다. 한 번 할 때마다 눈에 띄게 부하가 걸린다. 이 발도는 내가 하면 안 되는 짓이라는 어렴풋한 감이 왔다. 동시에 이게 내가 내놓을 수 있는 최강의 카드란 것도 충분히 알았다.

전력의 칠단장을 상대하기 위해서라면 죽을 각오를 해야했어. 당연하잖아.

지금 이 순간, 내 검사 생명을 걸고 내가 가장 잘할 수 있는 것과 내가 쓸 수 있는 가장 강한 것을 동시에 한다.

그래! 합리적으로 사람을 돕는다, 지킨다 같은 소리도 승자가 되고 나서 할 수 있는 소리다! 그러니까 저 괴물 중의 괴물, 마물 중의 마물을 상대로 이겨 보이겠다!

"으아아아아아아!!"

허리가 날아가서 옆으로 쓰러지던 중인 하피드는 내 행동을 보고 놀라 입을 벌렸다. 내가 하려는 짓이 뭔지 대충 눈치를 챈 것 같았다.

하지만…… 늦었다.

나는 끓어오르는 속을 그대로 토해내며 검을 휘둘렀다.

"제발 끝내자!"

비틀린 몸을 풀어낸다. 뼈가 바스러지는 소리가 귀에 생생히 들리니 등골이 오싹하다. 시작부터 억지로 비틀었으니 자연스레 풀릴 리가 없다. 풀 때도 억지로 풀어야지. 부러지고 찢겨지는 소리가 쉴 새 없이 들리지만 상관없다. 오로지 이 공격의 성공에만 정신을 집중한다.

내 오른쪽의 비틀림, 그 해제의 끝에 신검이 기다리고 있다. 그 옛날 하늘을 베어 신화 시대를 열고 닫았던 검이 내 손에서 요란하게 몸을 떨고 있다.

"하아아압!"

힘찬 기합과 함께 검집에서 검을 빼어 들었다. 몸속에 박아 넣었던 검을 세계로 내놓으며 휘둘렀다.

그 순간 어깨의 왜곡을 풀었다.

"이 검은 그 옛날 하늘을 베었던 검!"

보다 선명해진 잿빛 서기가 궁기의 외장을 가른다.

푸아아악!

창검으로 상처 입히기 어려운 궁기의 갑옷이 일격에 갈라지며 속살을 내보였다. 하지만 여기서 끝이 아니다. 이 정도로는 칠단장을 잡을 수 없다.

"이 검은 그 옛날 신화 시대를 열었던 검!"

팔의 비틀림을 풀었다.

외장을 벤 서기의 잿빛이 한층 더 짙어져 묵직해진다. 그 압력을 이기지 못한 내장이 부서지고 갈라진다. 한줄기 강선이 된 발도가 공간을 초월한다.

설사 네놈이 신화 시대의 마물로 변할 수 있다 해도…… 한 시대를 열고 닫은 이 검에게만큼은 감히 대적치 못하리라. 내가 비록 이 검의 진력을 끌어낼 수 없다고 하나, 지금의 왜곡으로써 너를 참살할 정도의 힘은 충분히 끌어냈으니!

손을 풀었다.

"이 검은 퇴락한 신위에 도전하는 검!"

그 순간, 내장을 부수고 들어간 잿빛의 서기가 작렬했다. 아아, 이 얼마나 아름다운 모습이란 말인가? 감탄도 잠시, 눈부신 백색 검광이 강대한 마물의 핵을 관통했다.

푸악!

피분수가 인다. 확실히 감촉이 있었다.

이겼다.

정지했던 시간이 풀리고 나는 녹색의 피를 몸으로 받으며 추락했다. 바닥이 다가오지만 몸에 감각이 없다. 뭐야, 역시 완전히 망가졌나……. 땅을 향해 떨어지는 와중에 나는 씁쓸하게 웃었다.

쿵!

바닥에 떨어진 나는 눈을 감고 숨을 들이켰다. 아, 통각을 되찾는 것이 너무 두렵다. 몸이 얼마나 박살났는지 확인하고 싶지도 않다. 시험 삼아 팔을 조금 움직여 보니 무시무시한 소리가 들려왔다. 뼈가 가루가 되기라도 했나 하는 생각이 들 정도였다.

"하하하하하……."

하지만 이겼어! 이겼다고! 비록 몸이 만신창이가 되었지만 이겼다! 나는 기쁨을 감추지 않고 웃었다. 육체가 완전히 박살났다고 해도 지금 나에겐 승리의 기쁨을 즐기는 이 순간이 가장 중요했다.

"이겼다! 아하하하하!"

나는 지칠 때까지 시원스레 웃었다. 아아, 여기가 지하인 게 아쉽다. 지금이라면 태양이든 달이든 즐겁게 바라볼 수 있을 것 같은데.

발소리가 들리는데 몸을 일으킬 수가 없다. 아니, 몸의 경고를 무시하면 움직일 수는 있는데 다가올 후환이 두렵다. 싸울 때는 미친 짓을 했지만 막상 끝나고 보니 슬슬 걱정이 되기 시작했다.

으음, 아무래도 이거 못 고치겠지? 왼팔은 몰라도 오른팔은 무리다. 정말 미친 짓을 해버렸다. 회복 마법이 상처가 아닌 붕괴 레벨까지 치료할 수 있을 거라 생각하긴 힘들다.

"아, 저기. 에티엔 씨."

익숙한 발소리에 나는 즐겁게 말을 걸었다. 지금이라면 상대가 누구든 즐겁게 이야기할 수 있다.

"저, 몸이 좀 안 움직이는데 앉혀줄래요?"

일단 앉아서 일을 봐야지. 에티엔은 잠자코 내 요구를 수용했다. 바로 앉히는 손길을 느끼며 나는 눈을 감았다. 사방에서 발소리가 들린다. 이건 대거의 것. 저건 아까 그 남자의 것, 이 기척이 없는 건 유디트의 것인가?

근데 하피드를 쓰러뜨렸음에도 불구하고 아무도 입을 열지 않았다. 뭐야, 사교성없는 파티인 건 익히 알고 있었지만 이런 때는 한마디 축하 정도는 해줘야 하는 거 아냐? 나는 투덜거리며 앞을 봤다.

씨발.

"음, 위험했군."

말도 안 돼.

"정말 위험했어. 방금 것은 천참(天斬)이었나? 확실히 그건 제대로 맞으면 위험하지."

거짓말이다.

"뭐, 순간 날개를 뽑아서 모면했지만 말이지. 이걸 뽑는 순간은 무적 판정이거든."

인간 형태를 취하고 피막의 날개를 뽑아 든 하피드가 비열한 웃음을 띤다. 아! 젠장! 좆됐다! 나는 목울대가 울렁거리는 것을 느끼며 일행들을 올려다보았다.

대거는 여기저기 상처 입은 상태였다. 저 남자도 마찬가지고. 유디트는 날개와 휘광이 사라지고 안색이 창백한 게 도저히 싸울 상태가 아니다. 애초에 에티엔은 직접 전투 인원이 아니다.

그리고 나는… 전신이 박살났다.

졌어.

"이제 재주는 다 보였나, 이계용자?"

"이제부터 본게임이라 이건가?"

…농담이지? 나는 허탈하게 웃었다. 이겼다고 생각했다. 분명히 감촉도 있었다. 정말 목숨을 걸고 진심으로 싸웠다. 두 번 다시 검을 잡을 수 없는 몸이 된다는 위험을 넘어서 최선을 다했다.

졌어.

젠장, 이건 말도 안 돼. 이렇게까지 해도 못 이겨? 인간은, 나는 칠단장에게 이길 수 없는 거야? 지금까지 요행에 불과했나?

"그렇지. 이제부터 본게임이지."

하피드는 웃으며 손을 들어올렸다. 방금 전까지…… 전멸 위기였다. 그것을 내가 검사로서 목숨을 건 일격으로 뒤집어 놓았고 승리했다고 믿었다. 그런데 상대는 멀쩡하게, 오히려 이제부터 본게임이라 말하는 게 아닌가?

졌어!

우드드윽. 빠각. 삐걱. 콰득!

근육이 이리저리 뒤틀리고 뼈가 살을 찢고 튀어나오는 것을 무시하고…… 나는 바닥에 손을 짚고 일어났다.

"후우."

숨을 깊게 들이킨 후 대거에게 입을 열었다.

"대거 씨, 다 데리고 후퇴해요. 이 자리는 제가 막아보죠."

대거는 대답하지 않았다.

"유디트, 대거 씨를 따라가라. 나중에 보자."

역시 대답이 없다.

"에티엔 씨……."

"리워드, 그만둬요."

에티엔이 내 팔을 잡았다. 나는 애써 그 얼굴을 보지 않으려 했다. 지금 보면 결심이 흔들릴 것 같다. 나라고 해서 좋아서 이런 짓을 하는 게 아니니까.

하지만 어쩔 수 없다. 이젠 돌이킬 수가 없다.

나는 내가 살면서도 이길 수 있는 수를 택했다. 그 길이 검사로서 미래를 기약할 수 없는 길일지라도 최소한 목숨은 부지할 수 있었다.

어리석었다.

그런 안이한 마음가짐으로, 내 목숨 따위를 돌보면서 이길 수 있는 상대가 아니다.

"리워드, 하지 마요. 우린 졌어요."

에티엔이 팔을 놔주지 않는다. 그 목소리에 담긴 감정을 무시하고, 설득되려는 자신을 타이르며 나는 고개를 흔들었다. 패배는 인정할 수 없어. 혼자라면 인정하고 목숨을 구하기 위해 지랄했겠지. 하지만 당신들이 있잖아.

난 말야, 어떤 상황이든 간에 적어도 당신들만큼은 무사하게 하고 싶어. 그러니까 지금 싸우겠다. 이기지는 못할지도 모르지만…… 댁들의 안전 정도는 확보해야지.

정말 진심이다.

각오를 굳히고 한 발 앞으로 내딛는다. 발목이 부러진 것 같군. 아니, 완전히 돌아가 있네. 발끝이 뒤를 향하고 있다. 아, 진짜 박살났구나.

이제 와서 이런 사소한 걸 신경 써서 뭐 하겠어? 나는 돌아간 오른발에서 애써 시선을 떼어 하피드를 바라보았다.

"그래, 이제부터 본게임이야."

나는 옛날이야기를 찍을 생각이 없다. 동료가 죽어서 분노로 강해지는 용자 따윈 되고 싶지 않아. 두 번 다시 그런 우를 범하지 않겠다고 맹세했다.

에슬라 씨, 사고하라고 했죠? 나름대로 노력해 봤는데 이런 결론이 나오네요.

"후우."

하피드는 여유만만한 표정으로 내 행동을 기다리고 있었다. 그래, 내 몸이 박살난 것을 저놈도 잘 알고 있다. 그러니까 저렇게 여유가 넘치는 거지. 이제 저 여유를…… 경악으로 바꿔주마.

열어둔 차크라는 세 개. 회음, 단전, 중완.

지금 자의로 네 번째를…… 연다.

무섭다. 두렵다. 열고 싶지 않다. 섬뜩했던 경고들이 머릿속을 스쳐 지나간다. 이것을 여는 순간 나는 죽음을 선고받는다. 분명히 죽는다. 재심은 없다.

죽고 싶지 않아. 죽기 싫어.

그래, 살고 싶다. 살고 싶어! 내가 멍청이도 아니고 죽음이 좋다고 반기겠냐! 살고 싶어! 살고 싶다고!

하지만…… 지금 목숨을 부지해서 무슨 의미가 있지?

간절하게 승리를 갈구했지만…… 현실은 잔혹했다. 몸이 부서지는 것을 감내하는 정도로는 승리를 손에 넣을 수 없다.

문자 그대로 죽을 각오로 하지 않으면 안 된다.

살 확률은 전혀 없다고 봐도 좋다. 명재경각의 이때, 의식이 또렷하게 집중되면서 각종 지식이 흘러들어 오기 시작했다. 세 번째로 이미 포화 상태, 네 번째를 열면 그릇은 깨져버릴 거다. 그것을 막을 길은 없다.

두렵다. 죽음을 정면으로 마주한 이 순간 절로 몸이 떨려왔다. 하지만…… 도망갈 수는 없어. 내 등 뒤에는 지켜주고 싶은 사람들이, 다치지 말았으면 하는 인간들이 있다! 저 사람들이 다치느니 차라리 내가 뒈지겠어!

나는 마음을 정리하기 위해 눈을 감았다.

류아.

보고 싶어.

정말, 정말…… 이렇게 되어버려서 미안해. 돌아가겠다고 약속했는데 못 지킬 것 같아. 지금 네가 옆에 있어준다면 얼마나 좋을까.

행복해야 돼…….

가슴속에 류아의 미소를 새긴 나는 차크라를 열기 위해 정신을 집중했다.

"재미있어 보이는걸."

갑작스런 목소리에 집중력이 산산조각 났다. 깜짝 놀란 나는 눈을 뜨고 상황을 살폈다. 어느새 나타난 걸까. 하피드의 옆에 선 붉은 머리칼의 여자가 눈을 가늘게 뜨고 우리들을 응시하고 있었다. 단순히 훑어보는 시선임에도 불구하고 순간 가슴이 철렁 내려앉았다.

저건…… 뭐지?

순간 멍해진 정신을 간신히 추스른 나는 머리를 굴렸다. 변수가 생겼다. 그런데 상황을 봐서는 결코 득이 될 것 같지 않은데? 갑자기 나타난 여자는 고개를 좌우로 꺾고는 하피드에게 말했다.

"진신까지 내보이다니…… 상대가 꽤 대단한가 보네?"

"으음."

놀랍게도 하피드가 그녀를 경계하는 모습을 보였다. 저 붉은 치파오가 잘 어울리는 미녀와 하피드가 아는 사이란 말인가? 하피드와 맞먹는 걸로 봐서는 마황이 아니면 칠단장이겠지.

"흐음, 이계용자군."

그렇게 말한 여자는 피식 웃었다. 그 웃음은 분명히 매력적이라서 남자라면 홀릴 법하지만…… 왜 나는 겁이 나는 거지? 칠단장의 셋을 상대해 봤지만 눈앞의 여자는 차원이 달랐다. 무적, 최강, 강하다, 그런 수식어가 필요없는 존재였다.

나만 그런가 싶어서 좌우를 살펴봤는데 대거와 그 동료들 역시 잔뜩 긴장한 기색이었다. 에티엔이야 별 표정이 없고, 유디트는 창백한 빛이 너무 강해서 읽을 수가 없었지만.

젠장, 어째야 되지? 확실한 것은 저 여자가 적이라는 거다. 네 번째 차크라를 연다고 해도 하피드를 확실히 이길지 어쩔지도 모르겠는데 그 이상의 존재라니!

"하하하하……."

나는 허탈하게 웃어버렸다. 죽음을 각오해야지만 이길 수 있는 상황이라서 죽을 생각이었다. 그런데 이젠 죽어도 이길 수 없는 상황이 되었네? 과장법이 아니라 단순한 사실의 나열이라는 게 참 기가 찬다.

"아하하하하?"

그녀는 내 웃음이 마음에 안 드는지 조소하곤 허리로 손을 가져갔다. 허리와 등, 맨살이 드러난 팔다리에 차고 있는 검의 수는 총 6개. 무기의 수가 실력을 말해주는 게 아니지만 본능이 위기를 경고하고 있다.

젠장! 어쩌지? 저걸 어떻게 이기지? 못 이겨! 저건 이길 방도가 없어! 아무리 머리를 쥐어짜내도 이런 것을 어떻게 상대하란 말야! 머리는 지극히 냉정하게 판단했다.

승률 없음. 니메그, 샤마슈, 하피드…… 다들 상대하면서 승산이 제로는 아니었다. 그런데 이 여자는 아예 시작도 하기 전에 기가 질린다.

푹.

뽑은 것, 움직인 것, 아무것도 보지 못했다. 하지만 섬뜩한 파육음이 고막을 자극했다. 눈을 깜빡여 내가 아직 살아 있다는 것을 확인한 나는 좌우로 고개를 돌렸다. 하지만 다들 아까와 달라지지 않았다. 누구의 몸에도 검은 박혀 있지 않았다.

검은 하피드의 목울대를 관통했다.

"세, 세세세세!!"

하피드는 여자에게 삿대질을 하며 울부짖었다. 여자는 눈을 한층 더 가늘게 뜨고 투덜거렸다.

"거, 시끄럽네."

그러자 목에 박혀 있던 검이 움직여 하피드의 목과 몸통을 분리시켰다. 원래라면 녹혈이 분수처럼 피어 나와야 하지만 그런 움직임은 전혀 없었다. 말라비틀어진 미라처럼 피 한 방울 내지 못하고 천천히 쓰러진다.

털썩.

그 소리를 듣자 정신이 확 들었다. 워낙 비현실적인 광경이라서 인식이 안 됐다. 아, 아아! 대, 대체 뭐냐! 하피드를 이렇게 가볍게 죽이다니. 대체 이건 뭐야! 이 여자는 대체 누구지? 대체 뭐야? 뭘 어째야 되는 거야?

말도 안 되게 강하다. 이런 게 상대라면 아무리 머리를 짜내고 계산해 봐도 통하지 않는다.

기가 찬다. 하피드가 비록 비열하고 저속하다고 해도 칠단장의 하나다. 칠단장은 인간의 레벨에서 결코 잡을 수 없는 존재다. 그런데 저 여자는 손짓 하나로 하피드를 죽여 버린 것이다. 대체 그 강함은 어디까지 닿아 있단 말인가?

"하암."

여자는 양손을 깍지 끼어 늘어지게 기지개를 켰다. 나는 쿵쾅거리는 심장을 억누르고 여자의 행동 하나하나를 주시했다. 방금 전의 공격은 한 뒤에야 알아차렸다. 검이 하피드가 아닌 나나 일행을 향했다 해도 눈뜬 장님 상태였을 거다.

그런 상대에게 긴장해 봤자 도리가 없다는 걸 알지만……이성적으로 몸이 움직여지지 않았다.

"긴장 풀라고. 기껏 도와줬는데 다들 딱딱한 표정이군."

일 수로 하피드의 목을 거둔 여자는 조용히 말했다. 젠장,

그게 말처럼 쉬울 것 같아? 대체 이 여자의 정체는 뭐고, 목적
은 뭐며, 하피드는 왜 죽였지? 마황군 소속이라고 생각했는데
아니었나? 뭐라도 물어봐야겠는데…… 겁이 난다.

그래, 나는 이 여자를 무서워하고 있었다.

단순히 강한 것을 넘어서 차원이 다르다고밖에 말할 수 없
는 능력도 능력이지만…… 아무렇지도 않게 칠단장을 죽이는
모습이 절로 두려움을 일으켰다. 이 여자의 경이적인 강함도
강함이지만 그 힘을 행사함에 있어서 전혀 주저하지 않는다.
마음이 동한다면 상대가 누구든 얼마든지 죽이고도 남을 여
자다. 그런 분위기를 본능적으로 감지했다.

"뭐, 일단 갈까?"

잠깐, 어딜 가? 하지만 내 동의를 받기도 전에 시야가 일렁
였다. 세계가 일그러지는가 싶더니 확 변한다.

"아?"

아무것도 없었다. 놀란 내가 뒤를 돌아보았지만 아무도 없
었다. 광막한 세계에서 나와 여자, 단둘이 마주하고 있었다.
거리는 그대로지만 긴장은 배가된다. 아무 기척도 없었는데
장소를 옮겨 버렸단 말인가? 환영은 아니다. 내게 환영 같은
잡술수가 먹힐 리가 없다.

이 세계는 내가 나를 검집으로 만들었을 때 보던 풍경과 비
슷하다. 아무것도 없는 투명한 세계, 빛도 소리도 어둠도 없
어서 내가 존재하는지조차 이해되지 않는 세계…… 여야 하

는데 뭔가 달랐다.

허공에서 뭔가가 움직이고 있다.

그것은 마치 호수에 이는 물결, 바다에 이는 포말과 같은 움직임을 보여주고 있었다. 정신을 집중해도 보이지 않지만 어떻게 움직이는지는 알 수 있었다. 공기가 있는 건가? 뭐, 숨 쉬는 것에는 문제가 없지만 공기라고 보기에는 조금 무거운 감이 있다.

"ALS에 온 것을 환영한다."

"…ALS라니?"

나는 멍청하게 반문하고 말았다. 다행히 그녀는 화를 내거나 손을 휘두르는 대신 순순히 답해주었다. 물론 보통의 반응이지만 이 여자라면 토를 달았단 이유만으로 사람을 죽일지도 몰라. 왜인지 모르지만 그런 생각이 들었다.

"Auld Lang Syne. 모든 용이 태어나고 머물며, 종래에는 돌아가는 곳. 용의 차원이지."

24개의 외차원 중 하나인가. 잠깐, 그런 차원으로 날 옮겼다는 것은……

"아, 소개가 없었군. 내 이름은 세위니아 라온슈라트."

칠채안의 여자가 요염한 미소를 짓는다.

"환룡단장(幻龍團長)이다."

젠장.

제 20 장
회심(回心)

회심
回心

한 번 이길 때마다
너는 확실히 부서진다

자신을 세위니아라 밝힌 이 여자는 굉장히 이상한 눈을 가지고 있었다. 좌안은 심홍색인데 우안은 칠채, 보는 각도에 따라 일곱 빛깔로 변했다. 가만 보고 있자니 정신이 어지러워진다.

키는 세티아보다 조금 큰 게 여자치곤 장신이다. 한 178㎝ 정도 될까? 붉은 매화가 수놓아져 있는 치파오는 유려한 몸의 곡선을 완벽하게 드러낸다. 가슴도 크고 허리도 가늘고 다리도 길고…… 같은 미친 생각을 할 때가 아니지.

이 여자는 환룡단장이다. 환룡단은 육단 중에서 가장 움직임이 적은 군단이지만 그 강함은 명실공히 최강이라고 한다.

용들이 모여 있는 군단인데 오죽할까? 그러니 이런 괴물 같은 여자가 단장을 하는 것도 어느 정도 수긍이 간다. 물론 지금 이 상황은 별로 수긍하고 싶진 않지만.

나는 입술을 깨물고 그녀에게 말을 걸었다. 어차피 그녀가 날 죽일 거면 진즉에 죽였을 것이다. 물론 그렇다고 해서 뻗대도 된다는 것은 아니다. 이 여자의 몸에서 나는 피 냄새로 미루어보아 사람을 죽이는 데 전혀 주저함이 없어 보이니 굽힐 수 있는 데까지 굽혀주는 게 잔명 보존에 도움이 되리라.

"저기, 라온슈라트님. 여쭙고 싶은 것이 있습니다만 해도 되겠습니까?"

"라온슈라트라 부르지 마. 그건 네가 부를 수 있는 것이 아냐."

그럼 알려주질 말던가. 젠장, 약자가 참아야지 어쩌겠어.

"그럼 뭐라고 불러야 하겠습니까?"

"세위니아라 불러. 그리고 과도한 수식어는 제한다. 난 그런 거 짜증나 해."

알아 모시겠습니다. 나는 떨리는 마음을 다잡고 입을 열었다. 하피드와의 싸움보다 더 긴장된다. 그때는 처절하긴 했어도 단순한 육신의 부딪침으로 끝났지만 지금은 단어 하나 잘못 말했다가 골로 가게 생겼다.

"세위니아님, 어째서 하피드를 주살하셨죠?"

"그럼 죽이지 말고 놔둘 걸 그랬나?"

그녀는 내 의문에 가볍게 쏘아붙였다. 다분히 시비조다. 나는 고개를 젓고 진지한 얼굴로 물었다.

"세위니아님은 환룡단장이시고 하피드는 야수단장입니다. 동료가 아닌가요?"

"글쎄? 아, 그리고 님의 호칭도 뺀다."

알아 모시겠습니다요. 이 여자가 자질구레한 격식을 싫어하는 성격인 건 알겠는데 어디까지 빼야 하는지 감이 안 온다. 저렇게 말한다고 반말 깠다가 죽으면 누가 보상해 줄 거야?

"예, 세위니아 씨. 알려주실 생각은 없습니까?"

"뭐, 그냥 짜증나서 죽였어."

"……."

야, 진짜냐. 이 여자는 너무도 가볍게 말했다. 그 태도는 너무도 가벼웠지만 하는 행동을 보아 진짜였다. 실제로도 하피드를 간단히 죽여 버렸으니 말에 설득력이 실린다.

"그, 그럼 안 되는 거 아닌가요?"

"하?"

여자는 기가 막히다는 듯이 입을 벌렸다. 아니, 기가 막힌 건 이쪽이거든요. 내가 왜 이런 상식적인 소리를 해야 하지?

하지만 돌아온 여자의 물음은 더 황당했다.

"너 설마 내가 얄다바오트의 부하라고 생각해?"

그럼 아닙니까? 어이없다는 기색으로 보아 아닌 것 같긴 하지만 내가 그걸 우째 아누. 으음, 분명히 마황은 칠단장을 창조하고 그들에게 칠단을 부릴 권능을 줬다고 하지 않았나?

"잠깐, 지금 말씀하신 게 마황의 이름입니까? 그거 말하면 안 되는 거 아닌가요?"

"그야 보통 인간이라면 죽겠지."

여자는 별것 아니라는 듯이 말했다. 으음, 좋은 정보를 알아냈다. 마황의 이름이 얄다바오트였구나. 꽤나 괴상한 이름이군. 세위니아는 귀까지 내려오는 옆 머리칼을 가볍게 쓸어 넘기며 입을 뗐다. 피로 염색한 것 같은 선홍색의 머리칼이 시선을 잡아끈다.

"마황과 나는 동맹 관계지. 이걸로 파기됐지만."

"……"

동맹이라는 건 보통 동등한 입장에서 맺는 거다. 즉, 이 여자와 마황은 동격이란 건가? 어처구니가 없군. 하긴 칠단장을 가볍게 조졌는데 칠단장 레벨일 리는 없을 테고, 그 위는 마황밖에 없지. 아니, 마황 그 이상이 아닐까?

"어째서 파기하셨죠?"

정말 막 사는 여자인가? 하긴 이 정도로 강하면 막살아도 살아가는 데 지장은 별로 없겠다만. 하지만 단장이라고 하면 한 단을 이끌고 있단 소리이고, 제아무리 마물들을 부린다고 해도 머리가 텅텅 비어 있다면 곤란하다. 게다가 그 대상이 용이라면 더욱 머리가 돌아가야지. 즉, 이 여자가 막 사는 것처럼 보여도 최소한의 생각이 없는 건 아니란 이야기.

"시무검을 발견해서 말이지. 네가 손에 들고 있는 그거."

신검 이야기인가? 시무검이라는 것은 이 검의 다른 이름인 것 같다. 위대한 것일수록 붙는 별명이 많기 마련이니 저 이름도 키비타스 테레나를 부르는 법 중 하나이리라. 여하간 좀 일이 곤란하게 돌아가는데?

"걱정 마. 죽이고 빼앗는 게 편하지만 난 그렇게 자비를 모르는 인간이 아니거든."

어라? 인간이었어? 외견이야 인간이지만 정체는 용일 텐데? 진위는 모르겠지만 그녀의 말은 계속됐다.

"환룡단은 마황군에서 이탈해 주지. 대신 시무검을 내놔."

밑지는 장사는 아니다. 육단 중 하나의 퇴각을 검 하나와 바꾸면 남는 장사다. 환룡단이라면 용의 군단, 상대하기가 벅차다. 그리고 솔직히…… 나는 환룡단장인 이 여자를 이길 자신이 없다.

하피드라면 목숨을 걸고 자웅을 겨뤄볼 만하지만 이 여자에겐 그게 통하지 않는다. 죽을 생각으로 덤비면 생로가 열린다~ 같은 소리가 전혀 통하지 않는 종자인 것이다. 악으로 때우는 것도 어느 정도 격차가 있어야 하는 법이지.

즉, 이 여자에게 신검을 넘기는 게 낫다. 확실한 약조만 있으면 해주는 게 낫다.

"생각 스톱. 이리저리 잔대가리 굴리는 게 보이는데 짜증나게 굴지 마라. 어차피 하피드를 죽였으니 얄다바오트와 틀어졌다는 생각 따윈 버려. 그런 쓰레기야 양산하면 그만이지."

젠장, 한 수 앞을 읽고 있군. 저렇게 말하는 걸로 봐선 믿을 수밖에 없다. 사실 저 여자가 날 죽이고 가져가도 막지 못하는 상황이다. 조건까지 제시해 주는데 얼른 갖다 바쳐야지.

"안 되겠습니다."

아, 젠장. 입까지 비틀어버린 건가? 내 대답에 여자는 기가 차다는 듯 입을 벌렸다.

"돌았네? 이유나 들어보자."

신검을 넘기면 나는 다른 칠단장을 이길 방법이 없다. 아니, 그건 차치하고라도…… 나에겐 이 검을 들 의무가 있다. 렌은 내가 이 검을 제대로 다루게 하기 위해서 죽었다. 이 검은 단순히 내 소유가 아닌 렌의 희생이 걸려 있다.

역시 넘길 수 없어. 이건 오기다. 목숨이 왔다 갔다 하는 상황에서 굉장히 비합리적인 결정을 내리다니…… 멍청하기 짝이 없군.

어차피 이 여자가 날 죽이기는 식은 죽 먹기겠지. 그걸 가정하고 들어가니 오히려 마음이 가라앉았다. 좀 경황이 없긴 했지만 어차피 죽음은 각오한 거였어. 하피드와 싸우고 죽는 대신 이 여자에게 죽는 거지.

"제 물건이 아닙니다. 그리고 이 검은 제가 지고 있는 빚이 있습니다."

"하아, 그러서?"

여자는 귀찮다는 듯 고개를 절레절레 저었다. 나는 잔뜩 긴
장했다. 자, 이제 죽는 건가?

"가만히 있어봐."

그런데 상대가 뜬금없는 소리를 하는 게 아닌가? 어차피
움직이나마나 살해당하는 것은 똑같기에 나는 그 말에 따랐
다. 여자가 가볍게 손짓하자 허공을 유영하던 것들이 내 몸에
와서 달라붙었다. 묘한 감촉이 피부를 타고 흐른다.

"완전 비틀어났군. 제정신으로 할 짓이 아닌데."

우드드득. 두둑. 크득.

돌아갔던 관절과 장기, 파열되었던 근육과 살을 찢고 튀어
나왔던 뼈가 점차 원상으로 복구된다. 대체 무슨 원리인지 모
르겠지만 허공에 흐르고 있는 것들이 내 몸을 치료해 주고 있
었다.

"게다가 통각까지 끊어? 엄청나게 미련하구만."

내 치료 현장을 지켜보며 여자는 혀를 찼다. 아무래도 죽이
지는 않을 모양이다. 사람 멀쩡하게 치료하고 죽이는 악취미
가 없는 이상.

으음, 예상보다는 성격이 좋은 건가? 하피드를 그냥 죽여
버리는 것 갖고 너무 겁을 먹었나 보다. 피 냄새가 난다느니
하면서 직감만으로 사람을 의심한 것이 조금 미안해지는데.

"쯧쯧."

세위니아는 혀를 두어 번 차고 고개를 저었다.

"뭐, 그래. 안 넘겨주겠다, 이거지?"

"예, 죄송하지만 그건 안 되겠습니다."

여자는 손으로 턱을 만지작거리며 생각에 잠시 잠겼다. 무인답지 않게 가늘고 고운 손이 인상적이다. 마치 내 처분을 생각하는 것 같은 움직임이라 절로 긴장된다. 설마 치료해 줬는데 죽이는 건 아니겠지?

"그 검이 너에게 안 맞는 건 알지?"

"어느 정도는요."

"확실히 일러두지. 시무검은 강제로 차크라를 깨워. 원래라면 일곱 차크라 모두를 열고 사용해야 본력이 발휘되는 검이니까. 그래서 용들도 제대로 다루지 못하고 있었지. 다른 종족이야 말할 것도 없고. 멋모르고 휘두르다가 차크라가 열리는 바람에 죄다 자멸, 그 점에선 넌 대단히 특이한 케이스야."

…잠깐, 그럼 내 몸의 차크라가 열리는 것과 신검이 관련있단 거네?

"하지만 그것도 지금 한계군. 더 이상 그 검에 의지하면 너는 부서진다."

어조가 딱히 변한 것은 아니지만 그 내용이 나를 무겁게 짓누른다.

"지켜봤는데 네 전투법은 무모해. 육체 능력이나 기술로 이기는 게 아냐. 그렇다고 머리나 경험으로 이기는 것도 아니지."

등골이 서늘해질 정도로 그녀의 말은 한 치의 틀림도 없었다. 니메그, 샤마슈…… 모두 다 나보다 뛰어난 역량을 가진 자들이었다.

"너는 네가 행할 수 없는 것을 강행함으로써 이겨왔지. 미친 짓이야. 그래서야 이겨봤자 오래 살긴 글렀다고. 이미 늦은 이야기 같지만. 자아 함몰을 그레이터 마인드 블랭크(Greater Mind Blank)로 막아뒀다고 해서 문제가 다 해결되는 게 아니지."

목소리가 무겁게 변한다.

"한 번 이길 때마다 너는 확실히 부서진다."

그 문장은 마음속에 깊게 틀어박혔다. 부정할 수 없다. 그래, 알고 있는 사실이었다. 이렇게 싸우다간 언제 죽어도 이상하지 않다는 것을. 생혈을 됫박으로 토하고 혼수상태를 몇 주씩이나 보내는데…… 다음에도 자리를 털고 일어나리란 보장이 없다는 건 어렴풋이 눈치 채고 있었다.

하지만 계속 타인의 입으로 확인받으니 더 마음이 무거워진다.

"그래도 싸울 거냐?"

칠채안을 가늘게 뜬 세위니아가 나를 노려본다. 그 차가운 시선에 소름이 돋은 나는 고개를 숙여 눈을 마주치는 것을 피했다.

나는 어째야 하는 거지?

이대로라면 정말 죽을 거야. 환룡단장의 말은 결코 거짓이 아니다. 그녀가 시무검을 원하는 것은 사실이지만 지금의 말에 한 터럭의 과장도 없다는 건 당사자인 내가 가장 잘 안다. 이제 셋을 죽였는데 이미 그릇은 꽉 차버렸다. 만약 이 여자가 없었다면 잘해봤자 하피드와 양패구상이었으리라.

그래, 이 이상 싸우면 정말 위험하다. 틀림없이 죽는다. 원래 세계로 돌아가는 것은 고사하고 다른 세계의 땅에 유골조차도 제대로 못 남기게 되리라.

하지만 이제 와서 돌아갈 수 있을 리가 없다. 나는 너무 많은 것을 빚져 버렸다. 류아의 애정, 세멜레의 인생, 디터와 발렛의 목숨, 내가 죽여 버린 사람들의 생명. 그리고 라렌시아의 희생……

이 무거운 것들을 받아내며 걸어온 길을 단순히 내 목숨이 위험하다고 해서 그만둘 순 없다. 그만둔다면, 그렇다면 정말 쓰레기지.

여기서 그만둘 거면 애초에 시작도 말았어야 한다. 여기까지 와버린 이상 이제는 내 마음대로 그만둘 수 없어. 지금까지 받아온 것을 끌어안고 이를 악물고 걸어가는 수밖에 없다.

도리가 없다.

"네."

"하하핫."

여자는 기가 차다는 듯이 웃었다. 조소가 귀를 울렸지만 나는 마음을 다잡았다. 뭐, 이 여자가 휙 돌아서 네 목을 마황에게 선물로 바쳐야겠다고 말하면…… 별수없다.

하지만 거짓말로 자리를 모면할 수도 없다. 신검을 넘겨줄 수도 없을뿐더러 그녀는 내 사고를 어느 정도 읽고 있는 것 같다. 하긴 용의 지혜는 이루 말할 수 없을 정도로 깊다고들 하니까 당연한가?

이하의 사정으로 거짓을 포기한 나는 진심을 말하기로 했다.

"돌아갈 수 없어요."

"핑계로군."

그녀는 잘라 말했지만 나는 고개를 저었다. 어차피 이렇게 된 거 막나가자. 나는 크게 말했다.

"이 세계에 와서 지금까지 너무 많은 걸 받아왔어요. 마황은 제가 죽는 한이 있더라도 반드시 물리칠 겁니다."

나는 구세용자니까.

"흐흥, 그래. 그런데 이걸 어쩌나? 눈앞에 환룡단장이 있는데?"

그녀는 입꼬리를 끌어올리고 나를 비웃었다. 아, 어쩔까. 그녀를 이길 비책을 가지고 있다고 위협해서 자리를 모면해야 되나?

…아냐, 어차피 그런 얕은 수는 금방 들통 난다. 이 여자가 지금까지 보여준 성격대로라면 한번 보여보라고 말할 게 뻔하다.

"이길 자신은 없지만 물러서진 않겠습니다."

"정직해서 좋군."

환룡단장은 피식 웃으며 한 걸음 물러났다.

"뭐, 좋아. 네 멋대로 해라. 어차피 시간은 길고 시무검은 네가 죽은 다음에 찾아가도 된다. 무모한 전투를 구경하는 것도 긴 시간의 자락 위로 떨어지는 꽃잎 하나겠지. 마황과의 거래는 끝났으니까 앞으로 용들이 네 앞을 가로막는 일은 없을 거다."

어려운 소리가 섞여 있지만 하나는 알겠다. 이 여자와는 싸우지 않아도 되겠구나. 후우, 다행이다. 이길 자신이 없었는데. 게다가 환룡단도 마황의 수하에서 빠진다는 것 같으니 겹경사군. 세위니아는 매력적인 웃음을 지우지 않은 채 한마디를 덧붙였다.

"헤어지기 전에 하나 충고해 두지. 마황이 창조한 것은 넷이다."

음? 무슨 소리지? 말하는 태도를 보아하니 그녀는 마황의 피조물이 아닌 것 같긴 했다. 그런데 왜 둘이 더 비어? 칠단장 중 하나가 모습을 안 보인다는 것과 연관이 있는 건가? 저걸 왜 충고라고 하는 거지?

"그럼 열렙 득템해라, 이계의 용자."

그녀가 손을 움직이자 주위 환경이 다시 변화했다.

"아."

나는 눈을 깜빡였다. 눈앞에서 대거가 이를 갈고 있었다.

"무사히 돌아왔군."

그는 투덜거리며 몸을 돌렸다. 으음, 돌아왔군. 주위를 돌아보니 하피드와 결전을 벌이던 공동이었다. 그 상대였던 하피드는 조금 떨어진 곳에서 피도 안 뿌리고 몸과 몸통이 따로 놀고 있었다.

"후우."

이겼군. 게다가 환룡단도 덤으로 해치웠다. 정말 운이 좋군. 요행이나마 일이 잘 풀려서 다행이다. 아무도 죽지 않았다. 나는 그렇게 생각하며 몸을 움직여 보았다.

"으음, 잘 돌아가나?"

일단 살을 찢고 튀어나왔던 뼈나 뒤틀렸던 근육 같은 건 원상태로 돌아갔다. 겉보기엔 문제 없구만. 경락 쪽은 모르는 이야기니 세티아에게 보이는 수밖에 없겠군.

몸 상태를 확인한 나는 손등을 꼬집었다. 으음, 다행스럽게도 통각은 돌아와 있었다. 통각을 끊었다고 생각했는데 아무래도 아니었나 보다. 너무 극심한 아픔에 뇌가 제대로 받아들이지 못한 건가?

그렇게 생각하며 나는 일행을 살폈다. 가장 먼저 창백한 낯빛을 한 유디트가 눈에 들어왔다.

"괜찮아?"

나는 녀석의 안색을 살피며 물었다. 얼굴에 핏기가 하나도 없는 게 몸이 굉장히 안 좋아 보인다. 유디트는 고개를 끄덕이고 후드를 뒤집어썼다. 나는 에티엔에게 치료 좀 해달라고 말하려다 입을 멈췄다.

"치료 마법이 안 먹혀요."

내가 하려는 소리를 읽은 건지 여사제는 고개를 저었다. 아니, 그건 그렇다 치고.

"…너."

에티엔이 뒤에서 끌어안고 있는 소녀를 보자 속에 잠겨 있던 사실이 솟구쳐 올라왔다. 어디 갔나 했더니만 에티엔이 데리고 있던 것 같다. 내가 정색하자 세페르는 표정을 흐트러뜨리지 않고 대꾸했다.

"마음대로 해."

모시던 상관이 뒈졌는 데도 소녀의 눈에는 조금의 변화도 없었다. 여전히 깊은 바다 속에 가라앉아 있다. 나는 그것을 보고 갈등했다. 아, 성질 같아선 그냥 한 대 후려친 다음에 희생자들의 가족에게 맡겨 버리고 싶다. 자기 입으로 십만이나 죽였다고 했으니 이를 갈 만한 놈들이 모래알보다 많겠지.

하나 이 여자 애 또한 피해자 아닌가? 결국 지인들의 목숨을 구하기 위해 악에게 꾀를 빌려준 소녀. 동기 자체는 뭐라 탓할 수가 없다. 아까 하피드의 공격에서 나를 가로막은 것을 보면 결코 원해서 한 일은 아니리라.

그렇지만 10대 초반으로 보이는 여자 애가 칠단장이 우대해 줄 정도의 지혜를 갖고 있다면 자신의 행동이 불러온 결과 정도는 충분히 짐작했겠지. 어리니까 판단 능력이 없다는 핑계는 통하지 않는다. 확실히 알면서도 십만을 죽였다.

이걸 어째야 되지?

"하아, 일단 나가서 이야기하자."

세페르를 외면한 나는 일행들에게 행동을 지시했다.

"여기에 더 있어서 좋을 것 없으니 세레아 씨를 찾아서 나가죠."

일행이 모두 고개를 끄덕이는데 반발이 하나 있었다.

"다른 사람들도 데리고 나가줘."

"…네가 그런 말할 처지인가?"

나는 세페르에게 으르렁거렸다. 저 녀석이 자기 처지를 모르고 있나? 앞뒤의 사실 다 잘라먹고 생각하면 이 녀석은 야수단 부단장이다.

"나는 몰라도 그 사람들에겐 죄가 없어."

내가 살기를 뿜어내는 데도 얄미울 정도로 침착한 태도다. 나는 이를 갈아 속을 삭인 후 고개를 끄덕였다.

"뭐야, 이 여자 애가 뭔데 지랄하는 거야?"

대거가 궁금해진 건지 시비를 걸었다. 다른 건 몰라도 명백히 기분이 안 좋아 보일 땐 단어 좀 골라 써줬으면 한다. 평소라면 그냥 넘기지만 신경이 날카로워진 지금으로선 굉장히 거슬린다.

나는 잠시 숨을 골라 화를 억누르고 잘라 말했다.

"마황군 야수단 부단장이래요."

아, 저열하다! 성질대로 씹어뱉은 난 곧 후회했다. 이 소리를 하면 일행들이 어떻게 소녀를 대할 것인지 뻔하지 않은가! 과연 예상대로 대거는 얼굴을 일그러뜨렸다. 에티엔은 끌어안고 있는 자세에서 변화가 없고, 유디트는 침묵을 지키고 있었다. 뭐, 저 둘은 아무 말도 안 하고 있지만 결코 환영할 상대가 아닌 건 알았겠지.

적대적인 분위기가 형성되었어도 소녀에게 동요의 기색은 없었다. 완전 막가는 인생이란 건가? 하긴 여기까지 굴러 떨어졌으면 더 이상 추락할 것도 없다고 생각할 만하겠다. 세페르의 옆모습을 훔쳐보던 나는 고개를 흔들었다.

"세레아 리베이드는 어디 있어?"

"안 가본 곳은 한 군데잖아."

위치는 알았군. 나는 내키지 않는 기분을 무시하고 대거에게 부탁했다.

"대거 씨, 세페르를 데리고 잡혀 있던 여자들을 인솔해서 와주세요. 혼자론 손이 모자랄 테니 다 같이 다녀와요. 저는 세레아 씨를 꺼내오죠. 중앙에서 만나요."

"흠."

대거는 뭐가 마음에 안 드는지 잠시 이마를 찡그렸지만 고개를 끄덕였다. 내 기분이 엉망인 걸 어느 정도 눈치 챈 것 같다. 뭐, 평소에는 막 굴지만 내 상태가 개판이면 고려해 주는 게 참 대거답다는 생각밖에 안 드는군.

대거는 나머지 일행들을 데리고 공동을 빠져나가기 시작했다. 그 뒷모습을 보며 나는 한숨을 쉬었다.

"후우."

그러고 보니 대거와 같이 싸웠던 남자는 어느새 사라져 있군. 그새 빠졌나? 참 빠른데.

나는 하피드의 시체를 잠시 내려다보다가 고개를 저었다. 아무리 개새끼였다고 하지만 시체를 난도질한다고 해서 달라지는 건 없다. 게다가 내 실력으로 정당하게 이긴 것도 아니니 부끄럽고.

"저걸 어쩐다."

나는 공동을 빠져나가 통로를 걸으며 세페르의 처분을 생각했다. 확인해 봐야겠지만 그 두뇌는 가만히 놔두기엔 위험하다. 죽이는 게 현명하지. 뭐, 합리적으로 생각해 보면 아군으로 끌어들여서 부려먹는 게 낫긴 한데…… 신뢰할 수 있을까?

물론 세페르는 막판에 야수단을 배신하겠다고 말했지만, 그건 말 그대로 될 대로 되라는 태도였다. 죽일 테면 죽여보라지~라는 똥배짱이다. 문제는 그게 여자 애가 부릴 게 전혀 아니란 거고…… 그 행동 하나만으로 세페르의 정신이 얼마나 부서져 있는지 충분히 알 수 있었다.

"난감하네."

갈림길에 도달해 오른쪽으로 꺾은 나는 머리를 긁적였다. 일단 여자들은 빼내 다크엘프 마을에서 쉬게 했다가 인간 쪽으로 돌려보내야겠지만 세페르는 어째야 하나. 아군으로 부리기엔 위험하지만 그 능력은 매력적이다. 아직 미확인이지만 칠단장의 하나인 하피드가 높이 칠 정도라면 기대 이상이겠지.

"…속죄인가."

될 리가 있나. 인간 십만을 죽여놓고 이제 와서 인간을 위해 싸운다고 속죄가 될 리 없다. 돌로 둘러싸인 통로를 지나며 나는 고개를 저었다.

물론 이 사항은 나에게도 해당된다.

비록 세페르가 의도했던 짓이라고 해도, 사람을 지키겠다는 이유가 있었다 해도 내가 한 짓은 달라지지 않는다. 나는 내 자신의 살의를 제어하지 못해 살육했고, 구할 수 있었던 인간들을 참살했다.

속죄? 말이 좋다. 뭘 어떻게 하면 속죄하는 건데? 내가 세계를 구한다고 해서 그게 속죄가 되냐?

사람의 죄를 사할 수 있는 건 사람뿐이다. 그리고 살인은 사해지지 않는다. 아니, 사할 수 없다. 왜냐면 그것을 할 수 있는 자는 이미 저승을 거닐고 있을 테니까.

그래, 살인은 나락이다. 결코 용서받지 못한다. 절대로 구원받지 못한다.

그리고 나는 이 사실이 아무렇지도 않다.

"…미쳤나."

유디트와 가계약이 끝났나? 아니, 정식 계약했다고 했지? 죄의식은 여전하다. 여전히 쌩쌩해서…… 다시 그 판단을 내릴 수 있는 때로 돌아가면 좋지 않을까 잠깐이나마 망상한다.

"염병."

지랄이다. 과거는 되돌릴 수가 없다. 그러니까 매달려서 될 것이 하나도 없으니 적당히 흘려버린다.

합리적으로.

…합리, 합리, 합리, 합리, 합리!

"젠장할!"

나는 벽을 후려쳤다. 쾅! 하는 요란한 효과음과 함께 벽에 쩌억 금이 갔다. 합리적으로, 합리적으로, 합리적으로…….

사고하라.

나는 걸음을 멈추고 쪼그려 앉았다. 거무튀튀한 돌바닥이 참 시려 보인다.

"…진짜 모르겠다."

마음이 답답하다. 에슬라가 보고 싶다. 어처구니없을 정도로 당당하고 오만하며 자신의 생각에 흔들림이 없는 엘프가 그립다. 그녀와 이야기하고 있으면 나 자신도 마치 그렇게 될 수 있는 것처럼 생각된다.

아마도 그게 진짜 '어른'이란 거겠지.

"씨발, 아버지가 또라이라서 그래."

나는 침을 한 번 뱉어주고 일어났다. 자식의 모범이 되야 할 아비라는 작자가 무뚝뚝하기론 타의 추종을 불허하고, 자식을 죽일 생각으로 구타하는데 애가 제대로 클 리가 있겠어! 이러다가 내가 아버지가 되면 그 악습을 그대로 답보하게 될까 두려울 지경이다.

"낄낄낄."

나는 내 상상에 조소했다. 죽네 사네 하던 게 몇 분이나 지났다고 자식 생각이나 하고 있지? 나도 은근히 태연하게 산단 말이야.

그렇게 웃어대며 걷다 보니 창살이 보였다. 흑인 여자들이 갇혀 있던 통로와 같은 구조인가? 흐음, 좌우 대칭형인 것 같다. 그럼 여기에 세레아가 있겠군.

음음음, 나는 목을 가다듬었다. 사람은 첫인상이 중요한 법이다. 품을 뒤져 세티아가 준 양피지를 꺼낸 나는 창살 앞에 섰다.

안쪽에는 양 손목이 사슬로 구속된 다크엘프 여자가 앉아 있었다. 얼핏 봐서는 세티아와 비슷한 생김새지만 조금 시간이 지나니 확실히 다르다는 것을 알 수 있었다. 세티아가 봉오리를 오므리고 있는 제비꽃이라면 이 여자는 만개한 장미꽃이다. 부드럽게 올라간 입매라거나 아름다운 곡선을 그리고 있는 눈매가 확실히 차이가 있다.

여자가 고개를 들어 나를 보았다. 야명주의 빛을 받은 다크엘프의 모습은 마치 아름다운 어둠의 요정인가 싶을 정도로 아름다웠다. 그녀는 나를 관찰하는가 싶더니만 씨익 웃었다. 어라?

탕!

그녀가 어깨를 움직이는가 싶더니 사슬을 끊어버렸다. 뭐, 뭐야? 마법사 아니었어? 내 놀람과 별개로 그녀는 태연히 입을 열었다.

"아, 드디어 왔군요."

예, 드디어 왔습니다. 근데 오지 않았어도 될 것 같은 기분이 드는 건 왜일까요? 생각해 보니 이 여자는 세티아와 맞먹는, 아니, 그 이상이라고 말해지는 무력의 소유자다. 동생이 검으로 영명을 떨쳤다면, 이 여자는 명실공히 세계 최강의 위저드이자 위시(Wish)의 유일한 사용자로 이름을 날리고 있지 않은가? 감히 내가 구하고 말고 할 상대가 아닌 것이다.

그녀는 다리를 구속하고 있는 사슬마저 끊어버리더니 손가락을 들어 창살을 가리키고는 가볍게 움직였다. 그러자 어떤 힘이 작용하는가 싶더니 창살이 엿가락처럼 휘어버리는 것이 아닌가? 기가 질리게 할 목적이라면 최상급의 반응을 끌어냈다.

물론 나도 진공의 칼날을 날릴 수 있지만 저런 자연스럽고 절제된 움직임, 그리고 힘의 배분을 할 수는 없다. 똑같은 결과를 만들어내더라도 움직임의 부드러움만으로 역량의 차이를 여실히 알 수 있는 것이다.

"예, 드디어 왔습니다."

거의 포기 상태가 된 난 대충 대꾸했다. 아, 요즘 들어서 새로 만나는 사람들마다 어떤 면으로든 간에 나를 상회하는 사람들밖에 없어서 기가 죽는다. 으음, 나 정말 용자 맞아? 주변에 범상한 사람이 하나도 없어요.

창살을 휘어 공간을 만든 그녀는 밖으로 걸어나왔다. 음, 얼굴이 발그레하군. 근데 너무 가까운 거 아닌가…… 생각하는데 그녀가 날 끌어안았다.

"정말…… 늦었다구요?"

"……."

뭔가 착오가 있는 것 같아서 나는 그녀를 떼어내었다. 일단 뭐라도 좀 입지 그래.

알몸은 아니지만 노출이 꽤 심한 옷이라서 신경 쓰인다. 앞이 오픈된 스커트 형식의 가죽옷인데 실제로 가려지는 부분은 가슴뿐이다. 가슴 계곡쯤에 리본 매듭을 짓고 나머지는 훤히 드러내고 있다. 비부야 가리는 가죽천이 있긴 하지만……이거 굉장히 야하잖아.

근데 이 여자, 너무 친한 척하는데? 동생이랑 묘하게 닮은 건가? 그렇게 생각하는데 뒤편에서 목소리가 들렸다.

"어이, 뭘 꾸물대냐?"

일행들이 일을 끝마쳤는지 와 있었다. 흑인 여자들이 풀린 눈으로 서 있고, 그 앞에는 인상을 쓰고 있는 흉터남자, 무표정한 여사제와 그녀에게 뒤지지 않을 정도로 뚱한 표정의 소녀, 그리고 후드를 뒤집어쓰고 있는 제자가 있었다. 쓰나마나 표정이 없겠지.

이거 무슨 무표정 군단이냐? 게다가 뒤편의 흑인들은 넋나간 표정들로 부가 효과를 더해서 무서워 죽겠다.

"아뇨, 좀 착오가 생긴 것 같아서요. 죄송한데 혹시 사람을 착각하신 것 아닌가요?"

아무래도 연인에게나 할 행동이라서 말이지. 내 말에 세레아는 고운 이마를 살짝 찌푸리고 한숨을 쉬었다.

"어머, 무드없는 사람이네."

저기 한숨은 제가 쉬고 싶거든요?

"아무래도 사람을 잘못 보신 것 같은데요."

"후후후, 장래를 약속했답니다."

그렇게 말한 여자는 일행들을 향해 브이 사인을 그려 보였다. 이봐, 지금 뭔 소리야?

"정말 어릴 때부터 그런 짓을 해두고선."

다크엘프의 여왕님은 부끄럽다는 듯이 붉어진 얼굴을 손으로 감쌌다. 잠깐, 어렸을 때 만났을 리가 없잖아!

"그랬군요."

아냐, 에티엔. 왜 믿는 거지?

"훌륭하십니다."

…유디트, 너 죽는다. 대체 뭐가 훌륭하단 거야?

"동화를 써라, 써."

나도 쓰고 싶어서 쓰는 게 아냐, 임마. 나는 고개를 절레절레 젓고 오해를 불식시키기 위해 말을 골랐다.

그런데 세레아가 나를 더 꼭 끌어안는 것이 아닌가? 순간 힘으로 떼어낼까 하는 충동이 들었지만 일단 말로 해결을 보는 게 낫겠지.

"뭔가 대단한 착오가 있으신 것 같은데요. 일단 나이대가 안 맞잖아요. 사는 세계도 달랐고."

대체 어릴 때 어떻게 봤던 거야? 세레아는 생글생글 웃으며 답했다.

"우후후, 일단 돌아가요."

…답이 아니잖아. 나는 상식인에게 도움을 청하기 위해 사방을 둘러보았다. 대거는 떫은 시선으로 날 꼴아보고 있고, 에티엔은 세페르를 끌어안은 채 무표정하게 있다. 유디트는 말이 없고, 세페르는 만사 귀찮다는 면상이었다.

"하아."

이게 바로 사면초가구나. 결국 내 문제는 내가 해결해야겠군. 나는 머리를 긁적이고 세레아를 설득할 말을 찾기 시작했다. 이렇게 막무가내로 달라붙은 사람을 설득하기란 지난한 일이다. 때릴 수도 없고.

"일단 밖에 세티아 씨가 기다리고 계실 테니……."

"아, 그래요? 그럼 일단……."

그렇게 말하던 그녀의 몸이 휘청이더니 쓰러졌다. 엉겁결에 그녀를 받쳐 든 내가 상태를 확인해 보니 어디 다친 곳은 없어 보였다. 그냥 자는 거네?

"…누구 업어줄 사람?"

"본인이 하고 싶지만 키가 무립니다."

확실히 질질 끌리겠지. 나는 대거에게 간절한 시선을 보냈다. 하지만 대거는 아무것도 모른다는 듯이 허공을 쳐다보는 게 아닌가?

"나는 이 여자들을 끌고 나가야 해서."

에티엔에게 기대하느니 말을 말지. 나는 고개를 절레절레 저으며 세레아를 등에 업었다. 등에 부드러운 촉감이 가득 퍼지지만 지금은 신경 쓰지 말자. 정신이 피곤해.

"가요, 가."

나는 한숨을 깊게 쉬고 일행들의 후미에 붙어가기 시작했다. 나야 공간 이동을 당한 직후에 하피드와 싸우느라 나가는 길을 모르지.

대거가 흑인들을 이끌고 앞장서서 걷고, 그 뒤를 에티엔이 따랐다. 유디트는 내 옆에서 걷는데 기색을 보아하니 뭔가 할 말이 있는 것 같다. 아, 뭐야?

"할 말 있으면 빨리 해라."

"저기……."

유디트는 말꼬리를 흐리며 내 눈치를 보았다. 후드 안에 얼굴을 감추고 있어도 우물쭈물하는 게 몸짓으로 드러난다. 뭐야, 왜 저래? 이 녀석이 눈치를 보다니 참 드문 일인 것 같은데. 아, 그건가?

"…아까 일이라면 일단 넘어가 주마."

아마 필요했으니까 한 일이겠지. 남자와 입을 맞췄다는 게 돼지고 싶을 정도로 짜증나는 일이긴 하지만 실제로 돼지는 것보단 낫다. 어찌 보면 그 키스로 인해 이렇게 모두 무사히 돌아갈 수 있게 된 것이 아닌가?

"아, 그게……."

"뭐야, 또 있어?"

유디트는 뭔가 말하려는 듯이 말끝을 흐렸다. 나는 그 옆모습을 훔쳐보며 한숨을 푹 쉬었다. 등에 업은 세레아의 무게야 별거 아닌데 정신이 무겁다.

"아무것도 아닙니다."

유디트는 고개를 젓더니 걸음을 빨리했다. 그 등을 보며 나는 피식 웃어버렸다.

"뭐야, 저 녀석 왜 저래?"

저 녀석도 많이 변했구나. 나와 처음 만났을 때는 무뚝뚝한 꼬맹이에 불과했는데 이제 사람 눈치도 보고 말이지. 변화란 좋은 거지.

"흐음, 갑자기 친한 척하는 건 싫어요?"

"윽?"

갑자기 귓가에 불어온 따뜻한 입김에 나는 깜짝 놀랐다. 뭐, 뭐야? 잠든 거 아니었나?

"아뇨, 그보다는……."

"그럼 된 거 아니에요?"

아니, 안 됐어. 나는 고개를 젓고 말을 마무리했다.

"정말 기억이 없어요. 죄송하지만요."

나는 댁이 아는 그 사람이 아니다라고 말하려다가 말을 완곡히 돌려 표현했다. 음, 이거 오해의 불씨를 남긴 것 같은데? 세레아는 귓가에 착 달라붙는 목소리로 소곤소곤 말했다.

"걱정 마요. 나도 처음 만나니까."

"……."

이봐, 세상에는 해도 되는 농담과 안 되는 농담이 있는 거야. 그리고 깨어났으면 슬슬 내릴 생각 안 들어?

"…그럼 아까 그 이야기는 뭐였죠?"

내가 기가 막혀 묻자 그녀의 목소리가 잦아들었다.

"자, 그럼 전 도착할 때까지만……."

그렇게 말한 그녀는 다시 고른 숨소리를 내기 시작했다. 세상에, 내 등이 댁 침대인 줄 아나? 젠장, 누가 여왕 아니랄까봐. 뭐, 기분은 좋지만 그와 별개로 묘하게 짜증이 난다. 으음, 상대의 페이스에 말린 느낌이야.

"하아."

나는 한숨을 쉬고 그녀가 편히 잘 수 있게 고쳐 업었다. 어차피 대여해 주기로 했으면 서비스에 충실해야지. 여왕님에게 잘 보여서 나쁠 것도 없고.

사다리를 올라가자 일행과 세티아가 기다리고 있었다. 이런 곳에서 사람 하나 대동하지 않고 계속 기다린 건가? 정성이구나.

"아, 무사히 돌아왔군! 다행이야."

세티아는 나를 보고 활짝 웃었다. 아, 예쁘다. 보고 있으면 강하게 인식될 것 같아서 슬쩍 시선을 피했다. 그런 내 반응에 세티아는 조금 주저하는 기색으로 물었다.

"우, 웃어달라고 해서 해본 건데…… 역시 이상했나?"

"아, 아뇨. 그건 아니지만."

둘 다 반응이 똑같구만. 세티아는 다행이라는 얼굴로 고개를 끄덕이며 물었다.

"누이는?"

내 등에 업혀 있다고 말하려는데 갑자기 등이 가벼워졌다. 놀라 돌아보니 어느새 사라지고 없었다. 어, 어디에 흘리고 온 거지? 분명히 사다리 잡고 올라올 때 무게가 있었는데?

"내가 언니라고 부르라고 했잖니."

어느새 움직였는지 세레아는 세티아의 뒤에 서서 동생의 긴 귀를 만지고 있었다. 그 조용한 목소리를 듣자 세티아의 눈이 동그래지더니 덜덜 떨기 시작했다.

"으윽……. 미, 미안하다. 정말, 정말, 죄송……."

횡설수설이군. 세티아의 반응을 보아하니 아무래도 세레아의 말에는 잠자코 따르는 게 좋겠다. 거역했다간 결코 좋은 꼴이 나지 않을 거란 게 보이는군. 뭐, 저렇게 강아지처럼 부들부들 떠는 걸 감상하는 것도 꽤 즐겁지만 불쌍하니 슬슬 구해줄까.

"일단 돌아가야 하지 않을까요?"

"그렇게 해요."

세레아는 세티아의 머리 위에 놓여 있던 관을 턱 쓰더니 위엄있게 명령을 내렸다.

"자, 다크엘프의 구원자를 성대히 대접하라!"

"……."

명령을 들을 사람이 아무도 없는데. 여기에 다크엘프라고는 세레아와 세티아뿐이다. 흑인 여자들이야 바르디아 사람들일 테니 다크엘프와는 연관없고.

기운 차게 명령을 내렸던 세레아도 현 상황을 깨닫고 세티아를 돌아보았다.

"내가 수행원 좀 데리고 다니라고 했잖니. 명색이 다크엘프의 장군님인데."

"히, 히익!"

뒤에서 다가오는 언니의 손길에 잔뜩 움츠러든 세티아는 내게 눈빛으로 애원했다. 음, 잠시 지켜볼까.

"자, 잘못했다. 다음부터 안 그럴 테니 요, 용서해 다오."

"그런 말투도 쓰지 말라고 했잖니. 명색이 여자인데 그런 말투를 쓰면 남자들이 싫어한다고. 그렇죠, 리워드?"

"별로, 세티아 씨는 말투에 관계없이 충분히 귀엽다고 생각해요. 그런데 제 이름은 어떻게 아는 거죠?"

"어머어머, 그런 취향이었어요?"

이봐. 내가 한숨을 쉬자 세레아는 후훗 웃으며 여동생을 꼭 끌어안았다. 세계 최강의 검사가 꼼짝을 못하는군.

"농담이에요. 제 동생이 귀여운 거야 잘 알죠. 그리고 이름이야 다 아는 법이 있고요."

뭐, 잘나신 위저드니까 그 정도야 식은 죽 먹기겠지. 멍청한 칼밥 인생이 뭘 알겠어? 그나저나 세티아나 구해내자. 언니가 뭘 해도 말 한마디 제대로 못하고 오들오들 떠는 게 정말 불쌍해 보인다.

"일단 돌아가죠. 여기에 계속 있어서 좋을 건 없잖아요?"

"아, 갑자기 몸이……."

내 말에 세레아의 몸이 비틀거렸다. 이봐, 여동생을 괴롭힐 때는 잘만 움직이던 사람이 왜 갑자기 쓰러져? 나는 한숨을 크게 쉬었지만 세티아의 반응은 남달랐다. 방금 전까지 덜덜 떨던 인물과 동일하다고 볼 수 없을 정도로 태도가 확 변하는 게 아닌가?

"괜찮은 건가? 어디가 안 좋은가?"

언니를 안아 든 여동생은 걱정을 숨기지 않고 물었다. 굉장히 피곤해 보이는 얼굴을 한 세레아는 긴 손가락을 들어 나를 가리켰다.

"저 사람한테 업혀 가면…… 괜찮을 것 같은데."

"어서 업어라!"

세티아가 날카로운 눈빛으로 나를 쏘아보며 벼락처럼 소리쳤다. 거짓말인 게 뻔히 보이잖아. 하지만 세티아의 기세가 워낙 등등한 게 고개를 저었다간 칼침 맞을지도 모르겠다. 하아, 별수없지.

내가 세레아의 앞에 가서 등을 보이자 그녀는 덥썩 업혔다. 그제야 안심이 되는지 세티아는 긴 한숨을 쉬었다.

"후우."

"그럼…… 출발합시다."

나도 이런 목소리를 내고 싶진 않지만 절로 맥이 빠진다. 침을 찍찍 뱉고 있던 대거는 궐련을 입에 물고는 먼저 걸음을 옮겼다. 뭐, 야수단의 소굴이라는 장소치고 부녀자가 좀 많긴 하지만 구성원들이 워낙 강하니 별 문제 없겠지. 게다가 야수단장도 죽었으니 문제라곤 전무하다고 봐도 무방했다. 내 등에 업힌 것은 제외하고.

"…소리 질러서 미안했다."

한참을 걷자 내 옆에서 걷던 세티아는 눈치를 살피며 사과했다. 뭐, 자매애가 돈독한 것에 대해 내게 사과할 필요는 없어 보이는데.

"아니요, 괜찮아요."

"나는 누이 일이라면 걱정이 돼서 생각을 잘……."

말하던 세티아의 안색이 하얗게 변했다. 뭐야, 왜 저래?

"언니라고 부르라니까."

뭐, 역시 깨어 있었군. 그런데 이번엔 왜 또 일어난 거야? 그 의문은 내 귀에 소곤거리는 목소리가 답을 주었다.

"있죠. 생각해 보니 마법 쓰면 금방 돌아가요."

이쯤 되면 예절이고 뭐고 집어치울 수밖에 없게 된다.

"…당신, 처음부터 그거 생각하고 있었지."

"아니에요."

저 뻔뻔한 대답을 보게.

세레아의 텔레포테이션 서클을 이용해 우리들은 쉽게 돌아올 수 있었다. 인간들의 마법 체계에서 텔레포트가 실전된지 옛날인데 그보다 윗길인 텔레포테이션 서클을 시전하다니…… 과연 세계 제일의 마법사라 불릴 만한 실력이었다. 뭐, 성격은 둘째 치고.

여자들이야 한곳에 수용하고 이후에 마법으로 정신을 치료해 집으로 돌려보낸다고 한다. 그런데 세페르는 어째야 되지? 나는 잠시 고민하다가 세티아에게 감금을 요청했고, 그녀는 알 수 없단 얼굴이었지만 선선히 고개를 끄덕여 주었다.

"후우."

이제 어쩐다. 침대에 누운 나는 한숨을 내쉬고 머리를 긁었다.

일단 하피드는 제거했고, 환룡단장은 끼어들지 않겠다고 했다. 세위니아의 강력한 힘에 미루어볼 때 빈말은 아니겠지. 잠깐 봤지만 그녀는 거짓말을 하느니 다 때려부술 성격으로 보였다. 뭐, 억측일 확률이 크지만 일단 그렇게 믿는 수밖에 없다. 칠단장을 가볍게 박살 낼 실력을 가지고 있으면서 나에게 거짓부렁을 나불댈 이유야 없겠지.

"일단 떠나야 하나."

으음, 그래야지. 아무래도 더 있어서 좋을 것은 없다. 어차피 볼일도 없고⋯⋯ 시간이 갈수록 세티아가 강하게 의식된 단 말야. 세레아 앞에서 약한 모습을 보여주는 게 무지 귀여워 보였으니. 눈에 뭐가 씐 건가?

"에잉."

나는 자리를 털고 일어났다. 일이 어떻게 되든 간에 세페르에 관한 처분은 내려야겠다. 일단 그 건에 관해서 세티아, 아니, 세레아에게 허락을 받으러 가야겠군. 이곳은 다크엘프의 영토이고, 그 안에서 처분을 결정하려면 그전에 주인의 허락을 받는 게 예의지.

복도로 나간 나는 지나가던 다크엘프 남자를 불러 안내하게 했다.

"여기입니다."

굽이치는 복도를 돌아 구석진 방문 앞에 나를 데려놓은 남자가 허리를 숙여 보이고 사라졌다. 으음, 이번엔 세레아의 페이스에 휘말리지 않게 주의해야겠군. 심호흡을 해 마음을 가라앉힌 나는 문을 조심스레 두들겼다.

"들어와라."

세티아의 차분한 대답이 있자 나는 문을 열고 들어갔다. 언니는 침대에 가만히 누워서 자고 있었고, 동생은 침대에 걸터앉아 그것을 내려다보고 있었다. 그 시선에는 온정이 넘치는 게 이러니저러니 해도 세티아가 언니를 소중하게 여긴다는 것을 알 수 있었다. 보기 좋은 자매애군.

"아, 리워드. 무슨 일이지?"

나인 걸 알아차린 장군님이 고개를 들었다. 으음, 이건 세레아에게 말해야 되는데…… 자고 있으니까 난감하구만. 세페르 이야기는 나중에 꺼내야겠다.

"별 용무는 없고, 몸이 괜찮으신가 해서 한번 들러본 거예요."

"흠, 그런가?"

세티아는 고개를 끄덕이다가 오른 손바닥 위에 주먹을 가볍게 내려쳤다. 뭔가 생각났단 표정이다.

"아, 경황이 없어서 내가 말하지 못했네. 누이를 구해줘서 고…… 앗!"

누이라고 하자마자 세티아의 입에서 묘한 소리가 흘러나왔다. 내 시야에는 잘 잡히지 않았지만 자고 있던 세레아의 손이 번개처럼 세티아의 가슴을 훑고 지나간 것 같다.

"……"

저거, 안 자고 있군. 나는 뒷머리를 긁적이며 세티아의 시선을 피했다. 으음, 어색해지는구만.

"크, 크흠. 그대는 아무것도 못 들은 것이네."

내가 고개를 끄덕이자 세티아는 만족한 듯이 입을 다물었다. 그러다가 뭔가 생각난 듯이 덧붙였다.

"정말 누…… 아니, 언니는 장난이 심한 편이다."

이젠 알아서 고치는군. 확실히 장난기가 엄청나게 심하지.

주변인이 무지 고생할 것 같아. 뭐, 여기서는 아무것도 모르는 것처럼 굴어주는 게 좋으려나?

"흠, 그런가요?"

"그렇지. 특히 나에게는."

"그만큼 사이좋은 관계란 거잖아요. 좀 부럽네요."

뭐, 나와 여동생들 관계도 이랬지. 자매가 아니라 남매인 관계로 원한과 사투와 식욕, 그리고 일거리가 걸린 장대한 대서사시였지만 그 근간에 우애가 없었다곤 말 못하지. 암, 그렇고말고.

"후우, 친하고 자시고 이래서야 공석에서 누이…… 앙!"

천장아, 뚫어져 주지 않으련? 오늘따라 너에 대한 친근감을 주체할 수가 없구나. 세레아의 희롱하는 손길에 반응하는 세티아에게 눈이 가는 건 사실이지만 여기서 더 신경 쓰면 곤란해. 확실히 선을 그어둬야지.

"으읏, 거짓으로 자고 있군?"

세티아가 조금 화난 목소리로 꾸짖자 답변이 있었다.

"아냐……."

뭐가 아냐. 참고로 내가 한 대답이 아니다. 방 안에는 세 명밖에 없고, 대답할 수 있는 건 둘이다. 소거법에 의해 남는 자는 하나뿐.

"어라, 모르고 말했네."

"크으으윽! 모를 줄 알았단 말인가!"

방금까지 모르셨잖아요, 장군님. 아, 안 웃을 수가 없다. 이 자매는 옆에서 지켜보고 있는 것만으로 꽤 재미있다. 딱 부러지는 것 같지만 순진하기 짝이 없는 데다가 언니에겐 굉장히 약한 동생과 그 동생을 놀리는 데 재미 붙인 언니라는 조합은 흔한 편이 아니지.

내가 웃는 낯으로 감상하자 화살이 나에게 돌아왔다.

"흥, 그대는 뭘 보고 웃는 것인가?"

내가 대답하지 않고 웃기만 하자 세티아는 완전히 삐쳤는지 고개를 휙 돌렸다. 아, 젠장. 정말 비겁할 정도로 귀엽다. 노, 놀려먹고 싶을 정도다.

으음, 진정하자. 한번 놀려먹기 시작하면 그 재미에서 헤어 나오지 못한다고. 어차피 떨어져야 하는 사이에 그러면 안 되잖아.

"부러워서 그런 거예요. 화내지 마요."

별로 원치 않았지만 어시스트도 있다.

"어머, 어때서 그러니……."

그 말이 끝난 순간, 세레아가 사라졌다. 분명히 나와 침대 사이에 거리가 꽤 있었는데 등에서 느껴지는 이 따뜻한 감촉은 뭐지?

"아…… 따뜻해."

참고로 지금은 여름입니다. 하아, 이 여자는 이래 봬도 다크엘프의 수장, 내가 함부로 어찌할 수 있는 존재가 아니다.

아니, 신분을 떠나서 이 여자는 강력한 마법사. 내 계획에 동참시키면 큰 도움이 될 테니 기분을 거슬리면 안 된다. 즉, 나는 이 여자에게 함부로 굴 수 없으니 구원은 다른 곳에서 찾아야 하지.

나는 바디랭귀지로 내 의사를 세티아에게 힘껏 전달했다. 어떻게 알아들은 건지 세티아가 다급하게 외쳤다. 아니, 사실 이런 상황에선 바디랭귀지고 자시고 일반 상식의 소유자라면 소리를 지를 만하다.

"누, 누이!"

그 말을 하자마자 침대의 베개가 제 스스로 몸을 움직이더니 세티아의 뒤통수를 가볍게 때렸다. 베개는 제법 무게가 있어 보이는 게 조금 충격이 있을 법했다.

"언니라니까."

"그만둬라. 누, 아니, 언니! 곤란해하지 않는가!"

베개에 얻어맞아 자세가 흐트러졌던 세티아가 몸을 바로하며 말했다. 어, 그게 본론이야. 나는 힘차게 고개를 끄덕여 보였다.

"어머, 정말?"

세레아는 나를 뒤에서 꼭 끌어안은 채 손가락으로 내 목덜미를 스륵 훑어내렸다. 윽, 가벼운 움직임이었지만 신경 쓰인다.

"네, 상당히 곤란한데요."

"으음, 앞으로 안 곤란하면 안 돼요?"

"……영원히 곤란할 것 같은데요."

대체 이 여자는 왜 내게 달라붙는 거지? 따뜻한 체온이라거나 풍만한 가슴이 맞닿는 기분은 확실히 좋지만 그건 별개의 문제다.

"음, 앞으로 익숙해지세요. 명령이에요."

"저기, 전 이만 바빠서 가봐야겠군요."

"여기 있으세요. 명령이에요."

그런 말에 위엄을 싣지 말라고. 움직이려던 나는 세레아의 말에 본능적으로 몸을 굳혔다. 난 원래 권력자에게 아부하는 습관이 어릴 때부터 들어서 이렇게 나오면 제대로 된 반응을 못한다.

세레아는 손가락을 들어서 내 귓불을 매만지더니 부드럽게 속삭였다.

"결혼할 사이인데 같이 있어야 하지 않겠어요?"

"……저기, 제가 왜?"

어째서, 내가 왜? 아니, 그보다 도망가고 싶다. 이렇게 사람을 휘둘러대는 상대와 같이 있고 싶지 않아. 게다가 내가 함부로 할 수 없는 상대라면 더욱 그러하다. 세레아는 쿡, 웃으며 손가락으로 세티아를 가리켰다.

"세티아 닮은 딸을 보고 싶기도 하고."

"음? 무, 무슨 소리냐?"

"슬슬 후계자 걱정도 되고 하니."

걱정이라는 단어가 들어간 문장치고는 너무 발랄한 목소리 아니십니까? 그런데 대체 이 여자는 언제까지 등에 붙어 있을 생각이지?

"제가 왜 결혼을 해야 하죠?"

"설마, 싫어요?"

"아니, 그런 문제가 아니라 보는데요. 만난 지 하루도 안 됐어요."

"흑흑, 제가 싫은 거군요."

대화 속도에 따라가기가 힘들다. 세레아가 울음소리를 내기 시작하자 나는 놀라서 돌아보았다. 정말로 우네? 머릿속이 그렇게 판단하자 곧장 세티아의 반응을 살폈다. 눈썹이 치켜 올라간 게 내가 원인이라고 주장하고 있었다.

이거 내가 빌어야 하는 타이밍인가?

"……아니, 싫다는 게 아니에요."

"그럼 됐네요."

내가 그렇게 말한 즉시 세레아는 울음을 그쳤다. 세상에, 무슨 수도꼭지도 아니고 1초 만에 울고, 그보다 더 빠르게 그치냐? 기가 차는군.

"아무튼 결혼은 좀 곤란하다고 봐요."

"어머, 해주지 않으면 더 곤란해요. 다크엘프를 구하기도 했고, 후계자 문제도 있고…… 그리고 저희는 용자의 세 번째, 네 번째 검이니까."

야바위 치는 거 아냐? 믿기가 힘든데? 내가 원래 사람을 잘 안 믿는 성격이지만 이 여자는 특히 더 믿을 수 없다. 내가 의심스러운 얼굴을 거두지 않자 세레아가 귓가에 따뜻한 입김을 불었다.

"으악!"

"후후후, 귀가 약하네요?"

갑자기 그런 짓을 하면 누구라도 놀라겠어. 아무래도 안 되겠다 싶어서 나는 내 목을 두르고 있는 세레아의 팔을 떼어내었다. 그러자 어느새 그녀의 신형이 침대에 앉아 있는 세티아의 뒤에 가 있는 게 아닌가? 누가 마법사 아니랄까 봐 신출귀몰한 움직임이었다.

여동생의 목에 팔을 두른 여왕님은 요염한 미소를 지으며 나를 올려다보았다.

"그런 이유로 하지 않으면 곤란해요. 음, 고집 부리면 가둬 놓고 안 보내줄 거예요."

"……아니, 그렇게 협박하셔도 말이죠."

"세티아도 싫어하지는 않을걸요? 그렇지?"

윽, 그 소리를 듣자 나도 모르게 세티아의 답을 기다리고 있었다. 상황이 엄청 빠르게 진행돼서 정신을 못 차리겠지만 세티아의 대답이 기대되는 건 사실이다.

"으음, 딸이라면 나도 보고 싶기도……."

"아니, 잠깐만! 그런 소리를 할 타이밍이 아니지. 댁마저 그러면 어떡해!"

기가 찬 나머지 반말까지 나와 버렸다. 완전히 휘말리고 있어. 이게 바로 농락당하는 감각인가? 너무 간만에 맞봐서 헷갈리기 시작한다. 무수한 모략가와 권력자를 상대해 봤지만 이렇게까지 휘둘린 적은 없었다.

상대는 나에 대한 정보를 잡고 있는데 나는 상대에 대한 정보가 전혀 없는 것도 있지만⋯⋯ 무엇보다 내가 세티아에게 마음이 있다는 점이 문제였다. 사실 지금 상대의 제안에 내가 끌리고 있잖아. 젠장, 이거 애초에 지고 시작하는 싸움인데?

"⋯⋯딸이라면."

대체 뭘 생각하는지 세티아의 얼굴에 홍조가 떠올랐다. 어리버리해도 괜찮은 아군이었던 장군님이 적군 측으로 가버렸다. 장군님을 가볍게 함락시킨 여왕님은 여동생의 긴 머리를 손가락으로 꼬며 말했다.

"저는 세 번째, 세티아는 네 번째니 결혼하는 게 당연하잖아요."

"⋯⋯그거 진짜에요?"

"어머, 500년 전의 예언이라구요."

미안, 당신 태도를 보면 전혀 못 믿겠거든. 잠시 고민하던 나는 고개를 흔들었다. 역시 할 수 없어.

나는 정중한 태도로 거절의 의사를 밝혔다.

"저에겐 미래를 약속한 사람이 있습니다. 청혼해 주신 것은 대단히 과분하오나 감히 이 몸이 받을 것이 아니니 물러주시지요."

"싫어요."

즉답이라니, 조금이라도 생각해 보는 태도를 취해주는 게 어때? 세레아는 얼굴에 고혹적인 미소를 떠올린 채 나를 응시했다. 검은빛이 도는 푸른 눈동자가 나를 물끄러미 훑는다.

"실은 좋으면서 싫은 척하다니 심술쟁이네요."

"……."

젠장, 남의 마음 읽지 마. 아무래도 마법을 쓴 것 같다. 아니면 떠봤거나. 후, 아무래도 이런 식으로 거절해 봤자 끝이 없겠다. 세레아는 정말 천성적인 여왕님이라서 자기가 하고 싶은대로 해야 직성이 풀리는가 본데? 차근차근히 문제를 되짚지 않으면 어렵겠군.

"왜 저죠?"

내 말에 세레아는 잠시 생각하더니 손가락을 하나씩 꼽았다.

"일단 예언이 있고, 세티아도 마음에 들어 하는 것 같고, 일족의 구원자니까 뭔가 선물해 줘야 하고, 그리고 무엇보다 내 취향이니까."

마지막에 악센트가 들어가는 이유는 뭡니까. 앞서 열거한 것들보다 더 중요하단 거야? 세티아의 허리에 팔을 두르고 어깨에 턱을 올린 세레아는 장난스런 어조로 말했다.

"아니면 저희 둘뿐 아니라 다크엘프의 모든 여자를 취하고 싶은 거예요? 호색한이었네요. 뭐, 그것도 좋겠지만. 참고로 이건 진짜예요. 구함을 받으면 몸을 맡기는 것이 도리인데, 일족을 구했다면 모두가 몸을 맡기는 거죠. 그렇지, 세티아?"

언니의 말에 세티아는 고개를 끄덕였다. 아무래도 그들 고유의 풍습인 것 같다. 뭐, 저런 풍습이야 로스터슬라프에서도 몇 번 풍문으로 들은 적이 있지만 그때는 그러려니 하고 넘겼는데…… 실제로 그런 상황에 닥쳐 보니 정신이 멍하구만.

"원한다면 그쪽으로 할까요?"

"원할 리가 없잖아요. 게다가 제가 언제 일족을 구했다는 거예요. 전 세레아님밖에 구한 적 없어요."

그랬다간 아무리 류아라도 화낼 거야. 아니, 어떤 여자라도 화내.

"앞으로 구할 거예요. 여하간 되도록 저희 둘로 만족해 주라는 건데 이렇게 빼는 걸 보니 싫다, 싫다 하면서도 모두를 품고 싶나 보네요?"

"하아……."

코너다. 진짜 코너다. 이렇게까지 막무가내로 치고 들어오는데 나도 진지하게 의사를 밝히지 않으면 안 된다. 나는 목뼈를 꺾고는 진중하게 말했다.

"결혼은 사랑하는 사람하고 하는 거예요. 예언이고 구함이고 그런 것에 의해서 할 거라면 안 하는 게 나아요. 게다가 만난 지 얼마 되지도 않았잖아요? 아무리 이렇게 밀어붙여도 서로를 잘 알지도 못하는데 결혼할 수 있을 리가 없어요."

"그러니까 알면 되는 거네요? 그럼 세티아, 자."

내 말에 세레아는 동생의 등을 떠밀었다. 얼결에 밀린 세티아는 내 옆에 와서 섰다. 그리고 내 눈치를 보더니 조심스레 팔짱을 끼었다.

"후후후, 잘 어울리는 한 쌍이네요."

"……아니, 잠깐만. 제 이야기는 들은 거예요?"

"네, 들었어요. 그럼 세티아랑 데이트하고 와요. 기한은 얼마든지 줄 테니까 그래도 싫다면 말해요."

"아니……."

"아, 갑자기 후유증이 도지네. 나가줄래요?"

그렇게 말한 세레아는 자리에 누워서 이불을 뒤집어썼다. 아예 사람 말을 안 듣겠단 태도다. 아, 기가 차는군. 일단 나오자.

뭐, 세레아가 이런 식으로 나온다면 나도 그에 맞게 대응하면 된다.

"그럼 실례하겠습니다."

나는 이불덩이에게 고개를 숙여 보이고 방 밖으로 나왔다. 후우, 말렸지만 어떻게든 반격의 실마리를 찾아봐야겠다.

"……저기, 역시 이런 건 싫은가?"

세티아는 내 팔짱을 끼고 있다가 주저하며 물었다. 그녀는 여자치고 키가 큰 편이라서 쉽게 시선이 마주친다. 걱정의 빛을 띠고 있는 검푸른 눈동자와 마주한 나는 고개를 저었다.

"그런 건 아닌데…… 일단 떨어져요."

내가 말하자 세티아는 미안한 표정을 지으며 떨어졌다. 되게 시무룩한 얼굴이 된 게 가슴이 쓰리군. 다시 붙으라고 말하고 싶을 정도다.

세티아는 풀죽은 음성으로 말했다.

"누이가 막무가내라서 미안하군. 경이 싫다면 이 일은 없던 것으로 하겠다."

근데 왜 그렇게 우울한 기색이야? 사람에게 쉽게 정을 주는 성격인 건가. 무인이라는 게 저렇게 나약해서야……. 나는 잠시 눈을 감았다. 아무리 생각해 봐도 여자 애에게 이런 식으로 거절하는 건 남자라는 놈이 할 짓이 아니지.

"리워드."

"응?"

"리워드라 부른다고 했잖아요."

"아, 음. 그랬지."

그녀는 생각났다는 듯 고개를 순순히 끄덕였다. 음, 어디까지 순순할까?

"그럼 손."

내가 그렇게 말하자 그녀는 손을 내밀었다. 무엇을 하려고 하나 궁금해하는 얼굴이었다. 훈련된 개처럼 충실한 반응을 감상한 나는 실소했다. 뭐, 일단 적당히 해보는 것도 나쁘지 않겠지. 이런 미인과 즐겁게 있는 것도 좋잖아? 사실 내가 마음이 없는 것도 아니고…… 갑작스레 결혼 이야기가 나온 게 문제지.

나는 그녀의 손을 잡았다. 세레아와 달리 체온이 조금 차갑다.

"그럼 안내해 줄래요?"

"응?"

"제가 다크엘프의 문물을 잘 모르니까요. 데이트를 하고 싶어도 리드하기엔 무리라서 부탁하는 거예요."

"아, 음."

그렇게 말한 세티아는 내 손을 잡은 채 앞장섰다. 두어 걸음 걷던 세티아는 멈춰 서서 나를 돌아보았다.

"그대는 왜 아직도 나에게 존대를 하는 건가? 평대하기로 하지 않았나."

"어? 그랬어요?"

"분명히 그랬다."

"아, 뭐, 그렇게 하죠. 아니, 하지."

어색하구만. 내가 순순히 그녀의 요구를 따르자 세티아는 밝게 웃었다. 그 미소를 보고 있자니 마음 한구석이 울렁인다. 으음, 역시 의식되고 있어.

확실히 다크엘프의 마을에는 놀거리가 없었다. 세티아는 데이트의 개념도 잡지 못한 것처럼 이리저리 헤매고 있었다. 아무리 그래도 연무장을 가는 건 뭔가 아니지 않나. 목적지를 전해들은 나는 걸음을 멈추고 세티아에게 물었다.

"저기…… 데이트가 뭔지는 알아?"

"누이가 말하기를, 남자 팔짱을 끼고 있으면 알아서 해준다고 했네. 하지만 그대는 내게 맡기지 않았나?"

세티아는 입술을 삐죽이 내밀었다. 아무래도 내가 묻는 의도를 알아차린 모양이었다.

"탓하려는 건 아니니까 그런 얼굴 하지 마요. 아니, 하지 마."

"으음."

표정을 바로 한 그녀는 고민하는 얼굴이었다. 뭐, 일단 뭐라도 먹으러 갈…… 아냐, 통조림이잖아. 생각해 보니 진짜 통조림이네. 둘이서 과일 통조림을 따먹으면서 밀어를 속삭인다고? 아, 그전에 과일이라면 질린다, 질려!

"뭐, 그럼 술이라도 마실까?"

"군무에 종사하는 자가 취하면 안 되지만…… 가볍게라면 괜찮겠군."

고개를 끄덕인 그녀는 내 손을 잡고 주점으로 안내했다. 다크엘프의 마을이라는 곳은 본래 활기가 없는 곳인지 별로 인적이 보이지 않았다. 가끔 스쳐 지나가는 인물들도 죄다 여자이지 남자는 안 보인다. 뭐, 여성 상위 사회니까 당연한 건가.

주점 안은 조용했다. 사람이 없는 건 아닌데 인간의 술집과 달리 조용하다. 다들 술을 마시며 이야기하지만 그 소리는 매우 낮았다. 정체를 알 수 없게 생긴 것에서 느린 음악이 흘러나온다. 자리를 잡고 앉자 나는 세티아에게 물었다.

"그런데 원래 이렇게 조용해요?"

아, 존대어 써버렸다. 이거 잘 안 떨어지네. 난 권력자에게 빌빌 기는 습관이 붙어서 문제야.

여하간 조용한 것뿐 아니라 장군님이 오셨는 데도 아무도 신경 안 쓰는 눈치다. 내 질문에 세티아는 알 수 없단 얼굴이었다.

"술집에서 시끄럽게 굴어야 되는 이유가 뭐지?"

"인간은 시끄럽게 굴거든."

만약 세티아가 인간의 장군이었고, 인간의 술집에 갔다면 이런 반응이 절대로 나오지 않았겠지. 뭐, 세티아의 성품상 인간이었다 해도 권위를 내세울 것 같진 않지만.

조금 기다리자 점원이 작은 술병과 술잔을 내왔다. 음, 마시러 오자고는 했지만 생각해 보니 난 술에 강한 편이 결코 아니었지. 적당히 마셔야겠다. 그렇게 생각하는데 세티아가 자작을 하려는 게 아닌가?

"잠깐만."

나는 그 손을 막고 내가 따라 주었다. 세티아는 눈을 깜빡거렸지만 내가 하는 행동을 막지 않았다. 뭐, 주변 테이블들을 둘러보니 죄다 자작이구만. 역시 인간과는 다르다.

"자, 나한테도."

내가 잔을 내밀자 세티아는 어색하게나마 술을 따라 주었다. 술을 받아 든 나는 한 모금을 마시고 내려놓았다. 인간의 맥주보다 좀 더 쓰군.

"음, 근데 아까 이야기 말인데…… 진심이야?"

어라? 취했나? 멀쩡한 정신으로 이렇게 단도직입적으로 나가다니.

"무엇을 말인가?"

잠깐, 이거 멈춰야 되는 거 아냐? 어떻게든 수습해야 되는 거 아냐? 지금이라면 돌릴 수 있다. 이거 위험하다구. 포석도 안 깔아놨는데 지금 뭐 하는 짓인지.

"결혼 이야기."

젠장, 도망가긴 글렀다. 이젠 별 도리가 없다. 두근거리는 마음을 애써 눌러참고 나는 대답을 기다렸다. 입 안이 깔깔하다.

"그런 것으로 농담하진 않네."

세티아는 고개를 젓고 조심스레 술을 한 모금 마셨다. 그 절제된 움직임을 따라 나도 술을 마셨다.

"내가 좋아?"

……나 진짜 취했나? 이게 무슨 천둥벌거숭이 짓이냐? 제 정신이라면 절대 안 이럴 텐데. 아무래도 불빛의 힘인가 보다. 한층 더 예뻐 보이거든.

세티아는 내 노골적인 질문에 얼굴을 확 붉혔다. 나는 작은 입술에서 시선을 떼지 않고 물었다.

"정직하게 말해줘. 그래야 나도 확실히 대응할 수 있으니까."

내가 다그치자 세티아는 내 시선을 피해 고개를 숙이며 작게 속삭였다.

"……싫어하지는 않는다고 생각한다."

"뭐야, 그게?"

확실하게 말하라구. 내가 물러갈 기세가 아니자 세티아는 잠시 시간을 두고 고개를 살짝 끄덕였다. 으으음.

"왜 좋은 건데?"

"……그야, 어릴 때부터 정해졌던 것이고."

아무래도 세레아의 이야기가 빈말은 아닌 것 같다. 그럼 이 자매가 정말 용자팔검이란 말인가? 그러고 보니 에슬라가 말하길 세 번째와 네 번째는 이종에 있었다고 했지? 이 순진한 여검사가 내 검의 하나라니 실감이 나질 않는다.

"그리고 같이 있으면 마음이…… 좀 두근거리는 것도 사실이다."

너무 정직한 말이라 나도 얼굴이 빨개졌다. 세티아는 거짓말을 할 줄 모르고 사람을 순진하게 잘 믿는다. 그런 그녀가 한 말이기 때문에 더욱 마음에 와 닿았다. 세티아는 진심을 이야기하고 있었다.

확실히 이 녀석, 귀엽구나.

분명히 나는 이 가식없는 여자에게 끌리고 있었다. 이렇게 귀여운 여자 애가 날 좋아한다는데 제대로 답을 못해주면 병신이지.

"난 알 브레히토의 사자인데 괜찮단 거야? 엘 브레가와 알 브레히토는 사이가 나쁠 텐데?"

근데 나는 병신이었던가? 왜 이런 이야기를 꺼내는 거야. 그냥 정직하게 말하면 될 것을.

끄덕, 세티아가 고개를 움직이자 다시 묻는다.

"이런 남자 애라도 괜찮단 거야?"

끄덕.

"실은 난 여자 애를 너무 좋아해서 문제라고. 그래서 이미 장래를 약속한 여자 애가 둘이나 되는 망나니인데?"

대체 난 뭘 어쩌자는 거야. 세티아는 날 좋아한다고 했고 나도 녀석이 굉장히 사랑스럽다고 생각하는데 왜 이렇게 못되게 구는 거지?

그야 이 녀석은 엘프고, 나는 인간이니까.

결국 나는 이 여자 애를 남기고 죽어버린다. 세티아는 나를 그러며 남은 인생을 지낼 테고, 그것만큼 상처를 주는 일도 없다. 하지만 그걸 알면서도…… 좋아져 버린 자신의 마음을 추스를 수 없어서 이러지도 저러지도 못하는 건가.

병신 같아.

"다른 여자는 상관이 없다. 이것은 그대와 나의 이야기다, 리워드."

세티아의 말을 들으니 더욱 그렇게 느껴진다. 나는 잠시 망설이다가 입을 떼었다.

이런 식으로 도망가 봤자 될 일도 안 돼. 이 녀석을 좋아하는 건 사실이니까 상처 주고 싶진 않아. 그러니까 저번처럼 '상대를 상처 줘서 날 싫어하게 만든다' 같은 쓰레기 계획은 집어치우자.

그러고 싶지 않아.

"넌 다크엘프고, 난 인간이야."

"그건 알고 있다. 대체 그대는 무슨 말이 하고 싶은 겐가?"

세티아는 서서히 화난 표정이 되어갔다. 내가 집요하게 찔렀으니 충분히 이런 반응이 나올 만하다.

"이어지면 안 된다고."

"……알았다. 내가 싫다는 거군."

그렇게 말한 세티아는 술을 한번에 비워내더니 일어나 버렸다. 거칠 것 없는 기세다.

"이것저것 실례한 것이 많아 미안하군, 그럼."

잠깐, 리워드. 여기서 잡아야 돼. 잡아야 한다고. 젠장, 잡아도 돼? 이게 옳은 해결이 아닐까? 수명의 격차는 어쩔 수 없는 문제다. 날 좋아해 준다고 해도…… 궁극적으로 이 녀석이 울게 된다면 하지 말아야 하는 것 아냐?

팔검이라고 하지만 사실 난 내가 용자팔검을 찾아야 하는 이유도 모르겠다. 라렌시아처럼 죽어서 내 힘이 되어주는 케이스라면 사양하고 싶다.

제길, 비합리잖아. 좋아, 이렇게 된 거 완전히 비합리로 나가보자!

단숨에 술잔을 비워낸 나는 밖으로 나갔다. 세티아는 저만치 앞에서 걸어가고 있었다. 다행히 주변에는 아무도 다니지 않는다. 나는 그녀에게 빠른 걸음으로 접근하며 이름을 불렀다.

"세티아!"

감히 장군님의 존함을 뒤집 개처럼 부르다니 나도 단단히 맛이 갔군. 취한 건 아니지만 지금의 이 행동에 합리가 전혀 없다는 것은 음주가 어느 정도 기인해서겠지.

내가 불러도 멈추지 않고 앞서가는 그녀의 손목을 잡아챘다. 그제야 세티아는 나를 뒤돌아보았다. 잔뜩 볼이 부푼 게 꽤 화가 난 상태라고 시위하고 있었다.

"왜 잡는가? 어차피 그대는 날 좋아하지도 않잖나."

"그런 게 아냐."

"홍, 됐다. 어차피 나도 내가 여자답지 못한 것을 잘 알고 있다. 변명할 필요 없다."

"……."

세티아의 목소리가 작아진다. 세계 최강의 검사라는 수식어를 떼어버린 여자가 고개를 숙여 자신의 발끝을 본다.

"어차피 나는 피부도 검고 가슴도 쓸데없이 큰 데다가 귀엽지도 않다. 그대가 날 좋아하지 않는 걸 이해한다."

"……아냐, 그런 게 아니라니까."

대체 이 녀석, 무슨 소리야? 어디가 여자답지 않고 어디가 안 귀엽다는 건데?

"남자들은 누이 같은 타입을 좋아하지 않나. 나처럼 말재주도 없고 귀엽지도 않은 데다가 검밖에 모르는 여자를 좋아할 리가 없다는 거 잘 알고 있다."

"아니라니까."

하아, 이 녀석, 단단히 꼬였구나. 아무래도 콤플렉스가 있었나 보다. 뭐, 이런 모습이 굉장히 귀여워 보이지만.

"그대가 좋은 사람인 건 잘 아니까 그렇게 마음에도 없는 소리를 할 필요는 없……."

도저히 못 참겠다. 더 이상 말도 안 되는 소리를 듣고 싶지 않아. 나는 세티아를 덥썩 끌어안았다.

차가운 체온이 손끝부터 전해진다. 여자치곤 큰 키지만 막상 안아보니 부드럽다는 점은 다른 여자와 같다. 아니, 오히려 이대로 오랫동안 있고 싶단 욕망이 솟구칠 정도다.

"빈말이 아냐. 그러니까 더 이상 그런 말 하지 마."

"……내가 싫은 게 아니었나? 난 별로 귀엽지도 않은데."

"왜 그렇게 믿는지 몰라도…… 나한텐 누구보다도 귀여워 보여, 견딜 수가 없을 정도로."

"그런데 왜 나를 거절하는가?"

나는 세티아의 몸에서 떨어져 두 걸음 뒤로 물러났다. 볼이 붉어진 공주님의 시선이 내 움직임을 훑는다.

"나는……."

아, 뭐라 말을 꺼내야 할지 모르겠다. 심장이 두근거린다. 그래서 앞뒤 말을 전부 삭제해 버리고 말해 버렸다.

"빨리 죽어."

너무 삭제했나? 말하자마자 후회한 나는 좀 더 덧붙이기로 했다.

"세티아는 천 년을 살지만 난 백 년도 살지 못해. 결국 나는 죽고 세티아는 혼자 남게 돼. 아마 세티아 같은 성격이라면 날 잊지 못해서 계속 슬퍼하면서 살 거야."

입 안이 말라붙은 것 같다. 말할수록 내가 이 여자 애를 좋아하고 있다는 게 절실히 느껴졌다. 수명의 차이만 없었다면 분명히 손에 넣으려고 했을 거야. 세티아는 굉장히 매력적이기도 하지만…… 내가 갖추지 못한 부분을 가지고 있었다. 그런 여자를 내가 쉽게 포기할 수 있을 리가 없다.

그러니까 지금 이렇게 중얼대고 있는 거지.

"백 년은 행복하게 해줄 수 있어. 하지만 나머지는 내가 어찌하지 못해. 네가 울어도 그치게 해줄 수가 없어."

"뭔 소리인지 모르겠군."

세티아는 알 수 없단 표정이었다. 충실한 설명이었다고 생각하는데 좀 부족했나? 예시라도 들어볼까 생각하는데 세티아가 톡 쏘았다.

"그대가 뭔 바보 같은 소리를 하는지 잘 모르겠네. 그대의 순수한 생각인가?"

"……아니, 그건 아니지만."

공격적인 기세에 눌린 나는 실토해 버렸다. 뭐, 수명 차가 극심한 종끼리의 결합이 슬픔만 낳는다고 책에서 줄창 봐온 영향이 크다. 실제로도 그럴 것 같고.

"리워드, 나를 좋아하는가?"

"……응."

주저하던 나는 고개를 끄덕였다. 이 마음은 숨길 수 없다. 분명히 이 여자 애를 울리게 될 걸 알면서도 원한다. 만난 지 얼마 되지도 않았지만, 말을 얼마 섞지도 않았음에도 불구하고 나는 눈앞의 이 여자를 누구에게도 넘기고 싶지 않다고 생각하고 있었다. 스스로 헛된 망상이라 치부하고 무시하려 할수록 그 마음은 커져만 간다.

세티아는 굳혔던 얼굴을 풀고 부드럽게 웃었다.

"그대는 너무 이상한 고민을 하는군. 나도 그대를 좋아한다. 아마 맨얼굴을 봤을 때부터 두근거렸던 것 같군."

"하지만 나는……."

"그대는 검을 들고 있고, 나도 검을 들고 있지. 검을 잡은 자가 내일 죽을지 모레 죽을지는 모르는 법. 내일을 기약하고 싶었다면 병기를 들지 말아야 하는 것이네. 그대는 내가 그대보다 오래 살 거라 자신하지만 나 또한 검사, 내일 어떤 강적의 칼날 앞에 쓰러질지 모르는 일이지."

잠깐, 뭔가 너무 비약적인 논리를 펼치는데? 애초에 트라이림에 세티아를 죽일 수 있는 존재가 있기나 해? 칠단장도 잡아버릴 실력의 검사인데? 마황 이외에는 없지 않나?

"말도 안 되는 소리야."

"예를 들자면 그렇다는 것이네. 세계에는 무수한 은거기인이 있고, 그들 모두는 한가락 재주를 갖추고 있는 법. 무의 길을 가는 자는 상대가 누구건 방심하지 말라고 배우지 않았는가?"

"그렇게 배우긴 했지만 가정이 너무 비약적이라고."

"잘 설명을 못하겠군."

세티아는 잠시 고민하다가 고개를 끄덕이고 다시 입을 열었다.

"내가 하고 싶은 말은 사람은 언젠가 죽는다는 거네. 그게 그대가 될 수도 있고 내가 될 수도 있지. 서로 같은 날 죽는다면 지복이겠지만 실제론 불가능에 가깝다고 알고 있네."

"……아니, 그러니까."

"그대와 내가 맺어진다고 해도 결국 어느 한쪽이 죽게 되겠지. 그리고 수명상 그게 그대가 될 확률이 크긴 하겠지."

"맞아, 내가 하고 싶은 말이 그거야."

이제야 핵심으로 들어왔네. 그러자 세티아는 눈썹을 치켜세웠다.

"리워드, 그대는 나를 능멸하려 드는 것인가?"

왜 화를 내는 건지 모르겠다.

"내가 그대를 좋아하는 마음이 그것밖에 안 된다고 보는 건가, 아니면 그대가 날 하찮게 보고 있는 건가? 어느 쪽인가? 어느 쪽이든 불쾌하긴 마찬가지지만."

그렇게 토를 달면 어느 쪽도 고를 수 없다고. 근데 왜 이렇게 화를 내는지 잘 모르겠다. 내가 틀린 소리를 한 건 아닌데? 내가 입을 다물고 있자 세티아는 머리를 숙이고 말을 느릿느릿 토해냈다.

"저, 적어도 나는 조, 좋아한단 소리를 가볍게 하진 않는단 말이다."

불끈 쥔 주먹이 떨리고 있다. 어깨가 가늘게 떨린다. 억지로 울음을 참고 있는 것 같아서 나는 재빨리 입을 열었다. 어떻게든 수습하지 않았다간 대형 사고가 터지겠다.

"그렇게 본 게 아냐. 나도 세티아를 굉장히 좋아하고 있어."

"말은 그렇게 하면서 왜 자꾸 도망가는 건가? 믿을 수가 없다. 그대는 말로만 나를 좋아한다고 하면서 도망갈 핑계를 대지 않나?"

윽, 날카로운 한마디였다. 예리하게 정곡을 찔린 나는 입을 다물었다. 세티아는 고개를 가로저었다.

"……이렇게 마음이 아플 줄 알았다면 좋아하는 게 아니었다."

"나, 난 말야."

이야기하지 않고는 못 배기겠어. 여자 애가 이렇게까지 하는데 계산이고 뭐고 정말 이젠 지긋지긋하다! 어디까지 도망칠 거야! 젠장할!

"널 좋아하니까 울리고 싶지 않아! 하지만 수명이라는 문제는 결국 널 울리게 될 확률이 너무 크단 말야!"

"그건 그대가 날 좋아하는 마음이 그것밖에 되지 않는다는 소리다!"

"아냐! 아니라고! 좋아하고 있어! 갑자기 엄청나게 끌려 버려서 나 자신도 힘들 지경이야! 그러니까 더 울리고 싶지 않아! 그런 거라고!"

"……."

"소중하니까 절대 울리고 싶지 않아!"

울음 섞인 목소리가 나를 때린다.

"그럼 내 마음은 어찌 돼도 좋다는 건가?"

원망마저 섞인 음색에 숨이 멈췄다.

"날 울리고 싶지 않다는 '핑계'로 내 마음을 거절하고……
그러면 된다는 건가?"

"거, 거절이라곤 안 했어."

간신히 목소리를 쥐어짜 내지만 그것이 구차한 변명인 건
내가 더 잘 안다. 그래, 이 녀석의 말대로다. 나는 세티아 리
베이드가 굉장히 좋아져 버려서…… 절대로 울리고 싶지 않
다. 여자 애를 울리는 건 쓰레기다. 더구나 좋아하는 여자 애
를 울리는 건 최악의 쓰레기다. 나는 비록 쓰레기지만 최악은
아니라고 생각했다.

하지만 지금 울고 있다.

떨리는 입술을 억지로 내리 누르고 있지만 넘치는 눈물을
주체 못한다. 그게 분한지 애써 눈썹을 치켜 올리지만 그래
봤자 더 보기 흉한 꼴이 될 뿐이다. 아름다운 얼굴이 엉망이
되는 것도 전혀 상관하지 않고 서럽게 운다.

정말로 내가 좋아서 이러는 거다. 거기에 대한 의심은 없
다. 나와 몇 마디나 했다고 좋아하는 건지, 대체 왜 나에게
끌리는 건지 잘 모르겠다. 솔직히 내가 세티아에게 잘해준
것은 없다. 그냥 세티아가 나에게 솔직하게 대해줬을 뿐이
지.

좋아하니까 울리고 싶지 않다고 한 게 결국 울려 버렸다.

뭐, 나와 함께하면 더 울게 될 테니까 이쪽이 낫겠지……
라는 합리적인 판단이 내려졌다.

"……멋대로 좋아하고 고집 부려서 미안했다."

슬픔을 숨기지 않고 토해낸 세티아는 달려가 버렸다. 본능
적으로 그걸 잡으려다가 이성이 이를 악물어서 막아냈다. 잡
아선 안 돼. 세티아의 진심은 알았다. 가슴이 아플 정도로 잘
알았다.

"난……."

아, 뭔가 되게 후회할 짓을 한 것 같다. 머리가 멍해진 나는
주변을 둘러보았다. 다행히 인적은 없었다. 소문이 안 날 것
같으니 다행이다…… 라고 생각한 이성을 때려죽이고 싶다.
벽에 기댄 나는 한숨을 토했다. 진짜 왜 이러냐.

"이런, 울려 버렸네요?"

"……."

후미진 골목에서 나온 세레아는 즐겁게 웃고 있었다. 여동
생을 울린 남자를 보는 것치곤 최상급의 미소다. …근데 왜
거기서 나오는 건데?

"왜 거기서 나와요?"

기가 막힌 내가 입을 벌리고 묻자 세레아는 검지를 세우고
허공에 휘휘 저었다.

"그야 귀여운 여동생이 첫 데이트를 한다는데 언니가 걱정

이 되지 않겠어요?"

"······걱정하는 태도가 전혀 아닌데요."

정말 걱정하고 있다면 나랑 이런 한담을 나눌 게 아니라 여동생을 쫓아가야 되는 거 아닌가? 세레아는 웃는 낯 그대로 나를 직시했다. 으음, 확실히 미인이군.

"나름대로 걱정하고 있어요, 나름대로."

"별로 신뢰가 가지 않지만······."

"흑흑, 믿지 못하는군요?"

이런 식으로 나오니까 권력자고 뭐고 진지하게 대할 마음이 안 들어. 어째 이 여자는 상대하면 할수록 내 기운이 빠진다. 마이페이스가 극도로 발전해 있어서 대하기가 곤란하다. 에티엔은 어떻게든 대화의 맥은 안 끊기는 정도인데 이 여자는 말을 돌리는 기술이 너무 능수능란하다.

"말 돌리지 마요. 걱정돼서 미행한 거예요?"

"헤헷, 들켜 버렸네요."

세레아는 장난스레 윙크하고는 제자리에서 한 바퀴 빙글 돌았다. 저 퍼포먼스의 의미를 따지다간 또 말이 다른 곳으로 흐를 것 같으니 관두자. 기운이 빠진 나는 한숨을 쉬며 짤막하게 말했다.

"뭐, 그럼 결과는 보신 대로 됐어요."

"네, 봤어요. 과연 리워드는 혈기방장한 나이라 그런지 첫 데이트부터 술집을 가더군요. 세티아를 취하게 만들어서 쓰러뜨릴 생각이라면 그건 무리예요. 그 아이, 술이 꽤 센 편이라서. 차라리 직구 승부를 넣는 게 나을걸요?"

"…이봐."

대체 뭘 단정 짓고 충고까지 하고 있는 거야? 사람을 아주 쓰레기로 보고 있는데?

"그 아이, 처음이니까 부드럽게 대해줘야 해요?"

"그런 마음 전혀 없는데요."

"새~빨간 거짓말, 훤히 들여다보이는 속셈이에요. 세티아를 앞에 두고 그런 마음을 품지 않는다는 보장 있어요? 저 아이는 제가 잘 가르쳐 놔서 건드리지 않고는 못 배긴다고요."

당신, 뭔지는 몰라도 여동생한테 가르치지 않아도 좋은 걸 가르친 모양인데? 친자매 맞아?

"세티아가 매력적이라는 점은 부정하지 않겠지만, 그런 생각은 없었어요. 애초에 연인들을 위한 시설이 부족하잖아요."

"그야 당연한 거고. 여하튼…… 리워드, 당신은 굉장히 우직하고 바보 같은 사람이네요. 뭐, 그래서 더 귀엽지만."

"들어서 별로 기쁜 소리는 아닌데요."

기분이 좋은 상태가 아니라서 제대로 된 답이 안 나온다. 내가 무뚝뚝하게 끊어버려도 세레아는 얼굴에 띠고 있는 웃음을 지우지 않았다. 그녀는 내 무례한 언동을 보며 재미있어 할 뿐 대노하진 않았다. 권력자치고는 이상한 타입이다. 그전에 사람으로서 저런 성격은 이상하지 않은가?

"뭐, 당신이 어떻게 생각하는지는 잘 알았지만 맹점이 있어요. 저희는 엘 브레가를 믿어요."

"그게 무슨 소리인지는 충분히 아니까 그만 해줄래요?"

사실 내가 발을 떼면 될 일을 나는 어째서 계속 그녀의 말에 귀를 기울이고 있는 건가? 이런 이성적 판단과 별개로 나는 세레아에게서 무언가를 기대하고 있었다. 그래서 열 받는 이름이 나왔음에도 불구하고…… 나는 가만히 있었다.

내 태도를 살핀 세레아가 갑자기 진지한 얼굴을 하며 말했다.

"어느 쪽이든 울린다면…… 조금이라도 행복하게 만드는 쪽이 낫지 않아요?"

"……"

허를 찔렸다. 진중해진 기색도 기색이지만 그녀의 말이 내 맹점을 찔렀다. 아, 확실히 그녀의 말이 옳다. 이래도 울리고 저래도 울린다면 차라리 안는 것이 낫지 않은가? 아냐, 속아 넘어가지 말자.

"지금 우는 것은 잠시이지만 저와 함께하면 오랫동안 울겠지요. 어느 쪽을 택해야 할지 극명하지 않나요?"

"슬픔의 무게를 누가 재나요? 리워드, 아니면 세티아?"

나는 입을 다물었다. 그녀의 말은 일견 옳아 보였지만 그르다. 하지만 유혹적으로 들리는 것은 어쩔 수 없었다.

"부모님이 돌아가신 이후로 저 애가 우는 것을 본 적이 없었는데 울려 버렸네요."

"하아."

머릿속이 엉망진창으로 뒤섞인다. 나는 선택을 강요받고 있었다. 어째야 하지? 어떻게 하지? 상처 입히고 싶지 않아. 울리고 싶지 않아. 하지만 그렇게 생각해서 한 행동이 결국 울려 버린다. 그게 덜 울리는 것이라고 자위해도 쓸쓸함만이 남는다. 내가 잘못된 건가?

"내 마음은 어찌 돼도 좋다는 건가?"

"사람을 상처 입히지 않으려는 태도는 잘 알겠지만, 결국 관계가 깊어지면 상처를 입히게 돼요. 자신이 어떤 행동을 하는지 잘 알면서 사람에게 상처 주는 건 주지 않으려고 조심하는 것보다 훨씬 더 용기를 필요로 하는 거 알아요?"

사고하라.

"당신은 용기가 있나요?"

결정했다. 심호흡을 한 나는 발을 움직였다. 등 뒤에서 마지막 충고가 들려온다.

"우후후, 그 아이는 자기 방에 틀어박혀 있을 거예요."

"고마워요."

"뭘요, 남편을 위해서라면 이 정도쯤이야."

그 소리를 뒤로한 나는 다리를 움직였다. 거리의 풍경을 알아볼 수 없을 정도의 속도로 빠르게 지나치며 나는 생각했다. 생각하고 또 생각했다. 과연 내가 하는 이 행동이 괜찮은 건가. 이런 것이 용서받을 수 있는 건가. 결국 나는 자신에게 보기 좋은 핑계를 대고 있는 것뿐이 아닌가.

모르겠어. 확실히 말해서 잘 모르겠다.

난 결국 어린애다.

제대로 된 답을 토해내지 못한다. 그런 자신이 한심하고 짜증나서 되도록 사고의 영역을 줄이고 줄여서 빠르게 답을 도출한 다음 깊게 신경 쓰지 않는 태도를 취해왔다. 하지만 그렇게 일의 효율성을 추구하면 당장의 문제는 해결되지만 역으로 성장을 방해한다.

계속 제자리걸음이었다. 상처받고 낙오자가 되어봐야 성장할 수 있는데 그 시간이 아깝다는 이유로 도망쳤다.

아니, 그게 두려워서 핑계를 댄 거다.

그리고 지금 그 두려움과 정면으로 맞서려 하고 있다. 세티아를 상처 입힌다. 이 선택은 내가 좋아하는 여자를 울리게 된다. 옛날의 나라면 주저없이 돌아섰겠지. 그리고 내가 잘했다고 자위했겠지.

하지만 나는 에슬라 앞에서 진심을 말해 버렸다.

그 누구에게도 보여준 적 없는 것을 보여주자 엘프는 나에게 말했다. 사고하라고. 그리고 얻어내라고.

"하아."

이 행동이 옳은지 아닌지는 중요치 않다. 내가 제대로 된 선택을 했는지 역시 상관없는 문제다. 지금 이 순간 중요한 것은 나와 그녀뿐이다.

나는 세티아의 방 앞에 섰다.

나무 문을 두드려도 안쪽에서는 대답이 없다. 나는 깊게 숨을 들이쉬고 가슴을 두드렸다. 좋아, 이제 좀 진정된 것 같다.

"세티아, 들어갈게."

문을 열고 들어가자 이불뭉치가 보였다. 침대보를 뒤집어 쓴 세티아는 등을 보이고 앉아 있었다. 한 종족의 장군이라는 사람치곤 참 청승맞은 꼴이다. 나는 쓰게 웃으며 다가갔다.

"왜 온 건가?"

차가운 음성이지만 잔뜩 눈물이 묻어 있다. 이렇게 울려 버린 건 나다. 나는 착잡한 심경을 넘어 말을 꺼냈다.

"얼굴 보여줘."

"싫다. 나가거라."

"얼굴을 보고 싶어."

그렇게 말한 나는 세티아의 몸을 억지로 돌렸다. 그녀는 잠시 버둥거렸지만 내가 힘으로 제압해 버렸다. 내가 좀 거칠게 굴자 세티아의 반항이 멎었다.

나는 고개를 끄덕이고 침대보를 벗겨냈다. 블루블랙의 아름다운 눈동자, 검회색의 피부. 어둠을 닮은 검푸른 머리칼

사이로 뾰족하게 튀어나온 귀. 타락했다고는 하나 그 아름다움은 오히려 빛을 더한 것 같은 종족의 장군님.

"좋아해."

세티아의 답을 듣지 않고 진실된 답을 토해낸다.

"울리고 싶지 않아. 이건 진심이야. 그래서 내 마음을 억누르려고 했어. 하지만…… 어느 쪽도 운다면 옆에 있어줄게. 그게 비록 네 생애를 슬픔으로 물들인다고 해도 같이 있어줄게."

"리……."

"대답은 듣지 않아. 내가 결정한 거야. 비겁하게 너한테 선택을 미루지 않겠어. 더 이상 도망가지 않아. 이건 내가 결정하고 내가 한 일이야. 세티아, 네가 매달려서 어쩔 수 없이 하는 게 결코 아냐. 네가 울어서 이러는 게 아냐."

정말로 쓰레기가 될 수는 없다. 나는 이 여자 애를 좋아한다. 어떤 장애가 있더라도, 이 여자 애를 울리고 싶지 않다는 마음마저 뛰어넘어서 좋아한다. 이렇게 귀여운 여자 애, 처음 봤을 때부터 속마음을 숨김없이 드러내며 나를 대해준 여자를 어떻게 좋아하지 않고 배기겠어?

그러니까 이건 온전한 내 선택이다. 비록 세레아의 충고가 있었다지만 이 선택의 모든 책임은 내게 있다.

"널 좋아하니까 결혼하고 싶어. 비록 네게는 짧은 시간의 추억이 되겠지만 그래도 같이하고 싶어."

"…우."

세티아의 눈에 눈물이 가득 차오른다. 그 영롱한 눈물을 나는 천천히 핥아마셨다. 짠맛이 입 안에 가득 찼지만 지금 이 순간은 더할 나위 없이 행복했다. 내가 조심스레 눈물을 핥는 가운데 그녀의 목소리가 귀로 파고든다.

"이, 잊지 않는다."

울음이 섞여서 떨리는 목소리지만 그 진심만큼은 확실히 전해진다.

"그대가 대체 왜 그렇게 생각하는지는 모르지만 나는 그대를 잊지 않는다. 그대의 자식을 낳아 그대의 이야기를 할 거다. 그리고 나는 그대를 추억하며 살아갈 거다."

눈물이 계속 넘쳐흐른다.

"거기에 슬픔은 없다. 그대를 만난 기쁨이 있을 뿐이다. 그대는 백 년의 생을 이야기했지만 나는 그 백 년으로 인해 천년을 기쁘게 보낼 것이다."

겉치레가 아냐. 내가 한 말에 적당히 대꾸하는 게 아냐. 세티아 리베이드의 사고와 경험이 어우러져 하는 진심 어린 소리다.

"엘 브레가가 이르길, 결국 만물에는 죽음이 있다. 그대에게도, 나에게도 있다. 죽음은 분명히 실존하는데 부정할 순 없다. 그렇다면 그 죽음의 존재를 긍정하고 살아야 하는 것 아닌가? 다크엘프들은 그렇게 생각하기에 엘 브레가를 모신다."

인간과는 다른 방식이지만 확실히 그런 식으로 생각할 수도 있구나. 나는 세티아의 말을 새겨들으면서 눈물 한 방울도 떨어뜨리지 않기 위해 혀를 정성스레 놀렸다.

"그대가 나보다 빨리 죽을 확률이 높다고 해도 상관없다. 나는 단지 그대를 만난 지금, 그리고 그대와 함께할 앞으로가 기쁠 뿐이다. 언젠가 그대와의 삶이 끝난다면, 그것을 받아들이고 남은 시간 동안 그대와의 시간을 반추하며 웃으며 보낼 것이다."

마음 깊숙한 곳에서부터 따뜻해진다.

"그것이 내 기쁨…… 이다."

"응, 무슨 소리를 하는지는 잘 알았으니까……."

나는 천천히 입술을 떨어뜨렸다. 눈물의 궤적을 따라 입술을 누빈다. 볼, 코, 턱, 정성스레 핥으며 왼팔을 움직여 세티아의 허리를 감쌌다.

입술을 맞댄다.

"응……."

세티아는 사르르 눈을 감았다. 그녀가 덮고 있는 거추장스러운 이불을 벗겨내며 나는 왼팔을 움직였다. 눈물을 손가락으로 훔쳐 내고 긴 머리칼을 쓰다듬는다. 몸을 꼭 끌어안고 호흡을 느끼며 혀를 놀렸다.

"으음?"

세티아는 당황하는 기색이었지만 저항하진 않았다. 나는 혀를 농밀하게 휘감으며 타액을 교환했다. 아, 갑자기 취기가 돈다. 욕망이 제어가 안 돼. 지금은 이성적으로 행동을 제어할 수 있는 상태가 아니다.

나는 입술을 천천히 떼어내며 손을 움직여 세티아의 가슴 위에 올렸다. 부드럽고 큰 가슴이다. 욕망이 마구 들끓는다. 스위치가 들어갔다고 해야 되나?

"무, 무슨 짓이냐!"

세티아는 눈썹을 치켜올리고 내 손등을 때렸다. 버둥거리면서 내 품에서 빠져나가려고 한다. 놓치지 않아. 놓아줄 리가 없잖아! 가느다란 허리에 두른 왼팔에 힘을 주어 저항을 막고 입술로 얼굴을 핥다가 이윽고 귀로 활동 범위를 넓혔다. 세티아가 주먹을 말아쥐고 내 가슴을 두들겼지만 별로 아프지도 않다.

"시, 싫다! 그만 해라!"

안 들려. 혀에 닿는 피부의 감촉, 그리고 손에 쥐어져서 모양새를 바꾸는 가슴, 상기된 얼굴. 어느 것도 나를 멈출 수가 없다. 이대로 쓰러뜨리자. 마침 침대다. 그간 너무 오래 참았어. 지금 당장 안고 싶어.

"그, 그만 하라고 하는데 왜 말을 안 듣는 것이냐."

세티아의 몸에서 나는 채취를 흠뻑 들이마시고 혀를 놀린다. 가죽 옷에 감싸여 유혹적인 매력을 뿜어내는 가슴을 쉬지 않고 주무른다.

주룩.

그걸 본 순간 정신이 번쩍 들었다. 우악, 나 지금 정신적으로 고조된 김에 아예 일을 저지르고 있었잖아? 세티아가 저항하는 대신 울기 시작하자 내가 뭘 하고 있는지 깨달아 버렸다. 아, 젠장. 어, 어떻게 수습하지?

"미안해."

나는 황급히 손을 떼어냈다. 세티아는 원망스러운 눈으로 나를 올려다보며 가슴을 퍽퍽 때리기 시작했다. 이런 일을 당했는 데도 도망가기보다는 품으로 뛰어들다니…… 이 녀석, 정말 충견 같군. 음, 이런 생각할 때가 아니군.

"나, 나는 이런 게 처음이란 말이다. 아무런 준비도 없이 제멋대로 하는 데다가 그만두라고 해도 멈추지도 않고."

"미, 미안해. 잘못했어. 세티아가 너무 귀여워서 말이야."

"훌쩍, 아부하지 마라. 안 믿는다."

"믿으라고. 내가 정말 잘못했어."

나는 손이 발이 되도록 빌기 시작했다. 내가 잘못해서 여자애를 울렸으니 빌어야지. 아, 결심한 지 몇 초 만에 울리다니 정말 한심해지는군.

두 시간 동안 싹싹 빌자 그제야 세티아는 나를 용서해 주었다. 사실 내가 한 행동에 비춰볼 때 두 시간 만에 용서해 준

게 더 용하긴 하지만. 싫다고 하는 데도 억지로 해버렸다는 점을 생각하면 비교적 빨리 풀어진 거지.

"일단 결혼식인가."

세티아를 달래고 방 밖으로 나온 나는 한숨을 쉬었다.

"우후후후."

거기에 화답하듯 복도의 그늘에서 한 인영이 나타났다. 누군지는 목소리만 들어도 알겠다. 나는 그쪽을 돌아보는 대신 말을 던졌다.

"또 훔쳐봤어요?"

"그야 염려가 되어서. 세티아를 또 울리다니 정말 나쁜 남자네요."

"뭐, 그렇죠."

아직도 손에 감촉이 선하다. 으음, 확실히 부드럽고 굉장히……. 아, 젠장. 이 여자 앞에서 무슨 생각하는 거야.

"후."

"으악!"

어, 언제 다가온 거지. 분명히 거리가 있었는데 어느새 내 뒤편에 서서 귀에 입김을 불어넣었다. 아, 놀래라. 심장이 벌렁벌렁하다.

"기척 좀 내고 다녀요, 좀."

"어머, 냈는걸요."

"…거리라는 개념을 무시하면서까지 제 귀에 숨을 불어넣는 이유는 뭔데요."

"그야 반응이 귀여우니까?"

사람 놀라는 반응이 귀엽다면 세상천지에 귀엽지 않은 인간이 없겠수다. 고개를 절레절레 저은 나는 발을 옮겼다. 세티아가 우는 것도 달래놨으니 이제 좀 쉬고 싶다. 정신적으로 피곤해.

턱.

하지만 걷다가 뒤에서 다가온 손에 잡혀 버렸다. 나는 고개를 돌리지 않고 말했다.

"피곤하니까 놔줘요."

"어머, 방에 들어가서 혼자 하는 것보단 둘이 하는 게 낫지 않아요?"

"……."

내 귀가 지금 제대로 작동하는 거 맞지? 요즘 계속 의심이 된단 말이야. 대체 뭘 한다는 거지? 이 여왕님은 대체 왜 이렇게 남자 앞에서 못하는 소리가 없냐?

"…뭘 한다는 거죠?"

"으음, 제 입으로 꼭 말해야 돼요? 여자에게 수치를 주는 걸 좋아하는군요. 흑흑, 남편이 이런 사람이라니. 뭐, 이해해요. 요즘 당신도 많이 참았을 텐데 거기에다 세티아의 몸을 주물렀으니 그냥 잠들기는 힘……."

나는 몸을 돌려 그녀의 입을 손으로 막았다. 무례한 행위라는 생각은 이미 사라져 있다. 아, 더 이상 듣다간 내 정신이 이상해질 것 같다. 귀부인 중에도 색기를 풍기는 여자는 있었지만 이 여자처럼 이렇게 노골적이진 않았다.

"…대체 뭘 어쩌자는 거예요?"

"으음? 화났어요?"

"기가 막힌 거예요."

"남편과 아내가 합방하는 거야 당연한 거 아니에요? 게다가 그동안 많이 피곤했을 텐데 풀어드려야죠."

"…왜 니가 내 아내야."

하도 기가 막혀서 반말이 나와 버렸다. 아, 원래 기가 차도 반말은 잘 안 나오는데 이상하게 이 여자에겐 나오게 된다. 이 정도쯤 되면 여왕이고 강력한 마법사이고 간에 말을 깔 수밖에 없잖아.

"당신이 제 취향이니까."

해도해도 너무하는데? 나는 얼굴을 진지하게 굳히고 고개를 저었다. 이쯤에서 확실히 못 박아둬야겠다.

"저는 당신을……."

"좋아하지 않는다고요? 정말로?"

다크엘프의 여왕은 요염하게 웃으며 뒤쪽으로 늘어진 스커트 자락을 들어올렸다. 단순한 동작이지만 그 작은 움직임만으로 시선이 고정되어 버린다. 워낙 노출이 많은 데다가 굉장히 풍만하면서 잘빠진 몸매라…… 나도 모르게 침을 꿀꺽 삼켜 버렸다. 그리고 후회했다. 아, 남자라는 동물은 이래서 슬픈 거다!

"우후후."

세레아는 의미심장한 미소를 지으며 내 입술에 손가락을 대었다. 얼어버린 나는 손끝 하나 움직이지 못했다. 이 여자에겐 남자를 꾀는 마력이라 할 만한 게 있었다. 내면 깊숙이 잠들어 있던 욕망을 부채질한다고 할까? 이미 아래는 잔뜩 충혈되어서 제어가 힘들다. 나는 입술을 짓씹고 간신히 말을 토해냈다.

"좋아하지 않으면……."

"아, 물론 좋아해요. 계속 기다려 온 사람인걸요."

너무 가볍게 말씀하시는데? 하지만 그걸 지적할 정신이 아니다. 이런 식의 육탄 돌격이야 익숙해졌다고 생각했는데…… 피부를 가볍게 맞댔는 데도 불구하고 욕구가 확 치솟는다. 몸에 이상이 생긴 게 아닐까 의심이 들 정도다.

"어차피 저를 제대로 다룰 수 있는 건 당신뿐이니까."

그녀는 그렇게 말하며 입술에서 손가락을 떼어내며 물러났다.

"우후후, 오늘은 쉬어요. 바르디아 인간들은 처리해 둘 테니까. 그리고 하피드의 부하였던 그 아이, 당신 마음대로 해도 좋아요."

아쉽다는 생각밖에 안 드는군. 세레아는 농염한 미소를 내게 보이고는 복도를 걸어갔다. 한참 동안 그 모습을 보던 나는 고개를 저었다. 순간적이지만 홀려 버렸다. 단지 입술에 손가락을 댄 것만으로 이 지경인데…… 끌어안기라도 했으면 완전 혼이 나갔겠군.

"하아."

확실히 오늘은 잠들기 힘들 것 같다. 잔뜩 부채질만 해놓고 가버리다니.

결국 뜬눈으로 대여섯 시간을 보낸 나는 방밖으로 나왔다. 아무래도 오늘은 얌전히 자기는 글렀다. 눈을 감으면 세티아의 감촉과 세레아의 채취밖에 안 떠오른다. 젠장, 성욕덩어리도 아니고 말이지. 뭐, 남자니까 어쩔 수는 없지만. 으음, 게다가 좋아하는 여자니까 더욱…… 잠깐 세레아도 포함되는 거야?

지하인 다크엘프의 마을에는 태양이 없다. 곳곳에 박힌 야명주가 그 역할을 대신하고 하루에 여덟 시간 동안은 자동적으로 꺼져 있다. 전기의 차단이라고 세티아가 말했지만 나로선 못 알아들을 소리다. 지금은 다크엘프들의 밤. 새카만 복도가 아가리를 크게 벌리고 있다. 그 심원한 어둠이 마치 내가 지금 갈 곳을 연상케 한다.

생각을 접은 나는 발을 옮겼다. 복도를 돌고 돌아 집에서 가장 구석진 방에 도달했다. 애초에 족장의 집에 왜 이런 시설이 있는지 잘 모르겠군. 손잡이를 쇠사슬로 감고 자물쇠로 봉한 문 앞에 선 나는 주머니에서 열쇠를 꺼냈다. 굳게 잠긴 철문이 삐끄덕 소리를 내며 열렸다.

방 안은 황량했다. 가구라고 할 만한 것도 하나 없다. 유일하게 세상과 통하는 창구인 작은 창에는 좁은 간격으로 차가운 창살이 세워져 있다. 지상이라면 달빛이 들어오겠지만 여기는 지하, 그것도 없다. 단지 통풍구로써의 역할을 할 뿐이다.

그리고 그 앞에 놓여진 철제 의자에 한 소녀가 앉아 있었다.

한쪽 다리를 올려 턱을 받친 자세를 취한 소녀는 눈을 감고 있다. 그 자세를 취하고 있는 소녀에게선 생기라곤 조금도 느껴지지 않아 마치 조각상처럼 보였다. 바닥까지 늘어진 메탈릭 실버의 머리칼이 은은하게 빛난다.

나신에 걸치고 있는 것이라곤 내가 준 망토 하나. 그런 주제에 저런 포즈를 취하고 있으니 소녀의 풋풋한 비지가 엿보였다. 뭐, 저딴 걸 보러 온 건 아니지만.

"어이."

철문을 닫고 말을 던지자 소녀의 눈이 천천히 떠졌다. 나락에서 기어 올라오는 마물이 이러할까? 만사를 포기한 빛이 역력한 회색 동공이 나를 천천히 바라본다.

"일단 그 자세부터 바꿔."

아무리 그래도 신경이 쓰인다. 소녀는 순순히 내 말에 응해

다리를 내렸다. 그리고 고개를 약간 비스듬히 하며 나를 본다.

"도련님이군."

"처분을 명받아서."

내 마음대로 해도 좋다고 했지. 소녀는 눈을 반쯤 감았다.

"화형은 싫어. 할 거면 교수형으로 해줘. 뭐, 굳이 육시를 해야겠다면 받아들이겠어."

"네게 취사 선택이 있으리라 보냐."

열셋, 아니, 열넷이란 나이의 여자 애가 할 소리가 아니지만 받아치는 나도 만만치 않다. 그래, 나는 이 녀석에게 분노하고 있다. 이러니저러니 해도 내가 루컨의 사람들을 죽인 것은 이것의 계책 아닌가? 아무리 어린 소녀라고 해도 해도 될 일과 안 될 일이 있다.

"그렇네. 그럼 어떻게 죽여줄 건데."

사실 아무래도 상관없다는 목소리다. 사막의 바람처럼 황량하고 메마른 음성. 그것에 마주한 나는 옷깃을 여미며 짤막하게 명했다.

"전후 사정을 소상히 말해."

"취조로군. 간단히 해도 돼?"

"중요한 건 빼놓지 마."

소녀는 느릿느릿하게 이야기를 시작했다.

"바르디아령 동부산맥의 깊은 곳에 작은 마을이 있었어.

정확히 말하면 범죄자의 집단이야. 대개 라예생트에서 죄를 짓고 바르디아로 도망 온 자들이지. 마황 강림 후 근처에 야수단이 들어섰지만 다들 큰 걱정은 안 했어. 다크엘프와 교분이 있었으니까 별 문제 없다고 생각했지."

삭막한 목소리가 천천히 죽음을 그린다.

"하지만 그것은 착각이었어. 세레아 리베이드의 구속 후 마을 사람들의 절반은 하피드의 점심식사가 됐지. 그리고 나머지 사람들이 저녁식사가 되기 전에 막아야 한다고 생각했고, 그래서 결국 내가 나섰어."

허무한 기색이 가득 묻어나는 음색에 나는 마른침을 삼켰다.

"하피드와 나는 계약했지. 하피드는 한 끼에 한 명만 먹겠다고 하며 이러더군. 하지만 그래도 먹긴 먹어야 하니 네가 도와줘야겠다고. 그래서 돕기로 했어. 대신 살아남은 마을 사람들은 자유를 찾을 수 있었지. 물론 완전히 풀어준 것은 아니야. 하피드가 말하길, 만약 내가 조금이라도 반항하면 하나씩 데려와 먹겠다고 했어. 그리고 그는 실제로 그렇게 해 보였지."

세페르의 회색 눈이 어둠을 직시한다.

"나는 되도록 사람들이 적게 죽는 수만을 골라내려고 했지. 하지만 주문자의 취향 또한 어느 정도는 만족시켜야 하니 인명 피해는 적되 야수단의 이름을 널리 떨칠 수 있는 작전만을 제안했어. 처음에 좋아하던 하피드도 나중에는 고개를 저으며 말하더군."

감정없는 음성이 사자의 목소리를 흉내 낸다.

"대량 학살을 하고 싶어."

"……."

"그래도 조금이라도 더 살리려고 했어. 하지만 그 이후 하피드는 내가 그런 마음을 품고 전략을 이야기하면 가차없이 마을 사람들을 데리고 오더군. 재주도 좋아."

소녀는 조소했다. 처음 봤을 때부터 지었던 미소가 냉막한 얼굴 위로 떠오른다.

"얼굴도 모르는 백 명의 사람들을 살리려고 했던 덕분에 부모는 내 눈앞에서 먹혔어. 하피드는 친절한 남자라서 그런지 먹잇감에게 그 이유를 설명해 주더군."

이가 악물린다.

"너희들이 먹히는 이유는 저 애가 너희들 대신 이름도 모르는 사람 몇을 살리려고 했기 때문이야."

그림이 그려진다. 그리고 싶지 않지만 구도가 훤히 나온다.

"아버지는 하피드에게 산 채로 먹히며 나에게 증오를 퍼부었어. 어머니는 저런 괴물을 낳는 게 아니었다고, 키우는 게 아니었다며 절규했지. 나를 아는 사람들이 하나씩, 하나씩 죽어가며 나를 미워했어."

소녀는 그때의 광경을 하나씩 곱씹기라도 하는지 눈을 감았다.

"그리고 나는 사람을 살리려는 것을 그만두었어. 주문자의 요구대로 사람들이 대량으로 죽어나가는 것들만 생각해서 진언했지. 그러자 하피드는 만족하며 마을 사람들을 먹는 것을 그만두더군."

아.

"그렇게 죽인 수가 십만을 넘어갈 무렵 당신이 나타났어. 하피드가 당신의 데이터를 전해주었고, 나는 분석해서 계책을 내놓았지. 당신의 정신에 어느 정도 타격이 가도록."

"이······."

욕설이 절로 튀어나오려고 한다. 그 태도는 너무도 담담해서, 아무것도 꺼릴 것이 없다는 태도라서 내 분노를 부채질했다. 하지만 동시에 이 소녀의 관조적인 자세가 내 폭력을 가로막았다. 아아, 젠장할! 부모의 죽음을 저렇게 담담하게 말하는 년인데 당연하지!

완벽하게 망가진 소녀는 이야기를 끝맺었다.

"이게 다야."

할 말이 없어진 나는 멍하니 소녀를 보았다. 조금 시간이 지나 사고가 진정되자 나는 숨을 골랐다.

"하피드가 왜 너를 우대한 거지?"

"내 머리가 좋기 때문이지."

뻐기는 기색도 없이 소녀는 짤막히 답했다. 하지만 그것으로론 납득이 안 간다. 썩은 생선의 눈깔로 세상을 보는 이 소녀가 군사의 재능을 갖고 있다고? 나이가 대체 몇이나 된다고?

"군재(軍才)가 있단 건가?"

"분석력이 좋을 뿐이야. 파일 최적화도 잘하는 편이고."

나는 소녀의 모습을 훑으며 생각했다. 분명히 이 녀석의 죄는 무겁다. 어떤 이유가 있다고 해도 십만의 인간을 죽여 버린 죄는 무엇으로도 용서받을 수 없다. 당연히 참형이다. 재고의 여지가 없다. 물론 그 재주가 아까운 것도 사실이긴 하나 말 그대로라면 다루기엔 너무 무서운 무기다.

그런데 가슴이 답답하다.

모르겠어. 합리적인 결정으론 여기서 이 녀석을 죽여 버리는 게 효율적이다. 그리고 이 소녀도 내 견해에 찬성하고 있었다. 이런 상황이라서 자포자기했다고 보기는 힘들다. 처음 봤을 때부터, 내가 패색이 짙었을 때도 저 태도를 고수했다.

소녀는 사람을 살리려 했다.

압도적인 폭력 앞에서 무력하게 방치되어 어떻게 해볼 수 없는 상황에서도 사력을 다해 한 사람이라도 더 살리려고 했다.

그 대가로 자신이 아는 사람들, 자신이 사랑한 사람들이 죽었다. 그것으로 그치지 않고 원망당했다. 저주받았다. 직접 보지는 않았어도 그 원독과 절규가 얼마나 처절했을지 쉬이

짐작이 간다.

그리고 소녀는 눈앞의 참혹한 현실에 포기했다. 자신이 자라온 마을 사람들이 죽는 것 대신 모르는 자들을 좀 더 죽이는 쪽을 택했다.

그 덕분에 저 모양 저 꼴이 되었다.

"동정하지 마."

차가운 목소리가 사고를 찌른다. 나는 눈을 떴다. 소녀는 은은한 분노가 실린 시선으로 나를 노려보고 있었다. 아무래도 내 사고를 읽은 모양이다.

"나는 다 알고 했어."

"그래."

뭐라 할 말이 없어 고개를 끄덕였다.

"당신이 온다는 걸 듣고 조금 안심했어. 이제 죽을 수 있겠구나 하고."

"……."

"난 겁쟁이라서 자살할 수가 없었어. 무서웠어. 나는 죽음이 무서웠어. 내 것도, 남의 것도 무서웠어. 친인의 죽음을 눈앞에서 보기 싫어서 나는 볼 수 없는 타인들의 죽음을 생산하는 쪽에 일조하기로 한 거야. 하지만 내가 죽음을 생산했다는 점에선 변하지 않아."

이 녀석은 열둘, 아니, 잘 봐줘도 열넷이다. 하피드가 우대한 두뇌의 소유자라고 해서 그 사실을 잠깐 까먹고 있었다.

"하지만 당신은 내가 이렇게 말해도 죽이겠지? 당신은 그런 사람이야, 이계용자. 그래서 지금 속이지 않고 이야기할 수 있는 거야."

내가 렌을 죽인 걸 알고 있군.

"헛소리하지 마."

"동정하지 말라고 했어."

하! 머리에 열이 오른다.

"웃기는 소릴 하고 있네. 네가 지금 이래라 저래라 나에게 요청할 처지냐?"

"……."

"너는 네 처우에 어떤 불만도 품을 상황이 아니거든? 좀 주제를 알고 지껄이시지?"

아, 제대로 열 받는다! 태도가 정말 마음에 안 들어! 젠장할, 결국 겁먹고 있었다는 거잖아? 물론 법이나 심판이라는 것은 감정을 개입시키면 안 된다. 그런 점에서 이 녀석의 판결은 극형이다.

"난 좋을 대로 하고, 넌 가만히 그 처벌을 받아야 하는 처지다. 이렇게 말해야 이해하겠냐?"

"……."

소녀는 작은 입술을 다물었다. 그걸 보니 더 화가 난다. 아니, 그럼 사람이 화낼 줄 모른다고 생각하고 잘도 나불거린 거네?

"넌 안 죽여. 대신 내 옆에서 마물의 죽음을 생산해."

"싫어."

"지금 네가 싫고 좋고를 따질 처지야?"

"그냥 죽여!"

소녀는 절규했다. 어둠 속에 몸을 담그고 있는 자, 세페르 예시라는 처음으로 내게 소리 질렀다.

"사람을 죽였어! 엄청나게 죽여댔다고! 그러니까 이제 죽여줘!"

"누가 모르냐!"

이 녀석이 소리 지를 때마다 반비례로 내 가슴이 차가워진다. 더없이 깨끗해진 가슴으로 냉정하게 말을 늘어놓는다.

"십만을 죽여놓고 너 혼자 죽으면 끝이라고 생각해? 네 죄는 너무도 깊고 깊어. 마물에게 빌붙어 사람의 죽음을 생산한 죄, 천 년 동안 산다고 해도 갚지 못하겠지."

"그러니까 죽이란 말야!"

"곱게 죽일 것 같아? 웃기지 마. 게다가 넌 죽음이 무섭잖아? 싫어하는 주제에 원하는 척하지 마. 짜증나니까."

내 거절에 소녀는 비통하게 절규했다. 뜻없는 괴성이 귓가를 울린다. 통곡하는 소녀를 내려다보며 나는 한마디를 차갑게 내뱉었다.

"내 옆에서 죽을 때까지 마물의 죽음을 생산해. 십만의 사람을 죽였다면 백만의 사람을 구해봐. 물론 그것으로 죄는 씻

겨지지 않아. 네가 속죄할 수 있는 길은 없어."

하지만 대리만족은 할 수 있겠지. 적어도 썩은 눈은 고쳐질 거다.

"살면서 계속 후회해. 후회하고 후회해. 그렇다면 어떻게든 되겠지. 넌 마음대로 죽을 수도 없어. 십만의 빚이 있으니까."

"…당신, 왜 변한 거지?"

갑자기 소녀가 숙이고 있던 고개를 쳐든다.

"데이터대로라면 당신은 이런 소리를 할 사람이 절대 아냐. 단박에 날 죽여야 정상이라고! 그런데 왜 실행 오류가 난 거야? 다른 파일에게 오염된 거야? 동화했나?"

"시끄러워. 뭔 소리인진 몰라도 답할 이유는 없어."

어지간히 앵앵거리네. 나는 혀를 차며 소녀를 구속하고 있는 족쇄를 내려다보았다. 손목과 손목, 발목과 발목을 이은 족쇄야말로 죄의 상징이겠지.

"마황군을 물리치면 그 족쇄는 풀어주마. 그때까지 차고 있어."

"…나한테 살라는 거야?"

"그것이 어떤 빛깔을 가질지는 모르겠지만, 일단 넌 살려 야겠어."

복합적인 이유다. 설명하기도 귀찮다. 하지만 무엇보다 이 대로 녀석을 죽일 수는 없다. 죽여서는 안 된다. 애가 무슨 죄 가 있다고~ 라며 말할 셈은 아니다. 엄밀히 말해서 나도 이 녀석의 책략에 휘말린 피해자 중 하나다.

의도된 폭력은 애든 어른이든 벌을 받아야 한다. 그 점에선 재론의 여지가 없다.

하지만 나는 판사가 아니거든.

"말은 번지르르 하지. 하지만 결국 하피드와 같은 짓을 시키려는 거잖아."

뭐, 부정하기는 힘들다. 하피드는 이 녀석을 무기로 사용했고 나 또한 그러겠지.

"그래, 맞아. 다만 대상에 차이가 있을 뿐이야. 어차피 배반한다고 말했잖아? 이제 사람의 편에서 마물의 죽음을 생산해 내는 거야."

"…싫어."

"사람을 돕는 거다."

소녀는 침묵했다. 무거운 고요와 대면한 나는 한숨지었다.

"적어도 널 죽게 하고 싶진 않군. 아직 세상에는 많은 것들이 있으니까. 네가 죽인 것이 있다면 살릴 수 있는 것도 있어. 살인(殺人)할 수 있다면 활인(活人)할 수도 있단 거지. 그런데 살인의 재능만 써먹고 활인의 재능은 내팽개친 채 죽어버리겠다고? 무슨 자기 좋을 대로의 생각이지?"

"나는……."

소녀의 말을 가로막는다.

"너는 내게 죽음을 원했지. 하지만 나는 이제 그런 짓은 하지 않아. 내 옆에서 사람을 살려. 계속 살려. 백, 천, 만……
계속 살려봐. 그 끝에 어떤 답이 있을지는 해봐야 알 거다."

소녀는 침묵했다. 나는 적막 속에서 숨을 골랐다. 얼마나
시간이 지났을까, 소녀는 천천히 움직여 나를 올려다보았다.
방금 전까지 추하게 일그러져 있던 표정은 온데간데없고 얼
음처럼 차가운 빛을 띤 얼굴이다. 그 냉정한 시선의 끝이 나
를 찌른다.

"도련님, 이름이 뭐지?"

"알고 있잖아."

"어떻게 불러줄까 묻는 거야. 구세용자? 이계용자? 리워
드? 아가르타?"

뭘 쓸데없이 주워섬기는 거야?

"리워드라 불러."

순간 소녀의 눈이 번뜩였다.

"어떻게 쓰지?"

"…그것까지 알아서 뭐 하게? 귀찮게스리."

꼬치꼬치 캐묻는구만. 뭐, 눈빛이 변했다는 점에서는 나쁘
지 않다. 그럼 다음 순서로 넘어갈까.

"일단 씻기고 뭔가 입혀야겠군. 에티엔을 불러오마."

그렇게 말한 나는 소녀를 남기고 방을 나왔다. 방문을 걸어
잠그려던 나는 손을 멈췄다. 도망치진 않겠지.

"…신뢰인가?"

기묘한 감각이군. 뭐, 합리적인 결정을 했다. 사람을 신뢰할 수 있다면 그 재능은 써먹어야지. 물론 신뢰하기에는 지은 업보가 너무 많지만…… 지금 보여준 태도로는 상당히 믿음이 간다.

"으음."

근거없는 신뢰를 주고 있군. 아무래도 녀석의 절규가 내 마음을 흔든 모양이다. 절절한 외침이 내 마음의 어느 부분을 움직인 것 같다.

"뭐, 감정적인 판단인가?"

잘 풀린 것 같으니 상관없지. 나는 팔을 두어 번 흔들고 에티엔의 방으로 갔다. 지금은 잠들었을 시간이긴 한데 결판이 났으니 조금이라도 빨리 조치를 취해야지. 나는 천천히 방문을 두드렸다. 역시나 대답이 없었다.

"으음."

하긴 에티엔이 이 시간에 깨어 있으리라고 보긴 힘들지. 시험 삼아 문고리를 돌려보니 걸리는 것 없이 그대로 돌아갔다. 비교적 안전 지대라고 하지만 여자가 자면서 방문도 안 잠그고 뭐 하는 거야. 나는 속으로 혀를 차고 방 안으로 들어갔다.

에티엔은 침대에 앉아 있었다.

무릎을 꿇고 두 손을 가슴 앞에 모으고 있다, 고개는 숙인 채. 초승달의 성표를 손에 쥐고 눈은 감고 있다. 기도하는 자세다. 여사제는 칠흑 같은 어둠 속에서 신에게 기원하고 있었다. 잠시 그것을 관조한 나는 한 걸음 앞으로 다가갔다. 이 시간까지 안 자고 기도하고 있었나?

에티엔이 눈을 떴다.

소리를 안 냈는데 용하게도 알아차리는군. 근데 이거 오해받을 상황 아닌가? 야밤에 여자의 침소에 몰래 침입한 꼴 아냐? 상황을 깨달은 나는 변명하기 위해 말을 골랐다.

"무슨 일이에요?"

"아, 저기……."

하지만 예상과 달리 에티엔은 대단히 침착한 기색이었다. 난데없는 침입에도 불구하고 동요의 빛이 전혀 없다. 얼굴이야 언제나 무표정이지만 이런 예상외의 전개에도 당황하지 않다니 어떤 의미로는 대단하군.

"세페르를 씻기고 옷 좀 입혀달라고요. 그래도 여자 애인데 제가 할 순 없잖아요. 에티엔 씨가 일행 중 유일한 여자니까."

"알았어요."

에티엔은 고개를 끄덕이고 침대에서 내려왔다. 그리고 거침없는 행보로 방 밖으로 나가려 했다. 마치 기다렸다는 듯한 태도라서 나는 잠시 당황했다.

"아니, 잠깐."

에티엔이 걸음을 멈추고 나를 돌아보았다. 바빠 죽겠는데 왜 불러 세우느냐는 눈빛이다. 일단 멈추게 하고 본 나는 말이 궁해져 적당히 지어냈다.

"이제부터 함께 행동할 테니까 상냥하게 대해줘요."

뭐, 보아하니 첫만남부터 사이가 좋더만. 에티엔은 묘한 눈으로 한참 동안 나를 쳐다보았다. 대단히 희한한 걸 보았다는 눈빛이라 뭐라 안 할 수가 없었다.

"왜 그런 눈으로 봐요?"

내가 질문한 지 한참이 지나도 시선의 빛깔을 유지하던 에티엔은 눈빛을 거뒀다.

"아뇨, 아무것도. 그렇게 할게요."

에티엔이 나가자 나도 따라 나갔다. 주인 없는 방에 있어서 뭐 하겠어. 에티엔이 세페르의 감금실 쪽으로 가는 것을 확인한 나는 기지개를 켰다. 뭐, 슬슬 자자. 간만에 자고 싶어졌다. 이럴 때 안 자두면 언제 자두냐.

그렇게 생각했는데 잘 안 될지도 모르겠군.

유디트가 모퉁이에서 내 쪽을 바라보고 있었다. 후드를 푹 눌러쓰고 다 해진 망토를 걸친 작은 것이라면 유디트 이외는 없지. 저 녀석은 이 밤중에 뭘 하려고 복도를 싸돌아다니는 거야? 나는 뒷목을 긁적이며 녀석에게 다가갔다. 거리가 가까워지니 유디트가 심하게 동요했다. 설마 내가 못 볼 거라고 생각했나?

"안 자고 뭐 하냐?"

"……"

유디트는 아무 말도 하지 않고 뒤로 물러났다. 실외에서만 후드 쓰라니까. 나는 한숨을 쉬고 손을 뻗으며 말했다.

"아무것도 안 물어볼 테니까 도망가지 마라. 말하고 싶을 때 말해."

후드를 뒤로 넘긴다.

"너……."

얼굴에 핏기가 하나도 없었다. 하얗게 탈색된 게 정상인 인간의 얼굴이 아니다. 조금 피곤해 보인다 싶었지만 설마 이 꼴일 줄은 몰랐다.

"어디 아프냐?"

"아닙니다."

목소리가 굉장히 작다. 집중하지 않으면 들을 수 없을 정도다. 유디트의 평소 목소리는 허스키하면서도 또렷하게 귀에 박히는데 지금 이건 모기 소리다.

"아니긴 뭐가 아냐. 장난 아니게 아파 보이는데."

열이라도 재어볼 생각으로 손을 이마로 가져가던 나는 멈칫했다. 이 자식, 이유는 모르겠지만 나와의 신체 접촉을 굉장히 무서워했지. 이래서야 곤란하잖아.

"기다려. 에티엔을 데려올게."

"괜찮…… 습니다."

유디트는 고개를 숙이고 목소리를 쥐어짜냈다. 그 목소리가 워낙 절실하게 들려서 나는 걸음을 멈추고 몸을 돌렸다.

"하아."

대체가… 어디가 아프면 왜 아픈지 이야기라도 해주던가. 아니, 짐작 가는 곳은 있나. 그 날개를 펼치고 싸운 것과 관련이 있겠지. 어째야 하지? 물어도 절대 말은 안 하려는 주제에 이렇게 아파 보이고, 그렇다고 강제로 을러대면 약한 모습을 보여서 곤란하게 만들고.

이 녀석은 분명히 나를 위해 각고의 노력을 기울여 줬는데…… 나는 아무것도 해줄 수 없는 건가.

"내가 어떻게 해줬으면 좋겠냐?"

나는 주저앉아서 녀석을 올려다보았다. 높낮이가 역전되자 생소한 풍경이 펼쳐졌다. 유디트의 하얗게 탈색된 얼굴이 저 위에서 나를 내려다본다. 연보랏빛 눈동자가 잔 파문을 일으키며 흔들린다. 동요하고 있나?

내가 참을성있게 입을 다물고 기다리자 유디트는 천천히 입을 열었다.

"…한 번 안아주십시오."

"으음? 그걸로 돼? 너, 나 무서워하지 않나?"

입은 그렇게 움직이지만 몸은 이미 움직이고 있다. 이 녀석이 그런 걸 계산 안 하고 말했을 리가 없지. 나는 크게 숨을 들이쉬고 얼굴빛을 편하게 하며 녀석을 끌어안았다.

나를 위해 계속 다치고 피를 흘려왔던 소년의 몸은 매우 작고 가냘팠다. 대체 이 몸의 어디서 그런 용력이 솟아나오는지 모를 일이다. 나는 등을 쓸어주려다가 손을 멈췄다. 살을 맞댄 것만으로도 심각한 잔떨림이 전해져 오는데 추가로 했다간 놀라서 기절해도 이상하지 않을 것 같다.

"답답하다, 너."

"…죄송합니다."

아파서 그런 것인지 굉장히 약한 목소리다. 정말 이 녀석, 처치곤란하구만. 대체 애 주제에 뭘 숨길 게 그렇게 많은 건지. 백합향이 코를 찌른다. 좋은 향기다.

향내가 멀어진다.

안고 있던 시간은 매우 짧았다. 10여 초나 됐을까.

"좀 더 있어도 되는데."

"아닙니다."

유디트는 내게서 세 걸음을 물러나더니 다시 후드를 뒤집어썼다. 고집을 부리고 있다. 나에게 걱정을 끼치기 싫은 건지, 아니면 계속 숨기고 싶은 건지…… 아파하면서, 괴로워하면서 나에게 기대지 않으려고 한다. 내가 그렇게 신뢰성이 없나?

"그래. 내가 도움이 되면 언제라도 부르라고."

"명심하겠습니다."

"밤이 늦었다. 애들은 자야 할 시간이지?"

"네."

허리를 숙여 보인 유디트는 몸을 돌려 자기 방으로 걸어갔다. 그 뒷모습을 보며 나는 주먹을 말아 쥐었다. 무력감이 밀려온다.

"별수없나……."

저 녀석이 스스로 말할 때까지 기다리는 수밖에 없다. 내가 속이 타 들어간다고 해서 어떻게 되는 일이 아니다. 그냥 노력하자. 저 녀석이 의지할 마음이 들 정도로 훌륭한 인간이 되자. 이건 말이 사부지 제자보다 정신 수준이 낮잖아.

"으음."

그건 그렇다 치고 일단 잘까.

제 2 1 장
혼인(婚姻)

혼인 婚姻

대부분 첫 번째를 억지로 열고 폭주한 뒤 죽었지만
당신의 경우에는 네 번째가 될 거예요

열기가 전해져 온다.

그 옛날 동부 산맥은 화산의 난립지였다고 한다. 지금이야 휴식기이지만 이 열기를 보면 그것도 아닌 것 같다.

나는 허리를 숙이고 좁은 통로를 네 발로 기었다. 으음, 추위나 더위를 타는 몸은 아니지만 피부를 찌르는 화끈한 기운이 유쾌한 것은 절대 아니다. 하필 와도 이런 곳에 오냐? 대체 저 여자는 왜 이런 데만 골라서 오는 거야?

통로를 빠져나온 나는 허리를 폈다. 끄응, 조금만 더 길었으면 디스크 걸렸을 거야. 이 장소는 인공적인 공동이었다. 특수한 방법으로 들어가야 하는 통로의 끝에 이런 게 나온다면 당연히 자연적이라 보긴 힘들지. 애써 만든 것치곤 그렇게 넓은 편은 아니었다. 정확히 말하면 발 딛을 수 있는 곳이 적었다.

절반 이상의 지대가 용암의 바다였다.

위치상 낮은 쪽이라 계속 고인 모양이다. 이 후끈한 열기도 저것 때문이겠지. 나는 천천히 걸어 내려갔다.

그러고는 용암의 호수 앞에 주저앉아 있는 여자를 불렀다.

"여기서 뭐 해요?"

"음? 그대가 어인 일인가?"

엘프는 뒤를 돌아보고 놀란 얼굴을 했다. 나는 한숨을 푹푹 내쉬곤 손을 휘휘 저었다.

"설명하지 않아도 돼요. 예전에 물건을 숨겨뒀는데 와보니 요 꼴인 거죠?"

"으으음."

엘프는 대답 대신 긴 신음성으로 긍정을 표했다. 이 여자는 왜 하는 일마다 이 모양인지 모르겠다. 뭐, 투덜거려도 되는 일은 없으니까 도와줄까.

"기다려 봐요."

"위험하다!"

여자의 말을 무시하고 나는 용암 안으로 걸어 들어갔다.

인간, 아니, 생물이든 무생물이든 이런 온도에서 제 형태를 유지할 수 있는 것이라곤 없다고 봐도 좋다. 하지만 내 몸은 무사하다. 뭐, 인간을 초월한 지가 옛날이니 당연한 건가? 이 정도 몸이면 영하 수십 도에 갖다 놔도 얼어붙지 않겠군.

내가 멀쩡히 용암의 호수 속을 걷자 여자의 말소리가 멈췄다. 조용해지니 좋군. 나는 용암 안에 손을 집어넣고 이리저리 휘저었다. 음, 이건가? 걸리는 게 있자 손으로 뽑아 들었다.

호수 밖으로 꺼내보니 고색창연한 보검이 아닌가? 이게 무슨 호수의 여왕이 주는 검도 아닌데 왜 이런 데 있는 거람? 황당한 시츄에이션에 기막혀 하고 있는데 더 기막힌 상황이 일어났다.

펄펄 끓던 호수가 일렁이는가 싶더니 갑작스레 소용돌이가 생겨났다. 그러다가 용암이 모조리 검 안으로 빨려 들어가는 것 아닌가? 진행되는 꼴을 보아하니 모르긴 몰라도 이 검의 내력은 대단한 것 같았다.

"뭐예요, 이거?"

"옛날에 썼던 검이다."

흐음, 꽤 탐난다. 과장없는 절세보검이군. 투명한 검신을 내려다보던 나는 혀를 찼다. 상대가 저 여자만 아니었다면 그냥 죽여 버리고 내 걸로 만들었겠지만…… 뭐, 별수없나. 돌려줘야지. 나는 엘프에게 다가가 검을 건넸다.

"받아요."

"음, 또 신세를 지게 되었군. 검을 휘둘러 용암을 갈라볼까 했지만 그랬다간 대륙까지 가를지도 몰라서 망설여졌다. 아무튼 고맙다."

허풍도 이 정도면 수준급이다. 뭐, 내 성격이라면 이딴 허언을 일삼는 년은 세상의 쓴맛을 톡톡히 보게 해줬을 텐데…… 아, 정말 상대가 이 여자만 아니라면 완벽하게 박살내버렸을 텐데 말이지. 좀 짜증이 나네.

"그대에겐 계속 신세만 지는군."

"나중에 갚아요."

몸으로… 라고 말했다간 화내겠지. 뭐, 강제로 받는 게 내 취향이지만 역시 이 여자라서…… 아, 짜증나. 이것도 안 되고 저것도 안 되고, 대체 되는 게 뭐지?

여자는 감사의 미소를 지으며 고개를 끄덕여 보였다.

"무어, 그대가 부서지면 그땐 내가 구해주도록 하지."

…무슨 소리야?

"음."

뭔가 거창한 개꿈을 꾼 것 같다. 에슬라가 나온 것 같은데 내용이 잘 기억이 안 난다.

"설마……."

나는 두려움에 떨면서 아래를 확인했다. 아무리 그래도 몽정을 하고 싶진 않다. 남자의 체면이라는 게 있는 거다!

"휴우."

멀쩡한 걸 보니 야한 꿈은 아니었나 보다. 야한 생각만 하다가 잠들어서 좀 걱정됐는데 정말 다행이군. 이런 곳에서 몰래 빨래하게 되면 굉장히 청승맞을 거야. 나는 수도꼭지—다크엘프의 기술력 덕분에 방 안에서 세면이 가능했다—를 돌려 물을 받았다. 차가운 지하수에 얼굴을 적시니 좀 정신이 든다.

"하암~"

세면을 하고 늘어지게 기지개를 켠 나는 배를 문질렀다. 수면욕은 조절이 가능한데 식욕하고 성욕은 아직 안 되는군. 음, 안 되는 게 낫겠지만 이런 경우에는 되면 좋겠는데. 다크엘프들이 주는 먹을 거라곤 통조림이나 햄이 전부다. 그걸 먹느니 차라리 안 먹고 만다.

"대거에게 밥 차리라고 할까."

결국 만만한 게 그 사람이지. 빈대 붙을 결심을 굳힌 나는 방문을 열었다. 그리곤 바로 닫았다.

"……."

저 여자가 왜 여기 있지? 아니, 여기 있는 건 당연한데 왜 아침부터 내 방문 앞에 있는 거야? 조금 진정한 나는 다시 문을 열었다. 여자는 환하게 웃으며 나에게 손을 흔들어 보였다.

"당신, 일어나셨어요?"

"…호칭에 구애받을 생각은 없는데 왜 이렇게 친근한 어조예요?"

"남편을 부르는 데에 적합하잖아요."

그러니까 내가 언제 결혼한다고 했어. 하지만 세레아는 내 생각 따위는 어찌 돼도 좋다는 듯이 팔짱을 끼었다. 난감하구만. 내가 노골적으로 한숨을 푹푹 내쉬자 세레아가 떨어졌다.

"훌쩍, 제가 싫은 거죠?"

말이 떨어지기 무섭게 울기 시작한다. 이거 분명히 연기다. 거짓말이야. 내가 그렇게 생각하며 묵묵히 지켜보는데 정말 섧게 우는 게 아닌가? 얼마나 슬프게 우는지 거짓이라는 걸 알면서도 마음이 저릴 지경이었다. 기가 꺾인 나는 고개를 저었다.

"싫어하진 않아요."

"훌쩍, 훌쩍. 싫어하지만 않는 거군요?"

"…좋아해요."

더 이상 울게 했다가는 안 되겠다. 위기의식의 발로로 해선 안 될 말이 튀어나와 버렸다. 하지만 효과는 확실했다. 내 말을 들은 세레아가 두어 번 눈을 깜빡이니 바로 눈물이 멈췄다. 세상에, 명배우라는 말로도 부족하다. 이 정도까지 나오면 따지기도 뭐해서 기가 찰 뿐이다.

나는 만사를 포기한 심정으로 물었다.

"대체 제가 왜 좋은 거예요?"

"그야 취향이니까."

"…제 어디가 어떻다는 거예요?"

"얼굴도 잘생겼고 괴롭히면 귀엽고…… 아, 이건 취소할게요. 체면을 살려드려야죠."

내 얼굴빛을 본 세레아는 다시 말을 이었다.

"구세용자에다가 기다려 온 사람이니까. 게다가 재미있어요. 충분히 매력적이에요, 가지고 놀기에."

"……."

"아, 마지막 말은 실수예요, 실수."

실수로 안 들리는 건 왜일까? 늘어나는 건 한숨뿐이다.

"저, 좋아하잖아요?"

"…예."

"에이, 성의없는 대답. 저 좋아하죠?"

좀 진지해져 볼까. 나는 어깨를 펴고 세레아를 살폈다.

세티아와는 다른 타입의 미인이다. 세티아가 선이 굵으면서도 단정한 이미지라면 이쪽은 선이 얇고 화려하달까? 활짝 만개한 장미꽃 같은 여자다. 농염한 몸매라거나 아름다운 얼굴…… 남자라면 누구라도 차지하고 싶어 할 여자이리라. 장난기가 굉장히 심한 데다가 사람 가지고 노는 게 취미로 보이지만 그 정도야 여왕님의 특권으로 치부해 줄 수 있다.

그런데 그 타깃이 내가 되면 전혀 달갑지가 않다고.

"우후후."

내가 대답을 망설이자 세레아는 내게 착 달라붙어서 어깨에 볼을 갖다 댔다. 여동생과 달리 따뜻한 체온이 전해져

온다.

"왜 그렇게 고민해요. 뭐, 고민하는 면도 좋아하지만……여자를 너무 기다리게 하는 건 나쁜 버릇이에요. 다른 여자들에겐 그러지 말아요."

"아니, 그러니까 너무 갑작스럽……."

곧게 선 손가락이 내 입술을 가로막았다.

"스톱, 스톱. 너무 고민이 많잖아요. 설마 당신과의 결혼이 제게 상처가 될 거라고 생각해요?"

"아니, 그러니까……."

"걱정 마요. 이렇게 고민하는 것만으로도 좋은 남자라는 건 충분히 알았으니까. 다른 남자라면 얼씨구나 하고 받아들였을걸요?"

"보통은 안……."

말하려던 나는 입을 다물었다. 생각해 보니 얼씨구나 받아들이는 게 정상 아닌가? 상대는 끝내주는 몸매의 미녀. 그것도 한 종족의 여왕님이니 먹고사는 데 지장없는 걸로 그치지 않고 대폭적인 지위 향상이 딸려온다. 게다가 엘프라서 늙어 죽을 때까지 젊은 부인과 놀아날 수 있는 데다가 내가 마음에 들었다고 한다.

…보통 남자라면 좋다고 하겠지. 음, 난 보통이 아니었나.

"세티아에게 한 이야기는 들었어요. 우후후, 그런 걱정은 하지 않아도 좋아요. 뭐, 살다가 정 안 맞으면 헤어지면 되는 거예요. 그러니까 한 발자국 내딛어봐요."

"하아."

이 정도까지 밀어붙이면 내가 뭐라고 말하겠냐. 뭐, 사실 나도 싫은 건 아니고 많이 당황스러운 것뿐이었으니까.

"우후후, 승낙한 거죠? 그럼 식사하러 가요."

그녀의 손에 끌려가던 나는 멈춰 섰다. 결혼은 둘째 치고 더 이상 통조림을 먹을 수는 없다. 진짜 그건 싫다. 지금의 나는 과일 냄새만 맡아도 욕지기가 올라온단 말이다.

"잠깐, 이번엔 다른 식으로 먹죠."

나는 세레아를 이끌고 대거의 방으로 향했다.

"우후후, 벌써부터 주도권을 쥐겠다는 거예요?"

음, 무시하자. 그렇게 생각하고 걸어가는데 뭔가가 귓불을 물었다.

"으악!!"

"제대로 기능하네요. 못 들은 건 아닌데 왜 대답이 없어요?"

세상에! 사람이 대답하지 않는다고 해서 귀를 깨무냐? 심장이 떨어질 뻔했다. 다음부턴 꼬박꼬박 대답하자.

"…헉헉. 예, 주도권을 쥐겠습니다."

"우후후, 뭐, 따라줄게요."

잠깐, 나 지금 결혼하겠다고 말해 버린 것 같은데? 잠깐, 잠깐! 그런 거야? 어? 함정에 내가 스스로 꼴아박은 셈이야?

"으음."

근데 아니라고 해서 저 여자가 들어줄 태도가 전혀 아니란 말이지. 도망갈 수도 없고. 사실 그냥 결혼하는 게 가장 나은 해결책이다. 너무 몰아붙이니까 반발심이 생긴 거지 딱히 세레아에게 거부감이 있는 게 아니긴 한데……

"이래도 되나 몰라."

머릿속이 헝클어질 대로 헝클어진 무렵에 대거의 방 앞에 도착했다. 내가 노크하려고 했지만 세레아가 그냥 열어버렸다. 자기 집인데 뭐 꺼릴 게 있냐는 당당한 태도였다.

방 안은 쓸데없이 넓었다. 내게 배당된 방과는 비교가 안 된다. 내가 생활하는 방이 명백한 1인용인 데 반해 이곳은 5인용이라고 해도 믿을 정도의 크기였다.

그리고 그 중앙에 앞치마를 두르고 젓가락으로 냄비 안을 휘젓는 대거가 있었다.

"……."

음, 못 볼 걸 봤군. 앞치마라니 본격적인데.

"어머, 안녕하세요, 구세용자님."

여자 목소리가 들리는 곳으로 고개를 돌리니 침대에 앉아 있는 여자가 밝게 웃으며 손을 흔들어 보이고 있었다. 그 옆에는 묵묵히 정좌하고 있는 여자 하나. 남자가 요리하게 해놓고 잘하는 짓이다.

"돌아가."

대거는 나를 째려보더니 씹어뱉었다. 나는 그 말을 무시하고 물었다.

"대거 씨, 왜 여기서도 요리하고 있어요?"

부하가 둘이나 있잖아요. 그런데 왜 앞치마까지 두르고 있는 거야.

"…뭐가 잘못됐냐?"

"아니, 의외로 어울린다고 생각돼서요."

대거는 젓가락을 던졌다. 귓가를 스치고 지나간 나무젓가락은 복도로 날아가 돌벽에 푹! 박혔다. 음, 이런 행동을 보면 대거의 실력도 분명히 수준급이란 말이지. 저 나이대의 인간 중에선 손꼽히지 않을까?

나와 세레아는 방 안으로 들어가 앉았다. 방이 워낙 넓은 편이라서 자리야 많았다. 다른 방들은 보통 1인실이던데 여기는 침대부터가 3인용이군.

"……."

잠깐, 그럼 나 지금 단란한 한때를 방해한 건가? 셋이서 오붓하게 있는 시간을 방해한 건가? 하지만 대거는 가볍게 궁시렁거릴 뿐 쫓아낼 생각은 없어 보였다. 뭐, 그러면 눌러앉아 주지. 뻔뻔한 건 알지만 배가 고픈 걸 어쩌라고. 용자도 배가 불러야 하는 직업이란 말이지.

대거는 냄비 안에 다시마 국물을 넣고 있었다. 흐음, 뭘 만드는 거지?

"부대찌개 만드는 거예요?"

"젠장, 두 명이나 오니 재료가 모자라잖아."

성질을 부리지만 나가라고 말하지 않는 게 대거답달까. 대거가 신경질을 부리자 침대에 앉아 있던 라이트스피어가 내려왔다.

"여기 있습니다."

재료들을 풍족하게 준비해 놨나? 준비성이 돋보인다.

그런데 이 여자, 분명히 저번에 봤을 때는 대거의 앞에서 몸을 편안히 할 수 없다느니 뭐라 해놓고 지금은 잘도 편하니 있군. 뭐, 대거의 성격이라면 강하게 윽박지르기라도 했으려나?

생각해 보면 일단은 여자이니 요리를 못하는 건 아닐 테고…… 대거가 고집을 부려서 이 자매를 위해 요리를 하는 것 같다. 이 쇠고집을 누가 말려.

으음, 이런 자리에 끼어들다니 나도 참 염치가 없군. 하지만 워낙 배가 고프니 어쩌겠어. 나는 멍하니 앉아서 냄비 안을 바라보았다. 잠깐, 배가 고파서 경황이 없었는데 지금 방 안에서 부대찌개를 만들고 있는 거야? 화력은 어디서 난 거지?

놀란 내가 냄비 아래쪽을 보니 희한하게 생긴 상자에서 불꽃이 나오고 있었다. 저건 뭐지? 내가 신기해하는 태도를 보이자 대거가 틱틱거렸다.

"엘프가 선물해 준 버너다. 너도 가만히 있지 말고 이거나 썰어."

그렇게 말한 대거는 양파와 고추를 나에게 넘겼다. 식칼을 집어 든 나는 바로 손을 놀리기 시작했다. 얻어먹는 처지에 일이라도 해야지.

삐걱.

"으음, 나도 먹어도 되겠나?"

그때 문이 열리더니 그 틈으로 세티아가 고개를 내밀며 물었다. 냄새라도 맡고 온 건가? 생각해 보니 이 여자는 대거가 해주는 걸 맛있게 먹었지? 나는 대거의 눈치를 살폈고, 그는 못마땅한 얼굴로 고개를 끄덕였다.

"들어와."

"실례하겠네."

세티아는 조심스러운 발걸음으로 들어와서 내 옆에 앉았다. 그 움직임의 맞은편에 앉아 있던 세레아가 실소했다.

"우후후, 세티아도 참. 리워드와 있고 싶다면 그렇게 말하면 될 것을."

"누, 아니, 언니. 그건 아니다! 난 어디까지나 이걸 먹고 싶어서 온 거네."

"…난 음식보다 못하구나."

기운이 빠진 내가 어깨를 늘어뜨리자 세티아는 허둥대기 시작했다. 아, 놀리면 안 되는데…… 너무 반응이 진솔해서 재미있다. 음, 그런 마음이 들게 만드는 세티아가 나쁜 거다. 나이 먹어놓고 저렇게까지 귀여운 반응인데 그냥 지나칠 수가 없잖아?

"아, 아니다! 그럴 리가 없지 않은가!"

"연애는 나가서 해라?"

대거가 젓가락을 부러뜨렸다. 아까 나에게 날려서 하나밖에 안 남았는데 이젠 그마저도 작살났군. 나는 대거의 눈치를 보며 고개를 끄덕였다. 아무래도 밥숟갈을 쥔 사람에겐 대항하기 힘들다.

"부럽네요."

침대 위에 앉아 있는 라이트스피어가 태평하게 중얼거렸다. 방 안의 싸늘한 분위기를 읽지 못한 건가 싶지만 그녀가 그 정도 눈치도 없으리라곤 생각지 않는다. 대거의 냉엄한 눈길이 쏘아지자 라이트스피어는 어깨를 으쓱였다.

"청춘이잖습니까, 대거님?"

저번에 봤을 때와 비교하면 일견 불경해 보이기까지 하는 어조였다. 대거는 그대로 라이트스피어를 쏘아보다가 냄비 안으로 다시 주의를 돌렸다. 그리고 자신에게 젓가락이 없다는 걸 깨닫고 멍한 얼굴이 되었다. 자기가 부숴놓고 이제서 맹렬하게 후회하는 기색이라고 해도 말이지.

다행히 헤비스피어 씨가 품에서 젓가락을 꺼내 건네주었다. 잘은 모르겠지만 주머니 안에 젓가락이 들어 있는 건 아무래도 아니라고 봐. 종이에 싸여 있었으니 위생엔 나쁘지 않겠지만.

삐걱.

그때 문이 열리더니 다시 일단의 무리들이 들어왔다. 유디트와 에티엔, 그리고 에티엔이 뒤에서 끌어안고 있는 세페르였다. 세페르는 옷을 제대로 입고 있긴 했는데 저걸 제대로 입었다고 해야 될런지 모르겠다.

"…에티엔 씨, 왜 저런 옷을 입혔어요?"

대거의 허락도 구하지 않고 자리를 잡고 앉은 에티엔이 눈을 깜빡였다.

"뭐가요?"

아무리 그래도 저건 소녀에게 입힐 옷은 아니지. 검은 가죽옷인데 하의야 짧아도 바지이니까 일단 넘어가더라도 상의의 노출이 너무 심했다. 배꼽까지 V자로 파인 옷인데 그 양쪽을 체인이 잇고 있는 형태였던 것이다.

간략한 감상평을 내리면 대단히 불량해 보이는 데다가 노출이 심한 게 14살 여자 애가 입을 옷이 아니었다. 봉긋하게 부풀어 오른 가슴께가 훤히 드러나는 게 눈 둘 데가 없다. 차라리 섹시한 누님이 입었다면 좋아하기라도 하겠는데 말이지.

하지만 에티엔은 뭔 문제이냐는 듯한 얼굴이었고, 그걸 본 나는 설득을 포기했다. 말로 해서 알아듣는 인간이라면 예전에 들었겠지. 차라리 내가 나중에 알아서 입히는 게 낫겠다.

"…젠장, 얼마나 더 만들어야 돼."

대거는 고개를 숙이고 좌절을 시작했다. 인원이 기하급수적으로 증가하자 회의가 밀려온 것이다. 사실 이 정도로 늘어나면 대처 방안이 없다.

그 순간 대거의 절망을 본 헤비스피어 씨가 움직이기 시작했다. 배낭 안에서 건더기들을 꺼내더니 요리를 시작한 것이다. 순식간에 썰 건 썰어버리고 끓일 것은 끓이는 솜씨가 예사롭지 않았다. 일류 요리사의 품격이 손끝에서 훤히 우러난 달까? 대거에겐 미안한 말이지만 저쪽이 훨씬 더 맛있겠다.

"쉬랬잖아."

"돕겠습니다."

고집스런 문답이 한차례 오간 후 대거는 손을 움직이기 시작했다. 현실을 직시하면 헤비스피어 씨의 도움은 꼭 필요하지.

"우후후, 단란한 커플이네요."

내 어깨에 턱을 괸 세레아의 웃음에 대거의 눈꼬리가 휙 올라갔다. 으악! 안 돼! 대거가 또 주제 모르고 깝친다!

"시끄럽군, 엘프. 조용히 먹고 돌아가라."

"아하핫! 세, 세레아 씨. 대거, 이 사람이 원래는 천성이 착한데 요리할 때는 위아래도 몰라보는 광증이 있어서요! 네! 병이에요, 병! 실은 좋은 친군데 이럴 때만 꼭 이렇다는 거죠!"

"우후후, 그런가요?"

다행히 세레아는 내가 적극적으로 나서자 넘어가 줄 것 같은 태도였다. 대거는 떫은 얼굴로 나를 째려보았지만 나는 휘파람을 불어 태연을 가장했다.

대체 대거는 무슨 생각으로 다크엘프의 여왕에게 시비를 거는 거지? 뭘 믿고 반말을 까는 거야? 나도 은근슬쩍 편하게 말하고는 있지만 난 남편이잖아!

"……."

지금 내가 뭔 생각을 한 거지? 세레아에게 세뇌라도 당한 건가? 반복해서 계속 주입하다 보면 정말 그렇게 믿게 된다는데, 이 경우가 그건가?

그렇게 생각하는데 문이 벌컥 열렸다. 뭐야, 또 들어올 사람이 있나? 그런데 하도 의외의 인물이 들어와서 나는 멍하니 눈을 깜빡였다. 다른 사람의 반응들도 마찬가지였다. 아니, 꿈에서 나왔다 싶더니만 진짜 나오네.

"흠, 다들 괜찮아 보이니 다행이다."

그렇게 말한 에슬라는 주저없이 들어와서 털썩 앉았다. 그 기세가 워낙 태연자약하니 모르는 사람이 보면 자기 집 안방인 줄 알 정도였다.

"우후후, 오랜만이네요, 흰둥이."

"그렇다, 껌둥이."

하지만 내 감상은 둘째 치고 치열한 신경전이 벌어졌다. 생각해 보니 다크엘프와 엘프는 사이가 나쁘다고 했지. 그런데 에슬라는 여기 왜 온 거며, 또 어떻게 알고 온 거지?

불꽃 튀는 시선을 한 번 교환한 세레아와 에슬라는 서로 고개를 돌렸다. 정말 어지간히 사이가 안 좋은 모양이다. 하지만 그런 것치고 세레아는 쫓아낼 생각이 없어 보였다. 불청객이라도 일단은 손님이라는 정신일까?

"…인원 점검을 해보겠습니다."

여하간 이대로 가다간 아침이고 자시고 먹을 것도 없겠다. 긴급 제안으로 모두의 시선을 모은 나는 수를 세어보았다. 나, 대거, 유디트, 에티엔, 세페르, 세티아, 세레아, 스피어즈, 에슬라…… 저건 누구야?

"왜 11명이지?"

나는 허탈하게 중얼거리며 손가락으로 장한을 가리켰다. 훌륭한 근육질 몸매를 자랑하는 청년은 내 손가락에 반응했다.

"음, 나 말인가?"

"네."

"나는 배틀엑스, 배가 고파서 얻어먹으러 왔다. 마침 건량이 다 떨어져서."

아, 어디선가 봤나 했더니만 이 남자, 그때 대거와 함께 뱀에게 덤빈 그 청년이 아닌가? 어느새 은근슬쩍 나타나서 한자리를 차지하고 있는 게 참 뻔뻔해 보였다.

뭐, 그렇다 해도 무작정 쫓아낼 수는 없지. 신세를 진 것도 있으니까. 나는 처분을 맡기기 위해 대거를 돌아보았다.

"…돌아가."

이마에 핏대를 세운 대거가 으르렁거렸지만 배틀엑스는 들은 척도 안 하고 있다. 으음, 11명이 냄비 두 개로 밥을 먹을 수가 있나? 아니, 반찬은 그렇다 쳐도 밥은 준비된 거야?

"대거님, 아무래도 모자라겠습니다."

내 생각을 읽기라도 했는지 헤비스피어 씨가 주의를 환기시켰다. 배틀엑스에게 이빨을 들이대던 대거는 그제야 의식을 중대 사안으로 돌렸다.

이대로라면 밥 못 먹는다. 아니, 먹더라도 시간이 무지 오래 걸릴 거다. 애초에 대거가 준비한 것은 3인분의 식사, 근데 밑도 끝도 없이 4배 가까이 늘었으니 단시간 내 실행할 수 있는 해결책이 있을 리가 없다.

"젠장! 다들 나가!"

"우후후, 전 주인이에요."

"음, 먹고 싶다."

"후, 저자는 내가 검을 갖고 있지 않은 걸 다행으로 여겨야 할 것이다."

엘프들의 반응은 건실한 편이다. 과연 오랜 세월을 살아온 자들답게 침착하게 대거의 히스테리에 대응한다.

"남자가 히스테리라니 저거 최저네."

"배고파요, 대거."

"본인이 재료를 조달해 오면 되겠습니까?"

"준다고 했다가 무르기 없기예요."

나를 포함한 일행들은 그러려니 하는 반응이다. 대거가 히스테리를 부리든 노망을 내든 전혀 상관하지 않겠다는 태도였다. 하긴 대거가 히스테리를 부린 게 하루 이틀이어야지. 이젠 만성이다.

"밥도 안 주면서 대장 노릇을 하겠다는 거냐!"

"대거님, 양파가 모자랍니다."

"대거님, 다 죽여도 됩니까?"

대거의 부하인 세 명의 반응은 가지각색인데 각기 반항, 마이 페이스, 과다 충성이었다. 생각해 보니 라이트스피어라면 정말 창을 휘두를지도 모르겠다. 어서 막는 게 좋겠는걸.

나는 급히 입을 열었다.

"유디트, 재료 구해와라. 먹을 수 있는 것이라면 뭐든 좋다."

"네, 마스터."

내가 왜 마스터야? 따지기 전에 이미 유디트는 문을 박차고 나갔다. 골골거렸던 어제와 달리 그 기세에 힘이 넘쳐 보이니 다행이다. 뭐, 호칭 건에 대해선 나중에 따지자.

"그리고 라이트스피어 씨, 창은 집어넣어 주세요. 실내에

선 무기를 휘두르는 게 아니라고요."

"아, 그렇지만 대거님이 화가 나셨는걸요."

당신은 대거가 화냈다고 여기 사람들을 전부 상대할 생각인가? 구세용자에 세계 최강의 검사와 마법사가 한자리에 모인 이 멤버를 상대로? 굉장히 무모하지만 라이트스피어의 눈은 진심이었다.

그걸 보자 등에 소름이 돋았다. 이 여자는 대거를 위해서라면 인류 멸망이라도 서슴없이 하려고 하겠지.

"대거 씨, 화 풀어졌죠? 그렇죠?"

"끄응. 라이트스피어, 그만둬."

대거의 말이 떨어지기 무섭게 라이트스피어는 창을 치웠다. 한숨 돌린 나는 에티엔의 만행을 목격하고 비명을 질렀다.

"유디트! 아니, 세페르, 막아! 누구라도 좋으니까 에티엔을 막아줘!"

에티엔이 설탕 병을 손에 들고 뚜껑을 딴 것이다. 게다가 그 앞에 놓인 것은 헤비스피어 씨가 끓이고 있는 국, 어떤 일이 벌어질지 훤히 보인다! 내 말을 들은 세페르는 고개를 갸웃하더니 에티엔이 들고 있는 설탕 병을 낚아챘다. 아니, 낚아챘다고 생각했다.

풍덩.

조용히 끓어오르던 호수에 잔잔한 파문이 일었다.

"……."

"……."

대거와 나는 침묵했다. 다른 이들은 아직 무슨 일이 일어났는지 전혀 파악이 안 되는 얼굴이었다. 그러니까 세페르가 낚아채려다 실수로 밀어내는 바람에 뚜껑 열린 설탕 병이 냄비 안으로 다이빙해 버린 것이다.

"아아아아."

대거는 10년은 늙은 얼굴로 고개를 떨궜다. 눈앞의 참상에 기가 막힌 나는 허탈한 목소리로 명령했다.

"그건 에티엔 씨와 세페르가 먹어요."

"잠깐, 내가 왜? 난 넣지 않으려고 했는데."

손목에 채워진 족쇄가 철그럭 소리를 낸다. 조용한 목소리지만 세페르는 분명히 내게 항의하고 있었다.

"명령이다."

"부적절해. 옳지 않아. 나는……."

"모든 일은 결과가 우선이야. 무엇보다 항명은 안 받아. 그냥 먹어!"

"…이런 식으로 죽이려 하다니."

볼멘소리를 내뱉은 세페르는 입을 다물었다. 하긴 설탕 범벅이 된 국을 먹고 죽고 싶은 인간은 없겠지. 자살 희망자라 해서 그런 특이한 취향을 가졌을 리는 없다. 뭐, 설탕찌개 좀 먹는다고 사람이 죽을 것 같진 않지만. 아니, 병의 반 이상이 녹아들어 갔으니까 죽을지도 모르겠군.

"다녀왔습니다."

"오오, 왔냐?"

재료를 가져왔겠지! 이걸로 식사는 필승이다! 반색하며 돌아본 유디트의 양손에는 햄이 가득 들려 있었다. 쇠 씹는 맛을 내는 그 물건이잖아.

"잠깐, 잠깐."

나는 손을 이마에 대고 고개를 저었다. 아, 감기도 아닌데 열이 오르는 것 같다. 사람 수가 많아지니 자연스레 통제 불능인 데다가 다들 성격이 장난이 아닌지라 난장판이 따로 없었다.

"무어, 넣겠다."

그 틈을 타서 에슬라가 움직였다. 에슬라는 포장을 순식간에 벗기더니 대거가 끓이던 냄비 안으로 그것을 넣어버렸다. 나는 그 신속무쌍한 행동에 입을 쩍 벌리고 말았다. 세상에 이제 좌설탕찌개, 우쇠찌개가 되어버렸다. 정녕 나에게 구원이란 없는 것인가?

"으으으."

대거도 기가 막힌지 푸들푸들 떨면서 젓가락을 놓아버렸다. 그러자 세티아가 젓가락을 대신 집어 들었다.

"음, 내가 해보고 싶네. 괜찮겠지?"

동의를 구한 세티아는 답도 기다리지 않고 냄비 안을 휘저었다. 그러니까 사실 찌개 하나 끓이는 데 젓가락 가지고 냄비 안을 휘저을 필요는 없다고 보는데. 하지만 세티아의 얼굴 가득 호기심이 떠올라 있는 게 요리라는 행위 자체가 생경한 것 같다. 맨날 통조림만 먹어대니까 그럴 만도 하지.

"으아아아."

여하간 판은 수습 불가가 되어가고 있었다. 지옥이 따로 없다. 두 찌개 모두 사람이 먹을 물건이 아니다. 간도 보고 싶지 않다. 혀도 대기 싫다. 맛이야 뻔하지! 에티엔이나 유디트는 잘 먹을지 몰라도 다른 이들이 입 대게 해서는 절대 안 된다.

"우후후, 아~"

그러나 그런 내 마음을 모르는지, 아니면 알아도 상관없다는 건지 세레아는 젓가락으로 햄을 집어서 내 입술 앞에 갖다 대었다. 나는 떨떠름한 얼굴로 세레아를 보았지만 그녀는 웃는 낯 그대로 다시 말했다.

"자, 아~ 해요."

"으음! 누이, 비겁하네! 나도 하고 싶었거늘!"

뭐가 비겁해. 그전에 내가 죽을지도 모르거든? 딴 건 몰라도 이 쇠 맛 나는 고기는 먹기 싫거든? 나는 다급히 좌우를 둘러보았다. 현 상황을 살피고 타개책을 마련해 봐야겠다. 누구 도움이 될 만한 사람 없나?

유디트는 헤비스피어 씨의 찌개에까지 햄을 넣고 있었다. 어이, 잠깐. 경황이 없어서 자세히 못 봤는데 통조림은 왜 들고 있어? 잠깐? 과일을 넣는 거야? 지금 그거 부대찌개 맞아? 대체 넌 뭘 먹고 싶은 거냐!

에티엔은 설탕찌개를 만들어놓고 열심히 먹고 있었다. 아직 제대로 만들지도 않았는데 간을 보는 척하면서 계속 수저를 놀린다. 표정이 행복해 보이는 건 내 착각인가?

그 품에 안겨 있는 세페르는 오만상을 짓고 있었다. 간간이 에티엔이 억지로 입에 넣는 것에 대한 저항은 아예 포기한 것으로 보인다. 저거 먹어도 죽지는 않는군.

헤비스피어 씨는 누가 집어먹든 설탕을 뿌리든 전혀 관여치 않는 태도로 조리에 열중하고 있었다. 눈앞의 일에만 집중하는 타입인 것 같은데, 심두멸각이고 자시고 이런 난장판에서 혼자 진중해 봤자 아무것도 안 돼.

대거는 만사 귀찮다는 태도로 천장을 올려다보고 있었고, 침대에서 내려온 라이트스피어가 육포를 찢어 그의 입에 넣어주고 있었다. 대거는 멍하니 주는 대로 받아먹고 있고, 라이트스피어는 그걸 보면서 좋아한다. 저 커플도 어딘가 단단히 망가졌구만.

배틀엑스는 햄이 마음에 드는지 열심히 먹고 있었다. 대단하다! 자넨 사나이다!

근데 인생에 도움이 되는 사람이 하나도 없네.

그리고 세레아와 세티아는 내 입에 햄을 넣기 위해 경쟁하고 있었다. 세티아는 수저 위에 대여섯 개를 올리더니 내게 권했다.

"자, 먹어라."

"……."

아니, 그러니까 말이지.

"우후후, 입 벌려요."

좋은 말할 때 안 먹으면 사단 날 것 같다. 그런데 먹으면 죽을 것 같거든? 어느 쪽이 좋을까?

"아, 으음. 그, 그러니까 말이지."

"에잇."

말을 하기 위해 살짝 입을 벌린 틈에 세레아가 햄을 넣어버렸다. 쏙 들어간 햄은 혓바닥을 한 번 긁어주고 목구멍으로 넘어가 버렸다. 쇠, 쇠 맛이다! 젠장할! 입맛 버린다!

"으읏! 어서 내 것도 먹어라!"

내가 세레아 것만 먹자 세티아는 수저를 내 입 바로 앞에 갖다 대고 호통을 쳤다. 나는 입을 우물거리며 머리를 굴렸다. 어떻게 하면 안 먹을 수 있지?

"…내가 주는 것은 먹기 싫다는 것이군."

그런데 내가 고민하는 사이에 세티아는 어깨를 축 늘어뜨렸다. 굉장히 풀이 죽은 게 툭 건드리면 울 것 같았다. 너, 너무 심성이 여린 것 아냐? 사람이 안 먹을 수도 있지! 그걸 꼭 먹어야겠냐?

생각과 달리 이미 내 몸은 움직이고 있었다. 세티아가 권한 햄을 억지로 집어삼킨 나는 울고 싶어졌다. 대체 딴 인간들은 이걸 어떻게 먹는지 이해가 안 간다. 내가 특이한가 싶지만 대거도 같은 반응인 걸 보면…… 우리 둘만 멀쩡하고 다들 미각이 맛이 갔다고밖에 생각이 안 된다.

그래, 내가 잘못된 게 아니라 세상이 미쳐 돌아가고 있는 거다!

"아, 다행이다."

세티아는 내가 햄을 먹어주자 안도의 한숨을 내쉬었다. 아무래도 뭔가 오해한 것 같은데, 그걸 풀어주기 전에 이 고통부터 좀 해소하자.

"이런 때 이게 빠질 수는 없지."

에슬라는 어디서 났는지 술을 꺼내 마시고 있었다. 게다가 잔과 병을 모두에게 돌리는 게 어느새 술판이 되었다. 내가 먹은 아침이라곤 끔찍한 맛의 햄 몇 점인데 거기다 술을 쏟아 붓게 생겼다.

아, 진짜 제어 불가다. 이런 아수라장은 도망치는 게 최고다.

"자, 잠깐. 갑자기 볼일이 생각나서……."

"우후후, 어딜 도망가요?"

"날 놔두고 어딜 가려는 거냐?"

양쪽에서 다크엘프들이 내 팔을 잡고 앉혔다. 여왕님과 장군님인지라 그 기세가 대단한 게 내가 어디 한 군데 부러지지 않으면 안 내보내 줄 것 같았다. 부러져도 에티엔에게 치료하게 하려나?

"화장실이 가고 싶어져서."

"우후후, 그거라면 제게 맡겨요. 얍."

내가 핑계를 짜내자 세레아가 수인을 맺었다. 그리고 설명을 이었는데 기가 찼다.

"생리 현상을 좀 늦춰놨어요. 판이 끝날 때까진 화장실에 갈 일 없을 거예요."

"…이런 일에까지 마법을 써야 합니까."

"이런 때 안 쓰면 언제 써요?"

헤실 웃은 세레아가 내게 술잔을 건네고 술을 부었다. 탁 쏘는 향기가 코를 찌른다. 정말 내게 도망갈 길은 남지 않은 것 같다.

"잠깐! 누이! 누이만 따르다니 너무하지 않은가?"

"아, 그렇지. 합환주였지."

이보세요, 댁들은 사실 내 의견 따윈 물어볼 생각이 전혀 없는 거지?

세레아는 반대 손에도 술잔을 건네주더니 세티아에게 술을 따르게 했다. 세티아는 볼을 붉히고 자세를 바꿔 무릎을 다소곳이 꿇고는 공손히 술을 따르는데, 여염집 규수와도 같은 기품이 흘렀다.

"……."

귀, 귀엽다. 이런 생각하면 말려드는 거 아는데 그걸 숙지하고 있으면서도 가슴이 두근거린 것은 부정 못하겠다. 세티아가 술 따라 주는 걸 정신없이 훔쳐본 나는 침을 꿀꺽 삼켰다.

그, 그러니까 이 여자가 내 아내가 된다, 이거지? 아, 뭐, 류아도 괜찮다고 했고. 아하하, 별 문제는 없지 않나.

"우후후, 기분 좋아졌죠?"

세레아는 내 볼을 가볍게 늘리며 웃더니 손뼉을 한 번 쳐 좌중의 시선을 우리 셋에게 집중시켰다. 다들 술잔을 든 채 무슨 일인가 싶어서 우리 쪽을 보고 있었다. 그리고 내가 어떻게 말릴 새도 없이 세레아가 말해 버렸다.

"아, 여러분. 내일 저와 제 동생 세티아, 그리고 리워드님이 결혼하게 되었습니다. 저희들 셋의 행복을 축하해 주세요."

잠깐의 싸늘한 침묵.

나라도 그러겠다. 한 명도 아니고 자매와 함께 결혼한다고 하면, 그것도 본 지 얼마 안 된 여자들이랑 갑작스레 결혼한다고 하는데 이런 썰렁한 반응이 나오는 건 당연하지.

"축하드립니다."

유디트가 예의 바르게 고개를 숙이는 걸 필두로 인물들의 멘트가 이어졌다.

"무어, 그대가 호색한인 건 잘 알고 있으니 걱정 말게."

에슬라, 나 호색한…… 맞군. 젠장, 근데 뭘 걱정 말라는 거야?

"가는 곳마다 여자를 따먹는구만. 문어발 새끼."

저기, 대거. 네놈 입이 원래 험한 줄은 알았지만 결혼식하는데 따먹는다는 표현을 쓰는 건 정말 맞아 죽어도 할 말 없다는 자각은 있냐? 다행히 자매들 어느 쪽도 대거의 언사엔 신경 쓰지 않았다.

대거는 뭐 때문인진 몰라도 상당히 불쾌해하는 얼굴을 숨기지 않았다. 아니, 지도 여자가 둘이나 있으면서 왜 내가 한다고 지랄인지 모르겠다.

"국수는 줘요?"

통조림일 겁니다, 에티엔 여사.

"과연."

야, 뭐가 과연이냐. 그 썩은 미소의 의미는 뭐지? 너 그 설탕찌개를 원샷해 봐야 정신을 차리겠냐?

"축하드려요. 백년해로하세요."

"경하드립니다."

라이트스피어는 활짝 웃으며, 헤비스피어는 묵묵히 고개를 숙이며 축하해 줬다. 근데 라이트스피어는 자신이 한 말이 묘하게 거슬린다는 거 알까? 이 경우에 쓸 말은 아니라고.

"남자의 로망을 성취하다니. 인생의 끝을 봤군."

뭐가 남자의 로망인지 모르겠다, 도끼.

"그럼 저희들의 결혼을 축복하며 다 같이 건배!"

자, 잠깐! 그걸 들은 순간 정신이 번쩍 들었다. 여기서 이대로 놔두면 정말로 결혼하게 된다. 아, 뭐, 음. 음. 으으으음. 나쁘…… 지는 않나? 세티아는 내가 좋아하고, 세레아도 싫지는 않잖아.

난 결국 싫다, 어쩐다 하며 빼면서도 자매를 한꺼번에 아내로 맞는 데 서명해 버렸다.

정신이 멍하다. 몸에 힘이 안 들어간다. 으음, 되게 취한 모양이다. 그것치곤 의식은 확실하다. 몸을 가누지도 못할 정도로 취했지만 이대로 자지는 못한다. 아마도 마법의 힘이 수면을 막고 있는 것 같았다.

"우후후, 적당히 마시지 그랬어요."

양옆에서 서로 권한 주제에 말이 많구만. 한쪽만 안 마시면 삐치잖아. 나중에는 누가 더 많이 먹었나 경쟁까지 한 주제에 이제 와서 적당히 마시라고 말하다니 앞뒤가 안 맞아.

입을 움직이기 힘들어 속으로만 투덜거린 나는 방 안의 인물들을 살폈다.

유디트는 없다. 술 마시다가 나갔지.

대거는 벽에 기대어 자고 있다. 그의 왼 어깨엔 라이트스피어가 머리를 기대고 잠들어 있고, 헤비스피어 씨는 멀쩡한 얼굴로 그 둘의 옆에 앉아 있었다. 경호라도 할 생각인가? 저 여자는 많이 마시지 않긴 했지만 그걸 감안하더라도 상당히 술이 센데.

배틀엑스는 어느샌가 사라지고 없었다. 근육 거구라는 체형적 단점을 이겨내는 은형술이 놀랍다.

에슬라는 자기 방—세레아와 불꽃튀는 대화를 나눠서 얻어냈다—으로 가버렸다. 취해서 얼굴이 벌개진 게 꽤 예뻤다. 덕분에 훔쳐보다가 세레아에게 꼬집혔다.

세티아는 내 다리를 베고 자고 있다. 상당히 불편할 텐데 쌔근쌔근 잘도 잔다.

에티엔은 자기 방으로 돌아갔고, 세페르는 뒷정리를 하고 있다. 절그럭절그럭, 족쇄 소리를 내며 난장판이 된 방을 열심히 치운다. 언행으론 짐작할 수 없었지만 상당히 성실한 성격인 것 같군.

그리고 나는 세레아의 부드러운 가슴에 뒷머리를 파묻고 사지를 늘어뜨리고 있다. 손가락 하나 움직일 힘이 없다. 좋은 향기가 얼굴을 덮으며 풍만한 가슴의 감촉이 뒤통수를 문지른다.

"우후후."

세레아는 그런 내 머리칼을 헤집으며 낮게 웃었다. 자매가 한결같이 남의 머리칼에 지대한 관심을 갖는군. 어차피 몸이 이 꼴이라서 반항도 못하기에 나는 깨끗이 저항을 포기했다.

"차크라가 열려 있더군요."

세레아가 갑작스런 화제를 꺼냈다. 뭐, 수준이 높은 사람이라면 다들 알아보는 모양이다. 세티아도, 공주도 단박에 알아봤지. 그러니 세레아도 나를 보자마자 알고 있었을 텐데 왜 지금 이런 말을 꺼내는 거지?

"못 닫는 거죠? 보아하니 자신의 의지로 연 것도 아니고. 게다가 몸을 검집으로 만들고 있네요. 그게 얼마나 위험한 짓인지 알아요?"

대답할 수가 없다. 젠장, 지금의 나는 인사불성이라고. 원래라면 취해서 쓰러져 자고 있을 상황이란 말이지. 아무래도 세레아가 손을 써서 들을 수 있는 상태로 만들어둔 것 같다. 이럴 거면 완전히 깨게 해주던가.

"모르고 한 거죠? 알면 했을 리가 없으니까."

글쎄, 알아도 했을걸? 이겨야 되니까. 상당히 위험하다는 건 나도 어느 정도 인지하고 있다. 몸을 검집으로 만드는 것은 본래 내가 할 수 없는 행위. 마음속에서 그렇게 속삭이고 있다, 이대로 계속하다간 파국을 맞게 된다고.

그래서 하피드와 싸울 때도 발도 횟수를 줄여서 싸웠다. 아직까지는 뚜렷한 후유증이 없지만 남발했다가는 어떻게 될지 모른다.

"검집이라는건 상징적인 의미가 강해요. 당신은 지금 천참을 쓰기 위한 용도로만 인지하나 본데, 고작 그런 게 아니라고요. 당신이 생각하는 것보다 훨씬 더 위험하고 무모한 짓이에요."

세레아답지 않게 어둡게 내려앉은 목소리였다. 확실히 나를 걱정해서 하는 소리라는 건 음색만으로도 알 수 있을 정도였다.

"이미 열어버린 것은 그렇다 쳐도 앞으로는 열면 안 돼요. 알았죠? 지금도 붕괴 직전이에요. 네 번째를 열었다가는 당신의 그릇이 깨질 거라고요. 용도 아니면서 세 번째까지 열었다는 것은 전무후무한 일이긴 하지만 그것도 지금 한계예요."

하지만 별수없잖아. 안 열어도 죽는다면 여는 수밖에 더 있겠어? 일말의 희망이 있다면 물러나겠지만 내가 싸우는 건 막다른 골목일 경우가 보통이라서 무리지.

"차크라를 연 직후엔 순간적으로 당신의 능력이 증폭되죠. 하지만 자신의 그릇보다 큰 힘을 담고 쓸 수 있는 것엔 시간 제한이 있어요. 그 시간이 끝나면 원래의 그릇으로 돌아오고 버텨내지 못하면 깨지게 되죠. 역사상 그런 경우가 몇 번 있었어요. 대부분 첫 번째를 억지로 열고 폭주한 뒤 죽었지만 당신의 경우에는 네 번째가 될 거예요."

차크라를 열고 피를 토하기 직전까지는 훨씬 더 출력을 낼 수 있단 거군. 머리 속에서 갑자기 답이 올라온 거라서 내가 생각해 놓고도 무슨 뜻인지 해석이 안 된다. 여하간 차크라를 열고 한계에 부딪쳐 피를 토하기 직전까지는 배로 강해진다, 이건가.

그래서 니메그와 샤마슈를 죽이고도 하피드에겐 패했던 건가.

돌이켜 보면 앞의 둘에게 승기를 잡은 건 차크라를 연 직후 밀려온 강력한 힘에 힘입어서였다. 하피드 때도 다른 케이스와 비교해 볼 때 딱히 못 싸운 건 아니었는데 일방적으로 밀린 것은 차크라를 연 직후에 나온 특별 보너스를 받지 못해서로군. 뭐, 전력의 칠단장이 상상 이상으로 강한 것도 있었지만.

"키레이카로 가요. 라데츠키의 대무녀가 제 의자매인데 소개장을 써줄게요. 저보다 당신의 상태에 대해서 더 잘 알려줄 거예요."

뭐, 바르디아에는 이제 별 볼일이 없다. 국왕 정도야 만나볼 필요성이 있긴 하지만 그 외에는 딱히 없지. 하피드가 죽었으니 국왕에게 안면만 터놓고 계획을 넌지시 일러주기만 하면 된다.

그리고 다음은 키레이카인가.

"우후후, 너무 걱정하는 얼굴하지 말아요."

지금 난 표정도 의도적으로 짓기 힘든 상황인데 눈이 풀린 채 천장을 보고 있다고. 뭐, 몸에 비해 사고는 자유롭지만.

"후후, 내일이 결혼식이니까 오늘은 이만 자요."

세레아의 손가락이 내 눈꺼풀을 살짝 건드렸다. 그러자 갑자기 밀려온 수마가 나를 먹어치웠다.

다크엘프는 여성 상위 사회다. 기본적으로 일부일처제의 관행을 유지하고 있으며, 내가 둘과 결혼하는 이 경우는 세레아가 권력을 휘두른 덕택이다. 왜 왕은 국법 위에 있다는 말이 있지 않은가? 그런 케이스가 되겠지.

…그래도 이 상황은 싫다. 검회색 피부의 미녀들이 손으로 내 맨살을 쉴 새 없이 문지르고 물을 뿌린다. 뽀득뽀득 소리가 날 때까지 닦아내고 때를 민다. 하다못해 나라도 옷을 입고 싶다. 아니, 최소한 아래를 가릴 수건이라도 주면 좋겠다.

치욕과 오욕의 시간을 인내하길 한 시간, 나는 속옷 하나만 입혀진 채 어떤 방으로 들어가게 되었다. 화려한 가구와 고풍스러운 느낌을 풍기는 몇 점의 작은 조각상, 그리고 네 사람이 굴러도 별 무리 없을 크기의 침대가 중앙에 있었다.

"…잠깐만요. 축사라거나 식은 없어요?"

나를 놔두고 가버리려는 여자 하나를 붙잡고 묻자 빤히 내 얼굴을 바라보다 고개를 천천히 저었다. 그리고는 나가 버렸다.

설마 이 흐름, 하객들의 축하 인사고 뭐고 없이 바로 본게임이야? 싫은 전개다. 생각해 보니 내 쪽을 축하해 줄 사람은 없지만 그래도 이런 삭막한 결혼식은 생각 안 해봤는데. 세티아가 몸만 와도 된다고 한 게 말 그대로였나.

"후우."

씻고 바로 초야를 치르게 되는구만. 으음, 조금 긴장된다.

삐걱.

열기를 가라앉히려고 노력하는데 문이 열리고 세레아가 들어왔다. 의복은 벗어 던지고 얇은 타올 한 장만으로 풍만한 육체를 간신히 가리고 있다. 음, 예상대⋯⋯. 잠깐, 그 뒤에 세티아가 들어오는 건 뭐야?

"우후후, 기다렸어요?"

"⋯아니, 근데 저기 말이죠."

뭐라 말하기도 전에 세레아는 나를 툭 밀었다. 그리고는 손으로 내 배를 슥슥 쓰다듬으면서 천천히 내 위로 올라탔다.

"잠깐! 잠깐!"

너무 전개가 빨라! 배 위에 올라타서 나를 내려다보던 세레아가 혀로 입술을 핥으며 말했다.

"뭔가 문제라도 있어요?"

"당장 생각나는 것만 해도 너무 많아요! 첫째! 결혼식 같은 거 없이 바로 초야예요? 두 번째! 세티아가 왜 저기 있어요?"

내가 손가락으로 지적하자 침대 구석에 앉아 있던 세티아는 고개를 돌려 내 시선을 피했다.

"두 개밖에 안 되네요. 적당히 넘겨요."

"적당히 넘길 수 있을 리가 없잖아악!"

헉헉, 안 돼. 여기서 세레아의 페이스에 휘말리면 안 된다. 이 여자는 자기 페이스로 사람을 끌어들이고 주무르는 게 너무 능숙하다. 나도 상당히 당해 버렸지만 여기서까지 당할 수는 없다.

"합환주야 어제 마셨고, 셋이서 하는 게 좋으니까."

"…아니, 안 좋다고 봐. 대체 왜?'

절로 반말이 나온다. 그래, 어차피 결혼식인데 다크엘프의 여왕이고 세계 최강의 마법사이고 간에 말 까자! 지금 이 상황에서 강하게 나가지 않으면 문제가 된다!

"누, 누이, 역시 나는 나가는 게 좋겠다. 리워드도 싫어하는 것 같고 40번은 아무래도 무리이지 않나."

지금 뭔가 흘려들을 수 없는 숫자가 나온 것 같은데.

"안 돼. 거기서 지켜보렴. 너도 곧 해야 되니까. 잘 보고 따라 하는 거야. 너는 한 번도 해본 적 없잖니."

"그건 그렇지만……."

세티아는 내 어딘가를 응시하더니 얼굴을 확 붉혔다. 윽! 나, 나라고 좋아서 세운 게 아니라고! 아, 젠장! 이런 상황은 처음이라서 굉장히 부끄럽다. 좋아하는 여자를 안는 거라면 상관없지만 셋이서 하는 건 아무래도 걸린단 말야!

"리워드, 세티아가 처녀인 거 알아요?'

"그 이야기가 여기서 왜 나와요!"

"저는 아니거든요."

처녀일 거라고 생각도 안 했지만, 이 여자는 남자 여럿 잡아먹었을 여자다. 매혹적인 웃음을 떠올린 세레아는 상체를 숙여 내 유두에 입을 맞췄다가 살짝 깨물었다. 말이 살짝이지 뭘 어떻게 했는지 금세 피가 배어 나왔다. 나른한 표정으로 피를 핥으며 세레아는 속삭였다.

"고래(古來)로부터 처녀성은 굉장히 중요한 의미를 갖고 있어요. 제례 의식에서 순결한 처녀의 피가 필요하다느니, 유니콘이 처녀만을 상대하는 것 같은 설화가 그걸 입증하죠."

뭔 소리를 하는지는 알겠는데 이런 이야기를 하는 목적이 뭐지? 혀가 선홍색으로 물들 정도로 피를 핥아 마신 세레아는 황홀한 표정을 지어 보였다.

"예상대로 당신 피는 꽤 맛있군요."

"그건 어찌 돼도 좋아요, 아니, 좋아. 대체 그런 이야기를 하는 저의가 뭐야?"

에이, 내친김에 반말 쓰자. 여기서는 강인한 인상을 보여서 내 의지를 관철해야 한다.

"엘 브레가의 예언. 하나, 그대들은 두 딸을 낳을 테니 그 둘은 용자팔검의 세 번째와 네 번째다."

흐음, 엘 브레가와 알 브레히토는 사이가 대단히 안 좋다고 아는데…… 용자팔검에도 관여했다고? 생각해 보니 렌 때도 관여한 낌새는 있었지.

"그 두 번째, 그 둘이 처녀를 잃을 때 태양 아래서 활동할 수 없는 저주가 사라지리라."

"……"

입이 절로 벌어졌다. 거짓말이라고 외치고 싶을 정도다. 개그하냐고 묻고 싶을 정도다. 하지만 이 상황에서 이런 말을 하는 데 진위 여부를 의심하기도 뭐하다.

세레아는 내 쇄골을 천천히 훑으며 말했다.

"그런 거니까요. 당신이 이것저것 생각한다는 건 대충 아니까 그걸 위해서라면 세티아를 취해두는 게 나을 거예요. 저 아이, 당신이 아니면 싫다고 계속 처녀성을 지켜왔으니까."

"그건 대단히 기쁜 이야기이지만…… 그것과 셋이서 하는 건 그다지 연관성이 없다고 봐."

"어머, 있어요. 제가 열심히 눈앞에서 보여주지 않으면 안 돼요."

"…나도 쑥맥은 아닌데."

대체 셋이서 해야 되는 이유가 뭐야?

"20번을 해야 되니까 확실히 지도하지 않으면 안 된다구요."

또 나왔다. 뭔가 불길한 그림자를 드리우는 숫자. 아냐, 아닐 거야. 왜 저런 숫자가 나와? 천문학적이잖아? 말도 안 되는 소리잖아? 나는 직감적인 불길함을 애서 누르며 물었다.

"대, 으윽. 대체 20번은 뭔 숫자에요?"

"사정 횟수에요."

"…죽일 셈이냐."

말도 안 돼. 그게 가능한 숫자야? 역사상 유명한 정력가들도 하루에 10번을 넘겼다는 소리는 못 들었다. 아, 잠깐. 뭔가 계산이 안 맞다. 제발 아니라고 해줘라. 나는 떨리는 음성으로 천천히 물었다.

"둘이 합쳐서 40번?"

"네, 잘 아네요."

진짜 날 죽일 셈이군. 그렇지 않고서야 저런 생각은 못하지. 세티아, 좀 말려봐. 나는 필사적으로 세티아에게 시선을 보냈지만 그녀는 언니의 혀놀림을 보느라 정신이 없었다. 윽, 나도 정신을 집중하기가 힘들지만 여기서 말렸다간 정말 말라 죽는 수가 있다!

"대, 대체 왜 그렇게나 해야 하는 거죠?"

"인간과 엘프가 관계했을 시 임신 확률이 5%예요. 확실하게 해두지 않으면 안 된다고요."

"…20일에 걸쳐서 하는 게 낫다고 보는데요."

"어머, 제가 싫어요."

그렇게 말한 세티아는 몸을 가리고 있던 수건을 풀었다. 풍만하면서도 잘 빠진 나신이 시야에 가득 들어왔다. 윽, 얼굴과 아래로 동시에 피가 몰린다. 제, 젠장! 둘만이라면 서슴없이 끌어안겠지만 지금은 셋이잖아! 이건 아무래도 아니라고!

"뭐, 약도 있으니까 걱정 말아요."

진한 웃음을 흘리며 세레아는 내게 입을 맞췄다.

모든 일에는 작용과 반작용이 있다. 메리트가 있으면 리스크가 있는 법이다. 나는 역사상 전무후무한 기록을 세운 값으로 한 달간 발기 부전이 되어버렸다. 약물의 남용은 후유증이 남기 마련이지.

뭐, 허전해도 아주 나쁜 것은 아니었다. 당분간은 질려서 할 엄두도 안 나고 마법으로 임신을 확인한 세티아는 이빨을 세우고 있으니까. 임신 중에 정사를 하면 아이한테 해가 가는 걸 알기야 하는데 가벼운 스킨쉽에도 눈썹을 팔자로 모으니 무서워서 원.

그나저나 내가 아버지가 된다는 게 실감이 안 난다. 지금 임신했다고 해도 엘프는 임신 기간이 길기 때문에 실제로 아버지가 되는 것은 2년 뒤의 일이라고 하지만.

여하간 초야 이후에는 세티아를 스승 삼아 수련에만 매진했다. 시간이 갈수록 세티아의 검술에 대한 감탄만 늘어갔지만… 뭐, 아직도 제대로 된 공격은 못하고 방어에만 급급하지만 그나마 막아낼 수 있게 된 게 어디냐? 확실히 세티아는 칠단장보다 더 세다.

"으음, 그러고 보니 세티아가 칠단장을 잡아주면 되는 거 아니냐?"

연무장에서 농담 삼아 한마디 던지니 되게 아프게 얻어맞았다. 뭐, 맞을 소리이긴 했지만 농담이라고. 설마 내가 아무리 멍청이라고 해도 임신한 아내에게 칼 들고 설치라고 할까?

지금 이렇게 얻어맞고 있지만 살해와 수련은 엄연히 격이 다르다.

"한 시간 더 해야겠군."

세티아는 다시 자세를 잡고 살벌한 소리를 내뱉었다. 강아지 같다고 생각한 거 취소다. 최소한 검을 들고 있을 때만은 용서가 없었다. 남편이든 자식이든 때려죽일 기세다. 검에는 눈이 없다는 말 그대로랄까? 그래서 나는 눈먼 검에 신나게 두들겨 맞았다.

낮에는 세티아에게 두들겨 맞고 밤에는 다크엘프의 서적을 탐독했다. 기술이나 과학 쪽은 도저히 알아먹을 수 없는 이야기라 잠깐 보고 집어치웠다. 아마 다크엘프의 정수는 거기에 있겠지만 아무리 양보하여 생각해 봐도 나는 장인이 아니다. 만들어진 도구를 다룰 줄은 알지만 만들어낸다거나 구조를 해석하는 일은 체질에 맞지 않는다.

대신 역사와 문학, 그리고 철학을 배웠다. 그러는 김에 엘 브레가의 교리도 얼추 알게 되었다. 선입견과 달리 엘 브레가는 대단히 방관적인 신이었다. 아마 다크엘프와 인간이 믿는 방식이 다른 것도 그에 기인하리라. 인간이야 자신들이 믿는 방식이 맞다고 믿겠지만 다크엘프식으로 보면 아니올시다였다.

뭐, 애초에 엘 브레가는 정답을 제시하는 신이 아니었다. 기본 교리는 모든 것에는 죽음이 있으니 알아서 해먹어라~

정도랄까? 참 무책임한 신이다. 하긴 한 번 본 바로도 그다지 책임성있어 보이진 않았지.

다크엘프의 역사는 다른 종족에 비해 긴 편이 아니었지만 그들의 피는 고대 엘프로부터 이어져 있었다. 상당히 흥미로운 내용이었지만 왜인지 다크엘프의 탄생 원인에 대해서만큼은 어디에도 나오지 않았다. 궁금해진 나는 세레아에게 가서 물었다.

요즘 그녀는 바르디아의 족장을 달래는 것에 신경 쓰고 있었다. 야수단을 도왔던 전적이 있던 다크엘프로선 의심받는 게 당연하지만 세레아의 빼어난 외교술로 점차 화해 무드가 조성되고 있었다. 사람들까지 돌려주고 다크엘프의 군세로 야수단의 잔당 척살을 돕는데 믿지 않을 수야 없겠지. 이대로라면 내가 바르디아에 갈 필요도 없을 정도로 잘하고 있다.

"몰라요."

"…그게 말이 된다고 생각해?"

기가 막힌 나는 머리에 손을 짚었다. 이 여자가 장난을 좋아하는 거야 익히 알고 있지만 아무리 그래도 이건 좀 너무 한심하지 않은가? 하지만 세레아의 태도는 진지했다.

"정말 몰라요. 부모님이 알려주지 않으신걸요."

흐음, 뭔가 대단한 이유라도 있는 걸까? 나는 그건 집어치우고 다른 것을 물었다. 성격이 좀 난감하긴 해도 세레아는 마법사답게 지식이 해박했다.

"아, 그런데 24개의 외차원 말이야, 그거 전부 조사된 거야?"

"몰라요."

"……."

모른다는 대답이 좀 많군. 말해주기 싫은 건지 아니면 정말 모르는 건지. 세계 최강의 마법사치고는 참 허무한 답변이었다. 나는 머리를 긁적이며 또다시 물었다.

"핸드건이라는 거 쓸 만해?"

다크엘프들은 전투 시 검과 총을 사용한다고 했다. 총이라고 해서 로스터슬라프의 머스킷이 아니라 인마살상용의 소총이라고 한다. 소총이라는 점도 놀라운데 그 파괴력은 철기병을 곤죽으로 만들 지경이라고 하니 호기심이 일지 않을 수가 없었다.

"직접 볼래요?"

제안을 승낙한 나는 다크엘프 병사들의 훈련을 견학하게 되었다. 그리고 그 파괴력에 입을 벌렸다. 세상에, 표현이 축소되어 있었다. 철기병 하나가 아니라 두셋은 한꺼번에 보낼 정도의 파괴력이 아닌가? 기막혀 하는 나를 보고 세레아는 웃으며 다른 무기의 시범도 보여줬다.

쾅!

두꺼운 철벽이 산산조각이 나는 것을 보며 나는 머리를 흔들었다. 이런 군대가 세상 밖으로 나가면 어떻게 될 것인가? 트라이림은 물론 비교적 문명이 발전한 로스터슬라프에도 이린 군대는 없었다.

밖은 아직까지 말을 탄 기사가 창을 휘두르는 시대인데 이쪽은 강력한 폭탄과 일사불란한 파괴력을 선사할 수 있는 부대였다. 과장이 아니라 열 배가 넘는 적도 무리없이 물리치리라. 그나마 수가 적다는 게 안심이랄까?

"…세계 정복에 관심없어?"

"어머, 해볼까요?"

내 목을 끌어안은 세레아가 요염하게 웃었다. 마황군도 마황군이지만 이런 군대가 적으로 돌변했다가는 무수한 인간이 죽어갈 게 눈에 훤히 보인다.

"안 할 거예요. 지금은 당신 옆에 그냥 있고 싶고…… 게다가 엘프들의 군대도 있으니까."

생각해 보니 이들은 원래 엘프였다. 이들의 기술력과 군사력은 그들 고유의 것이 아니라 엘프들의 것을 이어온 셈이다. 나는 아픈 머리를 잡고 조심스레 확인했다.

"엘프들의 군대도 이렇다고?"

"네. 흰둥이들은 BFG까지 개발했단 소리가 있던데요. 실제로 만들어낼 줄은 몰랐는데."

그게 뭔지는 몰라도 말하는 걸 보니 위험한 물건 같다. 기가 차는구만. 세레아와 헤어진 나는 에슬라가 묵고 있는 방으로 가서 방문을 두드렸다.

그녀는 어쩐 일인지 다크엘프의 부락에서 계속 머물고 있었다. 어차피 볼일은 끝났으니 온 김에 머물고 가겠다나? 뭐, 사이가 안 좋지만 서로 직접적인 충돌은 피하고 있긴 하다. 그래도 왜 굳이 머무는 건지 모르겠다.

조금 기다리자 졸린 눈의 에슬라가 문을 열었다. 하얀 셔츠에 단추는 세 개나 풀어져서 하얀 속살과 풍만한 가슴 형태를 그대로 드러내고 있었다. 발기 부전이라고 해도 시선이 안 갈 수가 없다.

"무슨 일인가?"

아무래도 자고 있다 깬 목소리다. 그런데 왜 저번에는 안 잔다고 우긴 거지? 여하간 시간을 많이 빼앗기는 뭐하니 간단하게 묻자.

"엘프들이 BFG라는 걸 개발했어요?"

"뭐, 들고 나갈 수는 없지만 만들어두긴 했다. 그건 왜 묻나?"

"음? 들고 나갈 수 없다니요?"

"엘프의 군대는 조약에 의해 숲 밖으로 나가지 않아. 그리고 문명의 레벨 차이가 심하게 나는 병기도 세상으로 반출하지 않는다."

문명 레벨이라…… 확실히 엘프들의 기술력은 상상 이상이었다. 트라이림과 로스터슬라프의 기술력 차이는 수긍이 간다. 세계가 다르니까 발전 속도도 다르겠지. 하지만 이들은 같은 세계 안에 존재하는 종족이면서도 월등한 차이를 자랑하고 있었다. 엘프가 폐쇄적인 종족이라 해도 이런 압도적인 차이는 쉽게 이해되지가 않았다.

"엘프들의 기술력은 어디서 나온 거죠?"

"흐음."

내가 캐묻자 에슬라의 눈이 가늘어졌다. 그러더니 피식 웃었다.

"그대는 외인(外人). 알려줄 수 없다."

"으음."

뭐, 비밀이겠지. 생각해 보니 그런 걸 쉽게 이야기해 줄 리가 없다. 원래 사람이라는 건 자기들이 쥐고 있는 기득권을 쉽게 포기 못하는 법이다. 엘프들이 좀 특이한 종족이라고 해도 이런 기본 수칙은 변하지 않겠지.

"무어, 그대가 엘프와 혼인하여 일족이 된다면 모를까. 답해줄 이유는 없지."

"네. 답변 감사해요."

나는 고개를 숙여 보이고 물러 나왔다. 좀 궁금하긴 하지만 알려줄 것 같지 않다. 그쪽 관련 책을 파다 보면 알 것 같기도 한데 그럴 정도로 궁금하지도 않고. 엘프들이 세계 정복의 야심이 없다면 그걸로 된 거지. 다크엘프의 강력한 군세를 이용할 수 있게 된 것만으로도 충분하다.

한 달이라는 시간이 흘렀다. 그동안 신혼의 단꿈이고 뭐고 없었다. 정신없이 바빴으니까. 낮에는 검, 밤에는 책이었다. 나중에는 시시껄렁한 3류 소설까지 읽어버리게 되었다. 아, 3류였지만 재미있는 걸 어쩌냐?

특히 재미있게 읽은 것은 중원이라는 다른 세계를 배경으로 한 무협지들이었다. 꽤 수가 많았는데, 특히 마음에 든 것은 살해당한 절세무인의 숨겨진 자식이 아비의 검공을 갈고 닦아 복수를 하고 강호제일인이 된다는 글이었다. 주인공이 가진 아비에 대한 원망감이나 고독감이 묘하게 마음에 와 닿았다. 그리고 아버지가 그럴 수밖에 없었던 이유가 나오고 주인공이 오열했을 때 나도 모르게 콧등이 시큰해졌다.

"뭐, 내 아버지가 이럴 리는 없지만."

그 새끼는 그냥 개새끼고. 책을 덮은 나는 한숨을 쉬며 날짜를 헤아렸다. 벌써 한 달이다. 슬슬 떠나지 않으면 안 된다. 아무리 막가는 인생이라고 해도 초야를 치르자마자 뜰 수는 없었고, 세티아에게 검을 배울 필요도 있었기에 머무르고 있었던 것이다.

사실 세티아에게 배울 것은 아직도 많다. 그녀의 검술은 매우 빼어났지만 좋은 스승은 아니었다. 오죽하면 내가 가장 늘어난 부분이 근성과 맷집이겠냐? 그래도 배운 것은 많지만 아직 한참이나 부족하다.

뭐, 칠단장보다 강한 여자의 바닥까지 훑어내리는 게 한 달 만에 될 리가 없지만. 내가 검에 재능이 있다는 소리는 들었지만 그건 어디까지나 보통에 비해서다. 나는 유디트처럼 천재가 아니라고. 기술에 신경 쓰다 힘 배분을 잊어버리고, 운신에 신경 쓰다 보면 공격을 헛치고 만다.

세티아라는 강적을 상대한다는 점을 감안해도 명경지수라는 건 나에게 잘 안 맞았다. 세티아는 내가 무예를 갈고닦는 것이 아니라 오로지 이기는 것밖에 생각 안 해서 그렇다고, 정신이 그래서야 제대로 무의 길을 걸을 수 없다고 충고했지만⋯⋯ 이런 근본적인 사고방식은 간단히 변하는 것이 아니다. 그래도 참고할 말이긴 하니 머리에 새겨두긴 했다.

조금이지만 강해졌다.

"다음은 캉—브론인가."

거인단장. 난적이군. 생각을 정리한 나는 일행들을 소집했다. 무슨 속셈인지 에슬라까지 끼어들었다. 얼굴들을 한 번씩 훑어본 나는 짧게 말했다.

"키레이카로 가죠."

"거인단이군. 칠 거냐?"

"그래야죠."

대거의 말에 내가 고개를 끄덕였다.

"무모한 거 알지?"

정곡을 찌르는 소리에 나는 세페르를 노려보았다. 뭐, 노려봐도 이 소녀가 한 말이 틀린 게 아니란 건 안다. 상대는 칠단장 중에서도 특히 포악하다고 하는 캉—브론. 하피드를 상대로 고전하고, 목숨을 걸어도 승패가 분명하지 않았던 내가 그를 상대로 이길 수 있을까? 세티아를 스승 삼아 몇 수 배웠다고 한들 과연 그 정도로 메울 수 있는 격차인가?

"싸우지 않을 수는 없잖아."

내가 한마디로 일축하자 다들 입을 다물고 고개를 끄덕였다. 뭐, 키레이카로 가려면 라예생트로 가서 배를 타야겠군. 세레아는 키레이카에 가본 일이 없기 때문에 텔레포트를 쓸수 없다고 한다. 전이 주문이라고 해도 만능이 아닌 것이다.

그때 에슬라가 손을 들었다.

"이동은 내가 텔레포트를 쓰기로 하지. 가본 적이 있는 곳이니 문제없다."

"실전 주문 아니에요?"

"이 몸이 못하는 것이 있을 리가 없다. 후후."

오만한 언사와 더불어 에슬라는 거들먹거리기 시작했다. 뭐, 하는 짓이 귀여우니 불쾌감은 들지 않는다. 게다가 그녀의 말대로라면 지금은 허리를 굽혀야 하는 때 아닌가?

"네, 부탁드릴게요."

"홋, 나만 믿어라."

자, 그럼 세티아와 세레아에게 말하고 올까?

"자, 입어라."

세티아가 드래곤의 비늘로 만든 망토를 벗어서 나에게 입혀주었다. 그 세심한 마음씨가 고맙다. 뭐, 조금 작은 건 적당히 넘기자. 알록달록한 색깔의 깃털들이 붙어 있는 것도 넘기자. 나중에 뽑아내야지.

"그리고 이것도."

그걸론 안심이 안 되는지 세티아가 아뮬렛을 벗어서 내 목에 걸어주었다. 나는 웃는 얼굴로 아뮬렛을 목에 걸고는 그녀의 머리를 쓰다듬어 주었다. 그런데 이제는 환도까지 건네려는 게 아닌가? 세상에, 검사가 자신의 검까지 줄 정도라니. 조금은 감동했지만 받을 수는 없다.

"아냐, 이거면 충분해. 마음은 잘 받았어."

"으음, 무사히 돌아와야 하네."

그녀는 내게 약지를 내밀었다. 나는 빙긋 웃으며 손가락을 걸고 약속했다.

"그래, 세티아도 몸조리 잘해."

"우후후."

다음은 세레아다. 설마 또 뭔가 주려나?

"어딜 가서 무엇을 하든 당신이 제 것이라는 사실은 변하지 않아요. 다녀와요."

결혼까지 한 마당이지만 어쩐지 꺼림칙하게 느껴지는 소리인걸. 내 마음을 읽기라도 했는지 세레아는 짙게 웃었다. 아, 어쩐지 불안해지는걸. 저 여자의 의미 모를 웃음을 보고 있으니 마음이 싱숭생숭해진다.

뭐, 할 때 새디스틱적인 면이 좀 있는 것과 장난기가 심한 걸 빼면 사랑스러운 여자이기는 한데 사람을 마음대로 휘두르는 경향이 강하달까. 뭐, 여성 상위 사회에서 결혼한 남편으로선 별수없긴 하지만.

"응, 다녀올게."

둘의 입술에 가볍게 입을 맞춘 나는 뒤로 돌아섰다. 일행들은 가지각색의 얼굴로 내 이별식을 보고 있었다.

"지랄을 해요."

대거 놈, 두고 보자. 너도 라이트스피어와 좋은 분위기일 때를 노려 급습해 주마.

"하암."

한결같이 졸리신 우리 여사제님. 아니지, 이젠 주교님이었지. 직위 상승했다는 걸 깜빡깜빡한단 말이지.

"저질."

에티엔에게 끌어안긴 상태인 세페르의 평은 날이 서 있었다. 젠장, 여자를 좋아하는데 고질이 있더냐? 있다면 그건 또 뭔데? 뭐, 첫날밤을 셋이서 보낸 건 저질이라는 평을 들어도 뭐라 변명할 수가 없지만 자의가 아니었다고. 안 좋았다곤 말 못하지만.

유디트는 말없이 서서 기다리고 있었다. 어쩐지 수척해 보이는 건 내 눈의 착각인가? 아무리 미각이 맛이 갔다고 해도 요즘 먹는 게 몸에 안 받기라도 하나? 다크엘프들의 식단은 너무 극단적이라서 문제야.

"슬슬 가지."

에슬라의 말에 우리는 손을 잡고 원진을 만들었다. 에슬라가 주문을 외우는 것을 들으며 나는 흘낏 뒤를 돌아보았다. 세티아는 울먹이며, 세레아는 웃으면서 손을 흔들고 있었다.

아, 결혼했지.

헤어지는 마당에 갑자기 실감이 났다. 그래, 저 여자들은 내 아내이고, 내 자식을 가졌다. 전후 사정이야 어찌 되었든 나는 지금 저 여자들을 사랑한다. 상처 입히고 싶지 않아, 울리고 싶지 않아. 내겐 너무 소중한 존재이기에.

무사히 보는 그날까지 잘 있길 바라.

그녀들에게 웃어주는 것과 동시에 에슬라의 영창이 끝났다.

시야가 검어졌다.

제 2 2 장
교망(翹望)

교망 翹望

바다, 보러 갈까?

　　　　　세티아 리베이드와 세레아 리베이드의 나
이 차이는 20살이다. 인간으로 치면 2살 차이다. 그다지 차이
가 나지 않는다고 볼 수도 있겠지만, 세레아의 성정상 설사
관계가 역전되었다 해도 압도적인 권위를 발휘할 수 있었다.
사실 세레아가 아닌 누가 자매라 해도 세티아의 성격상 주도
권을 잡기는 힘들었겠지.

　"아, 그렇구나."

　이렇게 순진하게 믿어버리는걸. 50살의 세티아는 누이의
말에 고개를 끄덕였다. 부모님이 돌아가신 지 10년, 그녀가
믿고 의지할 존재는 이 세상 천지에 언니밖에 없었다. 장로들

이야 깐깐하고 잔소리만 많은 데다가 얼굴이 흉측해서 세티아가 굉장히 무서워했다. 그 외는 죄다 부하들에 불과하니 결국 대등하면서도 편하게 의지할 수 있는 상대는 하나뿐이었다.

뭐, 그 상대의 성격은 차치하더라도.

"그러니까 세티아는 순결한 몸을 간직해야 돼. 알았지?"

"응, 구세용자님을 위해서 말이지?"

"그냥 구세용자야. 님은 붙이지 마."

"알았어, 언니."

하루가 멀다 하고 세뇌당했다. 시간이 흘러 몸이 무르익고 정신도 성숙했지만 저 근본적인 부분에 박힌 세뇌는 건드려지지 않았다. 그리고 둘의 관계도 외양은 변한 것 같지만 속은 여전했다. 세티아가 큰 만큼 세레아도 크는 것은 당연지사.

"누이! 또 내 후르츠 칵테일을 먹어버린 건가?"

"어머, 언니라 부르라니까."

"잔말 말게! 내가 얼마나 아껴뒀던 것인데 그걸 해치운 겐가! 정말 누이는 자기 것도 있으면서 굳이 내 것을 먹는 이유는 뭔가?"

세레아의 눈이 차가워졌다.

"언니라 안 부르면 화낼 거야."

"윽……."

세티아의 기색이 수그러들었다. 이쯤에서 물러서지 않았다면 언니 사랑 3종 세트가 준비되었을 것이다. 다크엘프의 장군으로서 신망이 두텁고 절세의 검술을 가진 그녀였지만 언니 사랑 3종 세트 39,800원—뜻은 몰라도 누이가 이렇게 부른다—은 사양해 두고 싶었다.

"어, 언니."

"좋아, 좋아. 착하지? 흑흑, 애가 어릴 때는 참 귀여웠는데 커가면 커갈수록 무뚝뚝해져서는……."

세티아의 머리를 쓰다듬어 주던 세레아는 흐르는 눈물을 닦아냈다. 그것이 거짓인 거야 누구나 알 수 있지만 세티아는 그 누구나가 아니었다. 언니가 울자 마치 자신이 죄인이 된 양 안절부절못하며 몸 둘 바를 몰라 했다. 이미 그녀의 머리 속에서 후르츠 칵테일은 사라진 지 오래였다.

"저래서야 구세용자가 아내로 맞아주기나 할까? 만약 소박 맞으면 내가 어떻게 하늘에 계신 부모님을 뵐 수 있을까."

몇 번이나 겪었던 똑같은 패턴의 일인 데도 세티아의 머리는 그걸 떠올리지 못했다. 바보다. 진짜 바보다. 아무리 검술이 출중해도 이렇게까지 바보라면 정말 구제불능이다.

세티아는 바보답게 울기 시작했다. 언니의 감정에 전염되었다지만 세레아와 달리 세티아의 것은 진짜다. 연기가 아니다.

"우, 울지 마라. 모두 내가 잘못했다."

뭘 잘못했는지는 말하는 쪽도, 듣는 쪽도 알 수 없다. 애초에 그런 게 없었으니까.

"흑흑흑, 그렇지?"

열심히 연기하던 세레아의 눈이 살포시 가늘어졌다. 그 작은 변화를 눈치 채지 못한 세티아는 우는 얼굴로 고개를 끄덕였다. 그러자 세레아는 세티아를 끌어안고 등을 쓸어주었다. 세티아는 섧게 우며 누이의 어깨에 고개를 파묻었다.

세레아의 입에 작은 미소가 걸렸다.

아, 이제 남은 내 걸 먹어야지.

자매라고 해도 양보할 수 없는 것이 있었다. 세레아는 그것이 당연하다고 믿었다. 세티아에게 처녀성을 간직할 권리를 양보했으니 전 세계의 모든 후르츠 칵테일은 자신의 것이었다. 특히 세티아의 것은 무조건 그녀의 것이다. 흔히 망상이라 불리지만 그 실행자가 전대미문의 강력한 마법사라면 농담이 아니게 된다.

뭐, 처녀성을 간직할 권리를 양보했다는 것부터가 웃기는 소리였지만. 사실 세레아는 남자를 가지고 노는 것을 즐기니 '윈-윈' 전략이라고 할 수 있겠다.

'나는 나 하고 싶은 거 하니 좋고, 구세용자는 귀여운 내 여동생의 첫 번째 남자가 되니까 좋고.'

물론 거기에 세티아의 좋고 싫음은 없었다. 이미 세티아는 누이의 말을 철석같이 믿고 있었다. 여기서 성장 환경의 중요성을 다시 한 번 되새겨볼 수가 있다.

가장 중요한 것은 의식주, 부모의 사랑이 아니라 보호자의 성격이다.

세레아가 세티아를 사랑하는 것에 이견을 달 수 있는 사람은 없다. 애정이 있으니까 골려먹는 것 아니겠는가? 하지만 세레아는 타고난 여왕님이었고, 그 행위는 선악 이전에 자기중심적이었다. 게다가 능력도 출중하니 원하는 바를 성취하는 데 아무 부족함이 없었다.

그러니 결국 요 모양 요 꼴이지.

커가면서 세티아는 자신이 매우 여자답지 못한 데다가 괜히 키만 크다고 생각하게 되었다. 세레아가 그렇게 생각하게 만들었다. 물론 터지지 않을 정도로 간간이 간접 화법으로 주입시켰다. 저런 콤플렉스를 대놓고 공격하다 터지면 그것도 곤란하다. 세레아에겐 가벼운 여흥이었지만 세티아에겐 굳은 믿음이었기에.

다크엘프의 가정 구조는 남성이 집안일을 하고 여성이 바깥일을 한다. 둘의 관계의 주도권은 주로 여자가 쥔다. 그런 것에 비춰보면 세티아는 대단히 특이한 케이스였다. 남자를 사귀어본 적도 없다. 아니, 그전에 남자와 동등하게 마주 선 적도 없다. 집안의 남자 하인들이야 손끝으로 부리는 것들이다. 그 외의 남자들이라 봤자 장군님의 앞에서 감히 뻣뻣하게 굴 수 있는 자는 없었다.

"으으음."

일과를 마치고 방으로 돌아온 세티아는 깊은 한숨을 쉬었다.

"왜 나에겐 편지가 안 오는 거지?"

최근의 고민은 이것이었다. 무슨 편지인지는 모르지만 하여간 그녀 나이쯤 되면 다들 받고 있었다. 실제로 직속 부하 중 절반 이상이 받았고, 그 아래는 더 많이 받았다고 한다. 그걸 되새겨볼 때 마음이 초조해지는 것은 어쩔 수 없었다.

"으음, 대체 무엇을 받는 것인지."

한 번 용기를 내어 물어보니 아무도 알려주려 하지 않았다. 화가 나서 호통을 쳐봤지만 묵묵부답이었다.

"하아."

세티아는 옷도 벗지 않고 그대로 침대에 드러누웠다. 뭔지는 몰라도 그녀와는 인연이 없나 보다. 그러니까 고양이를 좋아하지만 그 귀여운 동물은 언제나 언니를 따르는 것과 비슷하다. 먹을 것으로 달래고 울음소리를 흉내 내어 보아도 눈길 한 번 주지 않는 괘씸한 동물.

"우후후."

그때 작은 웃음소리와 함께 문이 열렸다. 세티아가 고개를 들어보니 왕관을 단정히 쓴 세레아가 처음 보는 여자를 데리고 들어오고 있었다.

"누이, 무슨 일인가?"

"언니라니까."

세레아가 들고 있던 부채를 던졌지만 세티아는 가볍게 잡아챘다. 그러자 세레아는 짐짓 슬픈 표정을 지어 보이며 훌쩍였다.

"흑흑, 이제 좀 세졌다고 언니를 핍박하겠다, 이거구나? 훌쩍, 금이야 옥이야 키워놨더니 이제는 언니를 때리려고 하네."

"무, 무슨 소린가! 내가 누, 아니, 언니에게 그럴 리가 없잖나! 처음 보는 자가 오해할 만한 말은 하지 말라!"

세티아는 여자를 곁눈질하며 허둥거렸다. 상당히 깔끔해 보이는 인상의 미녀였다. 어차피 엘프인 이상 틀에서 찍어낸 듯한 미남미녀라는 점은 똑같지만 뭔가 다른 느낌이 있었다. 그게 뭔지는 정확하게 모르겠지만.

"이쪽은 가엔. 엘프와 다크엘프의 혼혈이야. 태양 아래서 활동할 수 있는 데다가 검을 꽤 다루고, 머리도 좋은 게 괜찮은 거 있지? 그래서 네가 써보라고 데려왔어."

"가엔이라고 합니다."

엘프와 다크엘프의 혼혈? 그 소리에 세티아는 가엔의 요모조모를 뜯어보았다. 나이가 언니보다 좀 더 있어 보인다는 것을 제하면 딱히 별다른 특이점은 없어 보였다. 아무튼 언니가 권해주는 것이니 당연히 받아들여야 했다.

"음, 이렇게까지 신경 써주다니 고맙군."

"어머, 어머. 하나뿐인 동생 일에 신경 쓰지 않을 리가 없잖아, 장군님."

여왕님은 동생의 손으로 넘어갔던 부채를 가볍게 빼앗아서 세티아의 이마를 툭, 쳤다.

"아무튼 잘 써봐. 나는 일이 있어서 이만 가볼 테니까."

"살펴 가라."

누이가 떠나가자 세티아는 일단 가엔에게 자리를 권했다. 가엔이 단정히 자리에 앉자 세티아는 턱을 긁으며 물었다.

"누구의 자식인가?"

"테말라의 딸입니다."

"음, 그랬었지. 테말라가 엘프와 혼인했다고."

그제야 기억이 났다. 꽤 화려한 가십거리였지만 세티아와 세레아가 태어나기 전의 일이다. 그렇다면 이 여자의 나이는 최소한 세레아보다 많으리라. 물론 다크엘프 사회에서 직위는 나이 순이 아니라 실력 순이다.

그리고 이들에게 있어서 극히 예외적인 경우를 제하고는 피가 능력을 대변한다. 테말라의 피라면 나쁜 쪽은 아니었다. 아니, 오히려 좋은 쪽이었다. 다크엘프에서 다섯 손가락 안에 든다.

"으음."

테말라에 대한 정보를 떠올린 세티아는 신음 소리를 냈다. 연유는 모르겠지만 엘프와 다크엘프의 교류—이들로서는 이례적인 일이다—에 자원했다고 한다. 모두 꺼리는 일에 자원했다고 아버지가 칭찬하던 기억이 어렴풋이 떠올랐다.

"그래, 잘 돌아왔군. 보직을 희망하는 곳이 있는가?"

"딱히 없습니다."

가엔의 딱딱한 대답을 들은 세티아는 잠시 생각에 잠겼다. 이자를 어디에 배치해야 될까. 태양 아래서 활동할 수 있다는 특수적인 능력을 고려해 볼 때 첩보부에 두는 것이 가장 나을 것 같다. 하지만 테말라의 딸이라는 점이 걸렸다. 사회를 위해 공헌한 자에게는 당연히 보상을 해줘야 한다. 그런 점에서 첩보부는 대단히 위험한 곳이었다.

"당분간 내 비장(裨將)을 하게나. 좋은 곳이 나면 발령하도록 하지."

"알겠습니다."

이리하여 세티아는 비장을 두게 되었다. 본래 장군이라면 당연히 하나 정도는 있어야 하지만 세티아는 성격상 그동안 두지 않고 있었다. 그것을 보면 세티아도 나름대로 숙고해서 내린 결론이었다.

"그런데 말이야……."

일주일이 되어가던 때, 문서를 들여다보던 세티아가 입을 열자 그 옆에 묵묵히 서 있던 가엔의 시선이 움직였다. 문서의 내용은 특별할 것이 없는 정기 보고였다.

"비를 맞아본 적이 있나?"

"몇 번 맞아본 적이 있습니다."

세티아의 눈이 반짝였다.

"눈은?"

어리석은 질문이었다. 엘프들의 주거지는 대륙 최북단 국가인 크렛탐, 장소에 따라서는 일 년 내내 눈을 구경할 수도 있다. 그들과 함께 생활하던 가엔이 눈을 못 볼 리가 없었다.

"맞아봤습니다."

"으음, 부럽군."

세티아는 솔직히 동경의 감정을 표했다. 그녀로서는 알 수 없는 것들이었다. 태양 아래서 활동 못한다는 말이 달 아래서는 활동할 수 있다는 소리와 같진 않았다. 최소한 세티아에겐 통용되지 않았다.

진한 피는 강력한 힘을 부여했지만 동시에 족쇄이기도 했다. 다크엘프의 피가 진한 만큼 그 저주의 효과도 강한 것이다. 피가 엷은 자라면 밤에 활동해도 문제가 없지만, 세티아 같은 진혈은 그것도 불가능하다.

"하늘은 어떻게 생겼는가?"

"막막합니다."

가엔은 무감동하게 설명했지만 세티아는 입을 조금 벌리

고 눈을 감았다. 세티아가 기다리는 자세이자 가엔은 애써 말을 쥐어짜냈다. 그녀로선 언제나 보아왔던 하늘, 새삼스러울 것도 없는 것을 특별한 것처럼 말하기는 힘들었다. 어린 상관을 위해 노력해 봤지만 안 되는 것은 안 되는 것이다.

"파랗고 하얗습니다. 파란 것은 하늘의 바탕색이고, 하얀 것은 구름입니다. 때때로 까매지기도 하고 붉거나 노랗게도 됩니다."

"아아."

세티아는 고개를 끄덕이고는 눈을 떴다.

"정말 보고 싶군. 나는 패밀리어도 못 만드니 원."

된다면 시야라도 공유해 볼 텐데 말이지. 이상하게도 그녀는 패밀리어를 만들 수 없었다. 리베이드에 흐르는 강력한 소서러의 피를 감안해 볼 때 그것은 실로 괴이한 일이었다. 물론 마법은 쓸 줄 안다. 하지만 그것과 패밀리어는 별개라는 듯 도통 뜻대로 되지 않았다. 결국에는 포기한 상태이다.

"언젠가 그분이 오시면 속박이 풀어진다고 들었습니다."

"으음, 그렇지, 구세용자."

세티아는 고개를 끄덕였다. 그자라면 자신에게 하늘을 보게 해줄 것이다. 뭐, 그건 그때의 즐거움으로 미루어두자. 지금은 근무 시간이다. 그것을 자각한 세티아는 서류로 눈을 돌렸다. 하지만 어쩐지 집중이 되지 않는다.

"가엔, 편지를 받아본 적이 있는가?"

"무슨 편지 말씀이십니까?"

난데없는 소리에 가엔의 고개가 조금 기울어졌다. 조금 우물쭈물하던 세티아는 입술을 한 번 깨물고는 물어왔다. 결연한 목소리가 인상적이다.

"다들 받고 있는 것 말일세. 이상하게 나에게만 오지 않더군. 왜지?"

곰곰이 생각하던 가엔은 세티아가 무슨 소리를 하는지 알아차렸다. 그녀는 청혼장을 이야기하고 있었다. 다크엘프들에겐 연애라는 개념이 없다. 정확히 말하면 연애 결혼이라는 개념이 없다.

그들의 사회 구조는 분명히 여성 상위였지만 결혼에서만큼은 예외였다. 무조건 남자 쪽이 청혼하고 여자가 가부를 결정한다. 선택의 권리는 남자에게, 결정의 권리는 여성에게 있는 것이다. 운이 정말 좋으면 한 번으로 끝나지만 잘못했다간 수십 번 고생하는 제도였다.

장군이란 사람이 이런 기초적인 제도를 모르는 것이 이상했지만 가엔은 내색하지 않았다.

"청혼장입니다."

"…으으음."

그 말에 세티아의 안색이 어두워졌다. 청혼이 뭔 소리인지 모르는 것은 아니다. 오히려 잘 알아서 문제다. 물론 그녀에겐 구세용자라는 내정된 상대가 있었다. 이름도 모르는 상대라고 해서 거절할 생각은 아니다. 그것은 당연히 정해진 것이다.

그녀로선 아무도 자신에게 보내지 않는다는 것에 문제가 있었다.

이것저것 제하고 결론적으로 말하자면 그녀와 결혼하고 싶지 않다는 소리도 되지 않는가? 거기까지 생각이 미친 세티아의 안색이 창백해졌다. 이것은 중대한 문제였다. 여성으로서의 매력이 바닥을 치다 못해 마이너스의 영역을 달린다는 소리와 뭐가 다른가?

세티아는 저도 모르게 검지의 끄트머리를 입에 물었다. 그리고는 가엔을 묘한 시선으로 올려다보았다. 그 애틋한 눈빛을 받은 가엔의 마음이 조금이지만 흔들렸다. 이건 무슨 비에 젖은 강아지가 애정을 갈구하는 기색이었다. 대체 어디서 이런 걸 배웠는지 모르겠다.

"역시 내게 여성으로서 매력이 부족한 것인가? 그래서 다들 안 보내는 건가?"

가엔은 머리가 아파오는 것을 느끼고 얼굴을 찌푸렸다. 상관에 대하는 데 있어 무례한 인상이라는 생각은 이미 뒷전이었다. 이런 곤란한 질문은 엘프들에게도 못 받아봤다. 어떻게 대답해야 할까.

"부족하지 않다고 봅니다."

아직 나이가 덜 찼음에도 이미 성숙한 여인의 것인 마냥 풍만한 육체, 그리고 다크엘프 중에서도 빼어나게 뛰어난 미모. 여성으로서의 매력이 부족하다는 것은 말도 안 되는 소리다.

"그렇지만 나에게 청혼이 들어오질 않고 있잖아. 가엔, 그대는 받았는가?"

거짓말은 할 수 없다.

"받았습니다."

"몇 통인가?"

역시 거짓말은 할 수 없다. 가엔은 기억을 더듬어 총계를 냈다.

"45통입니다."

"크으으윽."

세티아는 고개를 숙이고 책상을 내려쳤다. 기물을 부쉈다 간 또 언니가 괴롭힐 게 뻔하기에 동작만 요란했지 힘은 전혀 들어가 있지 않았다.

"그대가 부임한 지 며칠이나 됐지?"

대부분의 다크엘프들이 그렇듯이 가엔은 정직하다.

"일주일입니다."

"그런데 45통이야! 150년 동안 있던 나는 단 한 통도 없는데!"

세티아는 분한 눈으로 가엔의 몸을 훑어내렸다. 침착한 표정에 여성스러운 몸매, 남의 떡이 더 커 보이는 법이다.

"나, 남자들은 그대 같은 여자를 좋아하는 거군. 역

시……."

　이제는 풀이 죽어버렸다. 가엔은 입술을 손가락 끝으로 매만지며 고개를 저었다. 아무리 생각해 봐도 그것은 아니다. 아름다움으로 따지면 세티아 쪽이 앞선다. 그리고 여성스러운 성격이나 귀여움이라면 세티아의 압승이었다. 애초에 이런 것에 신경 쓰는 게 여자다운 것 아닌가? 가엔이 관심도 없는 것에 비하면 세티아가 못 받을 이유는 어디에도 없었다.

　"그건 아니라고 생각합니다."

　"됐네. 억지로 위로해 줄 필요는 없네. 이걸로 잘 알았으니까."

　위로가 필요없다는 주제에 어깨는 축 처지고 고개는 땅을 향한다. 게다가 성량도 평소의 절반도 되지 않는다. 명백히 기분이 다운된 상태. 직속 부하로서 이대로 두고 볼 수만은 없었다.

　가엔은 머리를 굴려 간신히 조언을 떠올렸다.

　"화장이라도 해보시는 게 어떠시겠습니까?"

　다크엘프의 빈곤한 상상력의 한계였다. 이미 세티아의 미모는 절세 미녀라는 소리를 듣기에 충분했다. 더 꾸민다면 과장없이 경국지색이라는 평까지 받아낼 수 있겠지만, 이 경우 문제는 외모가 아니라고 봐야 했다.

　"음? 화장이라, 화장… 하면 괜찮을까?"

"연지 정도라면 발라 드릴 수 있습니다."

장군과 비장이 힘을 모으기 시작했다. 목표는 한 장이라도 좋으니 청혼장을 받아보는 것! 소녀의 작은 소망을 위해서 힘내자!

당연히 받을 수 있을 리가 없었다.

"…으우."

서류철에 고개를 처박은 세티아는 억눌린 신음을 냈다. 연지고 뭐고 지워 버린 지 옛날이다. 화장도 모자라서 세레아나 입을 법한 화려한 옷도 입었다. 그리고 실제로 남자 하나를 잡고 대시까지 시도했다. 어째 목표가 어긋난 것처럼 보이지만 그녀에겐 그만큼 절실했다.

그것은 옛 약속, 부모의 죽음 앞에서 망연히 울던 동생에게 언니가 부탁한 것.

구세용자만이 우리들을 구할 수 있으니 그의 마음에 드는 여자가 되어라.

"하아……."

그런데 남자들이 거들떠도 안 보니 이래서야 무리였다. 보통 남자들도 저 정도인데 구세용자쯤 되면 눈길도 안 주겠지. 그걸 생각하면 아찔해질 뿐이다. 종족의 운명이 자신의 두 어깨에 달렸는데 제대로 하지 못하다니.

가엔은 세티아의 우울한 얼굴을 내려다보며 생각에 잠겼

다. 상식적으로 이건 말이 안 된다. 장군이라는 직책이 대단하다고 해도 간 부은 남자는 어디서나 나오는 법이다. 장군의 부하에게는 편지가 쉴 새 없이 오는데 훨씬 더 아름다운 장군에게는 한 통도 오지 않는다는 건 이해할 수가 없었다. 어떤 알 수 없는 힘이 뒤편에서 작용하고 있다고 봐야 옳다.

"만약 제가……."

거기까지 말하던 가엔은 입을 다물었다. '제가 남자였다면 주저하지 않고 청혼하겠습니다' 왠지 이 소리는 오해의 소지가 다분했다.

"응? 뭐라고 했나?"

뒤늦게 세티아가 고개를 들었다. 귀가 처져 있고, 기운이 하나도 없어 보이는 게 비에 쫄딱 젖은 강아지 같다. 가엔은 천천히 생각을 정리했다.

"이상합니다. 상식적으로 한 통도 오지 않는 것은 말이 안 됩니다."

"됐네, 됐어. 역시 나에게 매력이 부족한 거야. 키가 너무 크고 말투도 이상하다고."

"…누가 그런 말을 했습니까?"

말하는 걸 보니 농담이 아니다. 한두 번 했을 때는 겸양이겠거니 하고 넘어갔는데, 함께 지내다 보니 그런 것이 아니었다. 세티아는 겸양 같은 고난도의 화술을 쓸 재주가 없는 여자다. 그렇다면 진심으로 믿고 있다는 것. 게다가 말하는 투를 보니 옆에서 누가 말해준 모양인데, 그럼 누가 저런 말도 안 되는 소리를 했단 말인가?

"응? 누이가 그랬다네."

가엔의 태도가 일변하자 놀란 세티아는 눈을 깜빡였다. 같이 지낸 지 2주가 넘어가는데 이 여자의 분위기가 변한 것은 처음 본다. 숨을 깊게 몰아쉰 가엔은 고개를 저었다. 이 일은 은밀히 조사할 필요가 있었다.

"그렇게 생각하지 않습니다."

"후후후, 애써 그런 소리를 해줄 필요는 없다네. 일이나 해야지."

다크엘프의 장군은 처연하게 웃어 보이곤 서류로 눈을 돌렸다. 아무래도 포기해야겠다. 하지만 옆에서 그 모습을 지켜보는 비장의 가슴속에서는 조용한 불꽃이 타올랐다.

장군의 직속 부하 정도 되는 위치라면 그 자신도 따로 부하를 거느리기 마련이다. 굴러온 돌이 갑자기 위세를 부리는 격이라 반발이 심했지만 시간이 지나니 모두 잠잠해졌다. 굴러온 돌은 그 자리를 차지할 정도로 충분히 유능했고, 자진해서 엘프와 혼인한 테말라의 딸이었다. 모두들 이 정도의 대접은 당연하다고 수긍한 것이리라.

"묻겠다."

부하 중 하나를 부른 가엔은 눈을 깜빡였다. 다크엘프 남성, 그들은 상관의 이런 모습에 긴장했다. 사방이 밀폐된 이 방도 그렇고, 태도도 장난이 아니다. 뭔가 중차대한 임무를 하명받을 것 같았다. 바짝 긴장한 그에게 낮은 목소리가 들려왔다.

"세티아님을 아는가?"

모를 리가 없지.

"네!"

기운 차게 복창한 부하를 향해 두 번째 질문을 던졌다.

"그분에게 매력이 없는가?"

남자의 입이 딱 달라붙었다. 주어진 시간은 6초, 그는 필사적으로 머리를 굴려서 변명을 생각해 냈다.

"충분히 있으십니다!"

"그런데 왜 그분에게 편지를 보내지 않지?"

"저는 사모하는 분이 계십니다!"

과연 군에 지원해 여기까지 올라온 남자다운 대처였다. 다크엘프 남성은 군대에서 백안시당하는 편이었다. 남자가 집에서 살림이나 할 것이지 어딜 감히~ 라는 분위기가 은연중에 조성되어 있는 것이다. 그런 불리한 분위기에서 여기까지 올라오려면 단순한 용력만으로는 불가능했다. 상관의 비위를 적절히 맞추는 재주와 분위기 파악은 기본이다.

"흐음."

저렇게 말하면 파고들 구석이 없다. 가엔은 고개를 끄덕여 이들을 내보냈다. 곧 다음 남자들이 들어왔다.

대답은 똑같았다.

세 번째까지는 그러려니 했는데 네 번째도 대답이 비슷하니 의심이 가기 시작했다. 이것들이 짜기라도 했는지 죄다 사모하는 여자가 따로 있는 게 아닌가?

사실 세티아 정도라면 아이돌(Idol)로 삼기 충분하다. 어린 나이에 장군에 오른 최강의 검사! 미모도 빼어나고 성격도 귀엽다. 숭배자가 없다면 그것이야말로 이상하다. 문제는 그 이상한 상황이 실제로 일어나고 있다는 것.

"이상한데?"

일곱 명째에서 가엔은 조사를 관뒀다. 아무래도 이 방법은 아니었다. 누군가 손을 썼다. 대체 이런 것에 손을 써서 뭘 할려는 의도인지는 모르지만 어떤 강력한 힘이 뒤에서 작용하고 있었다. 어지간히 할 일도 없는 모양이다.

"후우."

가엔은 헝클어진 머리를 쓸어 넘기며 정리했다. 이 이상 파고들면 그쪽이 눈치를 챌 것이다. 그건 위험하다. 방법을 달리하거나 여기서 그만두는 게 현명하다. 가엔은 턱을 괴고 잠시 생각에 잠겼다.

삐걱.

이미 눈치를 챈 것 같다. 가엔은 자리에서 일어나 손님에게 경례했다.

"충성!"

"우후후, 쉬어요."

농밀한 웃음을 띤 다크엘프의 여왕은 방 안을 사선으로 걸었다. 액자 앞에 멈춘 그녀는 낮게 말했다.

"가엔, 오늘 이상한 소리를 들었는데 말이죠."

"무얼 말씀이십니까?"

이미 저쪽도 눈치를 채고 있다. 서로가 적이라는 것은 명백하다. 여기서 중요한 것은 어느 쪽이 끝까지 뻗댈 수 있느냐는 것. 가엔은 오기로 버티기로 했다.

"세티아가 청혼을 못 받는 이유에 대해서 조사한다면서요?"

"네, 그렇습니다."

다 알고 왔다면 부정할 수야 없다. 그렇다고 순순히 물러서줄 생각도 없지만. 가엔의 대답에 세레아는 뒤를 흘낏 돌아보았다. 그 얼굴은 여전히 웃고 있었지만 어쩐지 방금 전의 웃음과는 그 성질이 달랐다. 그걸 깨달은 가엔은 등골이 서늘해짐을 느꼈다.

"어머, 제가 무서워요?"

세레아가 천천히 다가왔다. 가엔은 상대의 강함을 인지하고 이를 악물었다. 아니, 악물려고 했다.

그런데 몸의 자유가 없었다.

손가락 하나, 눈동자 하나 마음대로 움직이지 못한다. 어느 순간 눈앞의 상대에게 완전히 종속되어 있었다. 과연 최강의 마법사라 불릴 만한 여자였다. 언제나 웃는 낯에 장난기가 좀 지나친 다크엘프라고만 생각하면 곤란하다.

"우후후, 충성심이 넘치는 것도 좋지만 제가 그린 그림을 망치는 것도 곤란하죠."

세레아의 손이 가엔의 턱을 매만졌다. 몸에 낯선 타인의 손길이 닿았음에도 불구하고 가엔은 아무런 반응도 하지 못했다. 가엔의 갸름한 얼굴을 쓰다듬던 손이 어느새 앞섶을 헤치고 들어갔다.

"어머, 걱정 말아요. 전 여자에겐 취미가 없으니까. 단지……."

능숙한 움직임 앞에 속옷은 무의미하다. 보기 좋게 부풀어 올라 있는 가슴에 손이 닿는다. 심장이 뛰는 소리를 음미하며 세레아는 가엔의 귀에 속삭였다. 일련의 행위에 아무런 반응도 할 수 없었지만 듣는 것만큼은 가능했다.

"마침 이것도 기회이니 제가 그린 그림을 말해줄까요? 저는 세티아가 구세용자만을 바라보게 만들 거예요. 뭐, 저야 밤이 즐겁고 덤으로 가지고 놀 수 있는 남자라면 상관없지만 세티아는 그게 아니잖아요? 그 아이, 너무 순진하니까."

손가락이 섬세한 움직임으로 유륜 주위를 훑는다.

"제가 그렇게 만들었지만요. 으음, 그러니 책임을 져야겠죠? 행여나 세티아가 다른 남자에게 눈을 돌리면 곤란하니까 아예 열등감을 심어놓는 게 어떨까 해서 그려본 거예요."

세레아는 혀를 살짝 내밀어 가엔의 귀 끝을 물었다. 낯선 감촉에 소름이 끼쳤지만 그조차도 표현할 수 없었다. 난생처음으로 가엔은 울고 싶다고 생각했다. 그러나 울고 싶어진 상황에서도 울 순 없었다.

"뭐, 궁극적으로 취향대로 됐으니까 다행이에요. 세티아는 참 귀여운 여자 애가 됐지 뭐예요. 검술 실력도 발군에 몸매도 좋고, 얼굴도 예쁘고, 게다가 성격도 놀려먹기 좋을 정도로 순진해서 사랑스럽죠. 자기가 여자답지 못하다는 콤플렉스가 강한 여검사. 어떤 남자가 사랑하지 않고 배길 수 있을까요?"

갑자기 손놀림이 거칠어졌다.

"그래요. 저는 문제없어요. 하지만 제 동생이 문제죠. 그래서 이래저래 손을 본 거예요. 운명을 받아들이기 힘든 정신이라면 처음부터 받아들일 수 있게 만들면 되죠. 그런데 남이 열심히 그린 그림을 훼손하면 곤란하죠."

숨이 안 쉬어진다고 생각한 순간 가엔은 의식을 잃었다.

"우후후."

쓰러지려는 가엔을 잡아 의자에 앉힌 세레아는 웃고 있었다. 이걸로 한 건 해결이다.

"재미있으니까 하는 일이에요. 우후후."

세레아는 콧노래를 불렀다. 갑자기 남자가 안고 싶어졌다.

그녀는 다크엘프 남자는 상대하지 않는다. 지나가는 여행객 중에 젊은 인간 남자가 있으면 좋을 텐데.

"음, 귀여우면 좋겠는데."

세레이는 몸을 돌려 방을 빠져나가기 전에 잠시 뒤를 돌아보았다. 그리고 다시 웃었다.

"후후후, 사실 콤플렉스 같은 거 안 심어놔도 되긴 하죠. 용자팔검이 용자에게 끌리는 것은 숙명이니까. 그냥 이게 귀여우니까 한 번 해본 거예요."

결론은 동생을 세뇌한 것은 단순한 재미였다. 하지만 그녀의 경우는 어떤가?

"글쎄…… 나는."

처음부터 정해져 있는 운명이다. 사람이 아닌 인간의 모습을 취하고 있는 검의 운명, 그 주인에게 굴하고 복종하는 것이 당연한, 그렇게 짜여진…….

여왕의 얼굴에서 감정이 사라졌다.

입술을 지그시 깨문 세레이는 찬바람을 일으키며 자신의 방으로 돌아갔다.

"뭐 하는가?"

세티아는 의자에 몸을 기대고 자고 있던 가엔을 흔들어 깨웠다. 가엔은 잠시 눈을 깜박이다가 상대를 확인하고는 후다닥 일어났다. 그 재빠른 동작을 본 세티아는 어이없는 얼굴이 되었다.

"되었네. 피곤한 모양인데 계속 쉬게나."

"죄송합니다."

"아니, 어차피 오늘은 일도 별로 없을 것 같고. 그대처럼 유능한 자가 쓰러지면 곤란하니 오늘은 쉬어두게."

가엔이 뭐라 말하려 했지만 세티아가 가볍게 쏘아보았다. 그 매서운 눈빛에 가엔은 고개를 끄덕였다. 사실 몸이 좋지는 않았다. 머리가 이상하게 무겁다. 세티아가 눈치 채지 못할 정도로 작게 인상을 찡그린 가엔은 경례를 하고 몸을 돌렸다.

"아, 잠깐. 오늘 그대에게 온 청혼장들이네."

세티아가 책상에 수십 통의 연서를 쏟아내었다. 어지간한 양이 아니라서 질린 얼굴이었다. 가엔은 그 편지 더미들을 멍하니 내려다보았다.

"그런 얼굴 하지 말게. 뜯어보고 안 게 아니니까. 그대에게 이렇게 많은 편지가 온다는 것은 연서 이외에 없겠지."

가엔의 표정을 오해한 세티아가 덧붙였다. 부럽기는 했지만 그것과 이것은 별개의 문제다. 수하의 사생활에 함부로 개입할 정도로 세티아가 개념이 없지는 않았다.

"그게 아닙니다. 단지……."

머릿속이 휘저어지는 기분이다. 뭔가 잡힐 듯하면서도 잡히지 않았다. 생각하면 할수록 정신이 멍해져 갔다.

"괜찮은가?"

세티아가 걱정스레 묻자 가엔은 애써 고개를 끄덕였다. 아무래도 병이라도 걸린 게 아닌가 싶다. 정말로 단순히 피곤한 것인가? 200년 생에 이런 적은 한 번도 없었는데 오늘은 굉장히 이상한 일이었다. 의문이 멈추지 않았지만 가엔은 고개를 숙여 보이곤 연서들을 가지고 방 밖으로 나왔다.

"음?"

복도로 나와서야 가엔은 자신의 셔츠 앞섶이 열려 있는 것을 깨달았다. 게다가 속옷까지 흐트러져 있다. 우연치고는 지나치다.

"......"

추행이라도 당했던 것인가? 하지만 그랬다면 잠에서 깨어나지 않았을 리가 없다. 설사 약물을 사용했다고 해도 그에 대한 저항력은 충분히 있다. 마법에 대한 저항력도 어느 정도 있지만······. 가엔은 곰곰이 생각하며 자신의 몸 상태를 확인했다. 일단 가슴 아래쪽은 별 이상이 없는 걸로 봐서는 소심한 남자일 가능성이 컸다.

더 알 수가 없게 됐다.

가엔은 세티아의 직속 부하다. 그런 위치에 있는 여자를 잠든 사이에 건드린 남자가 소심하다고? 납득하기가 어려운 경우였다. 그런 모험을 할 정도라면 간이 부어도 단단히 부은 놈이다. 그런데 왜 가슴밖에 손을 안 댔을까? 잘 차려진 밥상인데.

자신을 밥상으로 담담하게 비유하던 가엔은 고개를 휘휘 저었다. 정말 머리가 이상해진 것 같다. 아무래도 수면 부족인 것 같다. 몸이 흐트러진 것에 대한 추리는 자고 나서 해도 충분하다.

가엔은 숨을 깊게 들이쉬고 복도를 걸어갔다. 어서 원상 회복을 하고 세티아님을 돕지 않으면 안 된다.

기운 차게 걸어가는 모습을 모퉁이에서 훔쳐보던 여왕은 씩 웃었다.

이후 약학부와 마법부, 그리고 경비대는 뜬금없는 상관의 추궁 때문에 상당한 고생을 하게 되었다. 그리고 원인 제공자인 여왕은 즐거운 마음으로 구경했다고 한다.

시간이 흘러 세티아는 한층 더 아름다운 모습으로 자라났다. 빼어난 아름다움을 자랑하는 그 모습을 접한 다크엘프 남자들은 녹아내리는 가슴을 주체할 수 없었지만 상부의 엄명에는 절대 복종해야 했다. 그래서 세티아는 단 한 통의 연서도 받아보지 못했다. 대신 가엔에게는 더 많은 연서가 왔다. 꿩 대신 닭이랄까?

"후우."

오늘도 높은 산을 이루고 있는 옆자리의 연서를 훔쳐보며 세티아는 낮게 신음했다. 이젠 포기다, 포기. 그래, 나에게는 여자의 매력이라고는 전혀 없는 거야. 나가서 검이라도 휘둘러야지. 심란해진 마음을 떨치기 위해 몸을 일으켰다. 땀이라도 흘리면 조금 괜찮아질 것 같았다.

"큰일입니다!"

무슨 일이라도 있는지 크게 다친 다크엘프가 굴러 들어오며 외쳤다. 출혈이 심한 것을 보아하니 금방이라도 쓰러질 것 같았다. 그 모습에 놀란 세티아가 한쪽 무릎을 세우고 앉았다. 장군이 눈앞에 있다는 것을 깨달은 여자는 피를 게워내며 상황을 보고했다.

"특A가 난동을 부리기 시작했습니다! 보급 부대가 당했……."

"그래, 쉬어라. 가엔, 의료반을."

쓰러진 수하의 치료를 명령한 세티아는 잠시 눈을 감았다. 특A라는 것은 최근 동부 산맥으로 이주해 온 블랙 드래곤 3형제를 이야기하는 것이다. 다른 차원의 용들인 그들과 다크엘프는 우호적인 관계를 맺기 위해 노력했지만 허사였다. 뭐, 원래 피부색이 칼라풀한 것들이 한성질 하지 않던가?

"후우."

칼라풀한 종족의 장군은 잠시 한숨을 쉬었다. 군대를 쓸 순 없다. 기술엔 제약이 걸려 있었다. 그것은 어디까지나 자위를 위한 것이다. 이 사정을 아는지 모르는지 블랙 드래곤들은 다크엘프의 거주지 밖에서 난동을 부리고 있었다. 이에 숫자로 밀어붙이는 것은 어리석은 짓이다.

세티아는 등에 걸고 있던 환도에 손을 가져갔다. 묵직한 감촉이 손끝에 전해진다. 검을 들고 있을 때는 패배를 생각해 본 적이 없다. 비록 그것이 우주 최강의 종이라 불리는 용이라고 할지라도.

"누이에게는 알리지 마라."

세티아의 지시에 가엔은 고개를 흔들었다. 말도 안 되는 요구였다.

"혼자 가시는 것은 위험합니다."

"내 성취를 시험해 보고자 하는 마음도 있네. 무사히 돌아올 것을 약조하지."

세티아의 결연한 어조에 가엔은 입을 다물었다. 사실 세티아의 무(武)는 아무도 측량하지 못했다. 다크엘프의 이름 높던 검사도 세티아와 한 합을 겨루지 못했다. 돈을 들여 초빙해 온 외부 인사들도 마찬가지였다. 세티아도 지금 자신이 어느 정도 경지인지 가늠하지 못했다. 무모한 짓이지만 용이라면 충분히 잴 수 있을 것이다. 목숨을 걸어야겠지만.

"그럼 다녀오겠네."

다크엘프의 빠른 발 덕분에 세티아는 긴 시간을 들이지 않고 사건 장소에 도착했다. 수레가 박살나 있고 여기저기 시체가 널려 있었다. 다들 무기를 꼭 쥐고 있는 것을 보아하니 죽기 직전까지 대항했던 모양이다.

"여어, 확실히 예쁘군."

그때 소리가 들렸고, 세티아는 뒤를 돌아보았다. 동시에 손을 움직였다. 망설일 이유는 없었다. 지금 여기서 살아 움직이는 것, 게다가 저렇게 태연하게 이야기할 수 있는 것은 적뿐이었다.

푸악.

환도가 두 번 움직였다. 상대의 목과 심장이 날아갔다. 남자는 자신이 무슨 일을 당했는지 모르는 얼굴로 눈을 껌뻑이다가 쓰러졌다. 회복 마법이고 뭐고 쓸 새도 없는 즉사였다.

"억?"

뒤에서 지켜보던 두 남자가 놀란 소리를 냈다. 세티아는 차가운 눈으로 그 둘을 관찰했다. 둘 다 대머리에 문신을 그려 놓았는데 하나는 뱀이고, 하나는 닭이었다. 그리고 지금 즉사시킨 것은 개였다. 센스가 최악이다.

"동족 살해, 처벌은 처형이다. 용."

"감히 막내를 죽였겠다!"

나이를 천 살이나 먹었지만 그들의 우애는 뜨거웠다. 뭐, 그 뜨거운 우애를 위해 다크엘프 좀 먹어치우려고 했더니만 음식인 예쁜 여자 애가 지랄하는 게 아닌가? 그게 재롱이면 가볍게 봐주겠는데 순식간에 막내가 뒈져 버렸다. 분노하지 않으면 형제가 아니었다.

"그 목숨으로도 갚기 어렵다! 가죽을 벗기고 살은 먹어주마!"

저딴 소리를 들으니 오히려 가슴이 차분해진다. 세티아는 가슴 앞에 검을 세우고 호흡을 길게 들이쉬었다. 그리고 눈을 감았다.

어떻게 용을 죽였더라?

그냥 휘둘렀다.

감정, 이성, 이유, 살의 모든 것이 배제된 검격이었다. 다시 해내기 어려운 공격이리라. 잠재된 무의식과 의식적인 수련이 조합해 낸 최고의 공격, 그래서 천 년을 넘게 산 용도 단방에 죽어버렸던 거겠지.

하지만 두 번이 될까?

"크아아아아!"

용이 분노하는 소리를 들으며 세티아는 사고했다. 필사적일 것도 없다. 이길 방도를 어떻게든 찾아야 되는데 가슴과 머리가 한결같이 차분했다.

용을 한칼에 잡았다는 점에 대한 자신감도 없다. 정식으로 상대하면 위험한 승부가 되리라는 점에 대한 불안감도 없다. 살해당한 부하들에 대한 연민도, 잔학한 행위를 서슴없이 한 상대에 대한 분노도 없다.

아무것도 없다.

지금 자신은 단지 무(武)를 표현하는 것, 그것뿐이었다.

검이 춤을 추기 시작했다.

마황은 압도적이었다. 목소리만으로 종족 전체에 금제를 걸었다. 언니는 제 발로 하피드에게 인질이 되어 세티아 자신이 임시로 여왕 자리를 맡게 되었다. 왕관이 상당히 신경 쓰였다. 언제 용자가 오는 것인지 조바심이 나기 시작했다.

겉으로 표현하지는 않았지만 세티아는 폭발 직전이었다. 언제나 옆에 있어주었던 언니가 없다. 그것만으로도 심기가 어지러운데 산재한 문제들이 그녀를 괴롭혔다. 가엔이 그녀를 도와주지 않았다면 일을 벌려도 크게 벌렸을 것이라. 확실히 세레아는 선견지명이 있었다.

용자가 왔고, 니메그를 잡았다.

비록 부활의 후유증으로 약해져 있다지만 인간과의 차이는 역력하다. MP3가 Ogg의 음질을 따라갈 수는 없는 법이다.

용자는 니메그를 살해함으로써 자신을 증명했다.

세티아는 가장 신뢰하는 심복인 가엔에게 그에게 사정을 말하고 불러오라 했다. 니메그를 잡았다면 같은 칠단장인 하피드도 잡을 수 있는 것. 그의 도움이 절실했다.

세티아에겐 하피드 따위는 문제도 아니었지만 문제는 마황이었다. 그것은 실로 막막한 존재였다. 단지 목소리, 그것만으로 패배했다. 자만한 적은 없지만 이런 말도 안 되는 격차는 좁힐 엄두가 나지 않았다. 오죽하면 언니가 순순히 말을 들었겠는가.

이 굴레를 깨줄 자가 용자라고 한다. 그래서 꽤 기대하는 마음이 있었다.

그리고 용자가 왔다.

예쁜 백발에 자신과 이야기하면서 흐트러짐없는 침착한 태도가 마음에 들었다. 그리고 유려한 언변과 공손한 태도는 그녀가 갖추지 못한 것이었다. 그러다 이야기가 태초의 저주에 미치자 저도 모르게 얼굴이 빨개졌다.

이 남자에게 안기게 된다.

잘은 모르지만 일단 알몸으로 한다는 것 정도는 안다. 부끄럽지 않다면 거짓말이지만, 사실 그녀는 이 남자에게 안기기 위해 태어났다고 해도 과언이 아니었다. 숙명이다. 어쩔 수 없다. 뭐, 그런 것을 제하더라도 처음으로 동등한 입장에서 마주한 남자는 굉장히 매력적이었다.

얼굴이 궁금해서 억지로 보았다가 화내기는 했지만 쉽게 용서해 주었다. 왜 가리고 다니는지 모르겠지만 관용심도 있는 것 같다.

사실 세티아는 구세용자에 대해서 깊게 생각해 본 적이 없다. 그녀는 언니에게 그와 결혼해야 한다고, 그리고 그때까지 깨끗한 몸을 유지해야 한다고 교육받았을 뿐이다. 그가 일족의 구원자라고 하지만 별로 실감이 안 난다. 감이 오지 않는 달까. 지하에서 태어나 계속 쭉 살아왔다. 지상이라는 곳은 한 번도 본 적이 없다.

이 남자와 맺어짐으로 인해 일족이 지상으로 나가게 된다지만 굳이 그럴 필요가 있나 싶다. 지금까지도 지하에서 잘 살아오지 않았던가? 언니가 중요하게 여기는 것 같아서 뭐라 말은 안 했지만.

사실 그런 것이 중요한가?

세티아는 리워드에게 푹 빠져들었다. 표현하는 법을 잘 몰랐지만 나름대로 최선을 다했다. 남자에게 어필하는 법은 언니에게 배워두었다. 하지만 어쩐지 그녀의 호의에 상대는 껄끄러워하는 것 같았다. 순진하다고 해서 눈치가 없는 것은 아니다. 그녀는 그 대신 앞일에 집중하기로 했다.

용자의 몸 상태는 엉망이었다. 어떻게 하면 이렇게까지 망가질 수 있을까 의문이 들 정도로. 그녀가 본 환자 중 최악의 상태라고 단언해도 좋을 정도다. 뭐, 의사는 아니었지만 이래서야 이길 수 있는 싸움도 못 이긴다는 건 자명했다.

몸의 절반은 비틀리기라도 했는지 군데군데가 어긋나 있고 전체적으로 잔금이 가 있었다. 뭘 어떻게 하면 이렇게 될까 걱정이 될 정도다. 그녀는 잠시 생각했고, 곧 고개를 끄덕였다.

상대는 인간이다. 어쩔 수 없다. Gif 주제에 Png의 압축율을 따라잡으려 들면 일반적인 방법 가지고는 안 되는 것이다. 물론 그녀는 Gif가 뭔지 모른다. 누이가 적당히 설명한 것을 상기했을 뿐이다. 어디까지나 예시라고 했지만.

여하간 인간과 강마의 격차, 그 골을 메우기 위해서 무리수를 썼다. 인간인 주제에 차크라를 3개나 열고 있다. 고대 엘프의 진혈이 흐르는 그녀도 2개 여는 것을 버거워하는데 그는 무려 3개를 열고도 아무렇지 않은 얼굴을 하고 있었다. 어쩌면 굉장히 둔감한 사람인지도 모르겠다. 그것도 자신의 아픔에만.

그래, 용자는 승리를 위해 자신을 부수고 있었다.

혼신에 잔금이 간다. 육체가 뒤틀린다. 자아는 힘에 먹혀 사라진다. 다행히 강력한 프로텍트가 걸려 있어서 자아 유지에는 큰 문제가 없어 보였다. 하지만 그것으로 모든 문제가 해결되는 것은 아니다. 그레이터 마인드 블랭크가 해결해 주는 것은 차크라로 유입되는 강대한 힘에 의한 자아 상실을 방지하는 것뿐, 몸이 뒤틀린 것은 해결해 주지 않는다.

몸이 유지되는 것은 기적에 가까웠다. 이독제독이라고 해야 할까? 혼신 왜곡과 제어할 수 없는 힘의 유입이 서로 충돌하여 간신히 균형을 이루고 있었다. 하지만 그것도 한계다. 네 번째를 열게 되면 그 균형이 깨어질 것이다.

그렇게 되면 죽는다.

세티아는 그것을 막기 위해 경락을 원상태로 되돌렸다. 그녀로선 최선을 다했다. 일단은 임시 조치, 이자가 언니를 구해오면 그 사람을 소개시켜 달라고 귀띔해 줘야겠다.

주체할 수 없이 좋아져 버린 것 같다.

그동안 그녀는 단 한 번도 남자를 대등하게 대한 적이 없었다. 가끔 그래주길 원했지만 모두들 고개를 돌렸다. 하지만 이 백발의 용자는 존대어를 쓰지만 기본적으로 시선이 평등하다. 부하가 아니니 애써 위엄을 부릴 필요도, 그녀를 힘겹게 하는 왕관의 무게를 의식할 필요도 없다.

세계에서 유일하게 그녀와 대등할 수 있는 남자.

그녀는 이 남자를 위해 검으로 태어났다.

세티아는 그것이 행복하다고 생각했다. 행복, 써본 적이 없는 말이다. 지금까지 행복하지 않았느냐고 물으면 그건 아니었다. 부모님이 돌아가셨지만 누이가 있어주었다. 장난기가 좀 심해서 탈이지 누이는 좋은 사람이다. 그리고 가엔이 옆에서 성심성의껏 도와주었다. 좀 딱딱하고 낯을 가리긴 하지만 좋은 부하다. 그리고 다른 부하들, 사람들. 행복하지 않았다고 말하면 거짓이겠지.

그럼 한층 더 행복해졌다고 해두자.

그녀는 자신의 이 생각에 대견해했다. 누이의 대행으로 왕관을 쓰고 있다 보니 머리가 똑똑해진 것 같다.

누군가와 시선이 같다는 것, 그리고 그 누군가를 좋아한다는 것, 그 누군가와 깊게 맺어져 있어서 절대 떨어질 수 없다는 것이 이렇게 행복할 줄은 몰랐다.

가만히 있어도 가슴이 두근거린다. 식사를 하면서 옆얼굴을 훔쳐보는 것이 행복하다. 검을 가르치며 호흡을 마주하는 것이 즐겁다. 그가 불러주는 이름이 이렇게 기분 좋은 느낌일 줄은 예전엔 미처 몰랐다. 아쉽게도 자는 모습을 보진 못했지만 정말 보고 싶다. 어떤 얼굴로 잘까? 이 사람의 안에는 뭐가 있을까? 이 사람이 자란 세계는 어떻게 생겼을까?

세티아는 이 남자의 아내가 되고 싶다고 소망했다.

하지만 하피드를 물리치고 돌아온 그 남자는 지친 얼굴이었다. 그 자신은 전혀 내색하지 않는다고 생각하지만 세티아는 그것을 알 수 있었다. 그녀는 용자팔검이니까. 웃어달라고 해서 부끄러움을 무릅쓰고 웃어주었는 데도 그다지 좋아하는 것 같지 않다.

이 사람은 싸우면서 계속 부서지는 거구나.

이때만큼 절실하게 느꼈던 적은 없다. 이 남자가 싸우지 않았으면 좋겠다고 생각했다. 하지만 곧 그것이 불가능하다는 걸 알 수 있었다. 세계를 구하는 것이 이 남자의 운명이니까. 도리가 없었다. 단지 옆에 있을 때만큼은 즐겁게 해주고 싶었다. 다음 검을 찾아 이 남자가 떠나기 전까지는.

아무래도 팔짱은 무리였나 보다.

세티아는 처음으로 누이를 원망했다. 그녀로선 대사건이었다. 지금까지 무수한 사건과 사고 속에서 세티아는 단 한 번도 세레아를 탓한 적이 없다.

'틀리게 일러주었구나, 누이.'

그 생각이 든 순간 어쩔 수 없이 화가 났다. 그리고 술을 마시고…… 용자가 괴상한 소리를 했다.

슬펐다.

핑계였다. 명백한 핑계였다.

이 남자는 지치고 지쳐서 도망칠 장소만 찾고 있다.

그리고 그 장소는 그녀가 되지 못한다.

거짓말만 한다.

그녀를 좋아하지 않는다. 좋아한다고 입으로만 말하면서 실제로 가슴은 차갑다.

무정한 남자다.

부모님이 돌아가신 이후 처음으로 울었다. 처음으로 사랑하게 된 남자는 지극히 차가운 남자였다. 그는 그녀가 그를 어떻게 생각하고 있는지 전혀 중요하게 여기지 않았다. 말만 상냥하지, 사실 그런 것 따윈 관심도 없는 사람이라는 것은 어느 정도 직감했지만 실제로 마주하니 막막했다.

들어갈 곳이 없다.

역시 여자답지 못하니까? 키가 너무 커서? 전혀 귀엽지 않으니까? 그런 것은 옛날부터 알고 있었다. 그래서 남자들이 눈길도 안 준다는 것도 잘 알았다. 하지만 그래도 좋아해 버린 남자다. 좋아해 주지 않는다고 해서 마음을 탁! 잘라낼 수가 없다.

보답받지 못한다는 게 이런 거구나.

그게 엄청 슬퍼서 펑펑 울어버렸다.

다행히 남자는 달려와서 사과했고, 의사를 바꿨다는 것을 밝혔다. 그 말을 듣자 거짓말처럼 슬픔이 사라지고 행복한 마음이 들었다.

입맞춤이 몽롱한 것이라는 걸 세티아는 그때 처음 알았다.

이후의 일은 생략한다.

누이와 같이 한 남자의 아내가 되는 것은 옛날부터 정해진 일이었다. 세티아는 그것이 불만스럽지 않았다. 남자는 그녀를 손쉽게 부서지는 보물처럼 조심스레 대했고, 그걸로 충분했다.

그래서 충분히 두들겨 주었다.

덧붙여 몸에는 손도 못 대게 했다. 물론 입맞춤도 안 된다.

남자가 우는 소리를 해도 세티아는 무시했다. 뱃속에는 이미 아이의 씨가 정착해 있다. 남자와 그녀의 딸이다. 해가 되는 일이 결코 발생해선 안 된다. 그 경계 대상 1호는 남자였다. 이런 요소요소에서 세레아의 교육이 빛을 발하고 있었다. 그것이 놀려먹기 위한 것이든 아니든 세티아는 진지하게 습득했다.

그리고 두들긴 것에도 이유가 있다.

남자는 약했다. 지극히 약했다. 기본이 엄청나게 부실했다. 재능이 없는 것도 아니고 노력을 안 하는 것도 아니지만 손에 넣은 거대한 힘을 효율적으로 다룰 줄 몰랐다. 이야기를 들어보니 습득한 지 몇 개월도 안 되는 힘, 확실히 단시간 내에 쉽게 다룰 수 있을 리가 없다. 그녀는 남자의 변명을 납득했다. 자신도 완벽하게 다루는 데 몇십 년이 걸리지 않았는가.

하지만 그건 그거고, 이건 이거다.

그녀가 몇십 년이 걸렸든 남자는 단기간에 익혀야 했다. 그 옆에 있어줄 순 없지만 무사하길 바라니까. 무리하게 차크라를 열고 몸을 비틀게 하면서 싸우게 하고 싶진 않았다.

"알았나? 절대로 네 번째를 열지 말게."

걱정이 되어서 신신당부를 했지만 다른 말은 주의 깊게 듣던 남자도 그 말만큼은 깊이 새기는 모습이 아니었다. 하피드와의 싸움에서 어떤 깨달음이라도 있었던 걸까? 별로 좋은 쪽으로 작용할 것 같지는 않다. 불안함 마음을 달래기 위해 더 힘든 수련을 시켰다. 남자는 투덜거리며 숙달된 조교의 시범을 따라 했다.

"아, 뭐, 다 좋다, 이거야. 하지만 키스 정도는 해도 되잖아. 그것도 허락 안 해주면서 너무 힘들게 굴리는 거 아냐?"

능글맞은 말에 세티아는 무겁게 고개를 저었다.

"안 된다. 아이를 생각해라."

"…아니, 그러니까 키스하는 데 왜 아이까지 생각해야 되는지 모르겠는데."

"내려치기 십만 번."

남자의 입을 한마디로 다물게 하고 세티아는 한숨을 쉬었다. 뭐, 확실히 약간의 성취는 있어 보인다. 하지만 이 정도로 칠단장을 잡기는 무리다. 다행히 남자는 머리가 좋은 편이니 어떻게든 이 격차를 메울 방법을 생각해 낼 수 있을 것 같았다.

3년만 시간을 주면 확실할 테지만 무리한 요구다. 결국 수박 겉핥기로 방향을 제시하고 나중에 알아서 습득하길 기대하는 수밖에 없었다.

단기 수련의 끝에서 세티아는 하나를 요구했다. 남자는 지쳐서 헉헉대다가 세티아의 말을 듣고 고개를 끄덕였다.

"그래, 가자, 가. 일단 좀 쉬었다가."

"지금이 아니면 안 되네."

"…그래, 가자."

남자는 지친 얼굴로 다리를 옮겼다. 요즘 다크엘프들은 누구라고 할 것 없이 바쁘게 움직이고 있었다. 2천 년 만에 지상으로 나가게 되었으니 그에 대한 각국의 수뇌부와 교섭, 그리고 건설로 다들 바빴다. 머리를 쓰는 자는 지략으로 영토를 확정 짓고, 몸을 쓰는 자는 힘으로 지상 마을의 건설에 주력하고 있었다.

그들이 올라간 곳은 지금 막 공사되고 있는 본거지였다. 동부 산맥의 넓은 분지에서 많은 수의 다크엘프들이 열심히 땀을 흘리며 일하고 있었다. 다들 아직은 태양에 익숙하지 않은지라 세레아가 마법으로 그들을 보호하고 있었다. 익숙해질 때까지는 한참의 시간이 걸릴 터다.

"아……."

세티아는 지상으로 나갈 수 있게 되었음에도 불구하고 나와본 적이 한 번도 없었다. 남자가 신경 쓰지 못한 부분이었지만 같이 오고 싶었기 때문이다. 후르츠 칵테일은 마지막에 먹을 것이기에 조급한 마음을 억누르고 계속 미뤄왔다. 더 이상 미룰 수 없는 시간이 되어서야 남자를 끌고 나온 것이리라.

처음 본 하늘은 황혼이었다.

"음? 왜 그래?"

남자는 멍청하게도 이런 쪽에 세심하지 못했다. 하늘에 홀린 세티아는 남자의 말을 무시했다. 실로 경탄스러운 광경이었다. 빨갛고 노랗다. 타오르면서 꺼져 간다. 극채와 극명이 섞이면서 신비로운 빛을 뿌려댄다. 상상 이상, 아니, 상상 불허였다. 이런 아름다운 광경을 못 보고 살 뻔했다니…… 어째서 누이가 지상으로 나오려고 했는지 단박에 이해됐다.

"아, 그렇군. 예쁘지?"

그제야 남자는 세티아의 심경을 알아차렸다. 저주가 풀린 지 꽤 됐음에도 불구하고 한 번도 안 나왔을 줄은 몰랐다. 설마 같이 나오고 싶었던 건가. 남자는 자신의 추측에 피식 웃어버렸다. 뭐, 세티아라면 능히 그럴 수 있었다. 책만 줄기차게 읽어댄 자신의 잘못이다. 명색이 신혼인데 말이지.

"바다, 보러 갈까?"

"…바다?"

세티아는 하늘에 박혀 있던 시선을 떼지 못한 채 물었다. 지평선 너머에 새빨간 불꽃이 너울거리는 그 광경이 너무 매혹적이라서 다른 것은 아무것도 생각할 수가 없었다. 남자는 피식 웃으며 살그머니 세티아의 손을 잡았다.

"응, 바다."

"그게 뭐지?"

들어본 적이 없었다. 세티아는 저물어 가는 태양에 시선을 고정한 채 물었다. 환상적으로 아름다운 광경을 앞에 두고 어떤 생각도 할 수 없었다. 그냥 바다라고 하길래 바다가 뭐냐고 조건반사적으로 답했을 뿐이다.

남자는 웃으면서 세티아의 머리에 손을 올렸다.

"하늘과 비견할 만한 것."

세티아는 그제야 남자에게 시선을 돌렸다. 손을 마주 잡은 남자는 활짝 웃어주고 있었다. 결혼까지 했음에도 불구하고 저 웃는 얼굴을 보면 어쩐지 굉장히 부끄러워진다. 자신은 저런 얼굴로 웃을 수 없기 때문일까?

세티아가 낯빛을 붉히고 다시 시선을 하늘로 던지자 남자도 따라서 고개를 돌렸다. 늦여름의 바람에 실린 남자의 부드러운 목소리가 여자의 귀에 닿는다.

"아이를 낳으면 다같이 바다를 보러 가자. 보여주고 싶어."

함축적인 의미가 강한 소리였다. 이제 이별해야 되니 당장은 보러 갈 수 없다는 점, 그리고 아이를 낳기 전까지는 재회하겠다는 이야기. 이별과 재회를 모두 담아내는 한마디였다. 세티아는 잠시 숨을 깊게 들이쉬었다.

목소리가 쓸데없이 떨리지 않았으면 좋겠다.

눈이 괜시리 뜨거워지지 않았으면 좋겠다.

목이 이유없이 메이지 않았으면 좋겠다.

어느새 남자의 존재는 세티아의 안에서 굉장히 커져 있었다. 남자와 만나기 전에 어떻게 살아왔던가 기억이 안 날 정도로 행복한 시간을 보내며 세티아의 시간과 사고 대부분이 구세용자에게 할애되어 있었다.

이제 그것을 거둘 때가 왔다.

세티아는 말을 꺼내기 앞서 굉장한 상실감을 맛보았다. 이제 내일이면 이 남자는 떠난다. 아마 올해 안에 다시 보기는 힘들겠지.

"기대하겠다."

소망과 달리 목이 메여 버렸다. 그걸 애써 무시하며 서둘러 당부를 덧붙인다.

"최, 최대한 빨리 돌아와야 하네."

원하던 것과 달리 목소리가 떨려 버렸다.

"물론, 나도 하루 빨리 세티아를 보고 싶으니까. 금세 해치워 버리고 돌아올게."

부끄러운 소리를 아무렇지도 않게 말하는 남자의 옆모습을 보는 순간 눈까지 뜨거워졌다. 이젠 어쩔 수 없다.

"어, 세, 세티아? 우, 우는 거야?"

"후, 훌쩍. 손을 놔라! 아이한테 해가 되네!"

"아, 아니, 손 정도는 잡고 있어도 되잖아. 모처럼인데. 그보다 눈물부터……."

"애한테 위해를 가할 셈인가!"

괜히 지적했다. 우는 와중에도 더 화를 내기 시작했다. 세티아가 대노하자 남자는 조심스레 손을 풀고 뒤로 두 걸음 물러났다. 그러자 세티아가 한 걸음 앞으로 다가왔다. 물론 손은 칼자루에 가 있는 그대로다.

아름다운 아내가 구슬프게 울면서 검파에 손을 올리고 있는 장면은 제삼자의 입장에선 굉장히 깊은 사연이 있어 보이는 장면이겠지만 당사자의 입장에선 공포심의 유발 상황, 그 이상이 아니었다.

남자는 저도 모르게 뒤로 세 걸음 물러났다. 그러자 세티아는 두 걸음을 앞으로 걸었다. 남자는 이를 악물고 네 걸음 퇴각했다. 세티아는 눈썹을 잔뜩 치켜세우고 세 걸음 전진했다.

스릉.

검이 뽑히는 소리를 들으며 남자는 속으로 비명을 질렀다. 아무리 막가는 인생이라지만 임신한 아내의 육체에 손을 댈 수는 없다! 그러느니 차라리 칼 물고 엎어지지! 남자의 사고는 이미 그렇게 결론을 내려놓았다. 대련을 빙자한 구타 상황이 빈번하게 발생한 것에는 남자의 이런 사고방식이 상당히 영향을 끼쳤다. 뭐, 애초에 실력도 안 되긴 하지만.

아무튼 더 이상 도망갔다간 베인다. 그것도 평소의 목도가 아니라 진검이다. 남자는 저도 모르게 침을 꿀꺽 삼켰다. 지금까지 죽을 고비를 몇 번이나 넘기며 강적들을 상대했지만 눈앞의 상대만큼은 정말 이길 수가 없었다. 애초에 싸운다는 선택지부터가 존재하지 않으니까.

"도, 도망가지 마라."

눈물을 줄줄 흘리는 채로 세티아는 중얼거렸다. 남자에게 단 한 가지 소망이 있다면 검병에서 손을 놓아주는 것뿐이다. 평소의 대련과는 그 위험성이 달랐다. 목도를 들고 있는 상황에서도 생사의 경계를 헤매기 일쑤였는데 진검이라면 상상도 하기 싫었다.

"저기, 세티아? 일단 그, 그것부터 좀 내려놓고……."

"마지막 날이잖나. 몸을 만지는 것은 안 되지만…… 옆에 있어주게."

"으응."

남자는 고개를 끄덕이고 세티아의 옆에 섰다. 간격은 정확히 한 걸음이다. 그제야 세티아는 검파에서 손을 뗐다. 그러자 남자는 방금 전까지의 위기를 망각한 건지 세티아의 얼굴에 손을 가져갔다. 바보 같은 성격이 목숨을 위협하든 말든 여자의 눈물을 방관하는 것은 용납하지 못할 일이다. 게다가 그게 사랑스러운 아내의 것이라면 목숨이 위험하든 말든 더욱 해야 한다. 이것은 사고의 영역이 아니라 본능의 영역이었다.

자칫하면 큰 사고가 벌어질 상황에 난입자가 끼어들었다.

"우후후, 세티아를 또 울리다니, 리워드도 참 나쁜 남편이네요."

"어, 어디서 나온 거야?"

갑자기 둘 사이로 비집고 들어온 세레아가 검지를 살랑살랑 흔들어 보였다. 남편에게 득의의 미소를 지어 보인 세레아는 흔들던 검지로 세티아의 눈물을 훔쳐 내었다.

"얘도 참. 이별이 익숙지 않아서 감정을 주체 못해 버렸네요."

"그거 내가 닦아주려고 했는데."

남자가 힘 빠진 목소리로 중얼거리자 세레아는 세티아를 끌어안고 요염한 미소를 지었다.

"안 돼요."

"대체 왜?"

"그야 아이의 몸에 해가 가니까."

초야 이후의 그 고생, 누구 덕분인지 지금 밝혀졌다.

"범인은 너였냐아아아!"

용자의 절규에 하늘이 흔들렸다. 세레아는 웃음을 지우지 않고 가볍게 받아넘겼다. 남자는 잔뜩 열이 받아서 시끄럽게 떠든다. 그 중앙에 위치한 세티아는 울던 그대로 웃어버렸다.

아아, 그래. 이 시간은 정말로 즐겁다.

사랑하는 남자와 사랑하는 가족, 셋이 같이 있는 이 순간이야말로 무수한 자들이 갈구하는 행복이란 것이겠지.

리워드, 그대는 천 년의 슬픔을 이야기했지만…… 이런 시간을 백 년이나 보낼 수 있다면 나는 만 년이라도 웃으며 살수 있을 것 같네.

"젠장! 인간 남편들은 말야! 아내가 임신하면 배에 귀를 대보는 게 관습이라고!"

"어머, 그건 인간의 관습이죠. 게다가 자신에게 유리한 것만 말하다니 비겁한 남자네요? 아내가 먹고 싶어 하는 거라면 천리 길을 마다하지 않고 구해오는 게 인간의 풍습 아닌가요?"

"세, 세티아는 뭔가를 먹고 싶어 한 적 없어."

"말을 안 한 것뿐이라고요. 아, 그리고 저는 북극곰의 심장이 먹고 싶어졌어요."

"넌 임신도 안 했잖아아!"

"흑흑, 지금 임신 못했다고 차별하는 거죠? 소박 맞히는 거예요? 요즘 저에게 차가워졌다 싶더니 그런 이유였군요? 임신을 못하면 아내도 아니란 건가요?"

"아, 아니 그런 건 아니니까 울지는 말아."

"아, 그리고 펭귄 고기도 추가. 남극에 살아요."

"방금까지 울던 건 뭐였어!"

행복한 시간의 끝에서 세티아 리베이드는 웃었다.

다시 이 시간이 돌아오길 고대하며.

제 2 3 장
키워드(Keyword)

키워드
Keyword

네 아버지가 엄청난 머저리라서 그렇단다.
바보 같은, 정말 구제불능의 머저리

하나를 얻으면 하나를 잃으리라. 아니, 잃는 것은 얻는 것보다 더하리라. 내 살가죽에 철필로 새긴다.

아아, 되돌릴 수 없다. 원망할 수도 없다. 용서할 수도 없다. 참을 수도 없다.

안으로 침잠한다. 입은 다물고 고개는 아래로 한다. 내가 얻고자 한 것은 얻었다. 무엇도 빼앗기지 않았다. 하지만 거기에는 마음이 없다. 내 욕망과 고집이 불러온 결과다.

마음이 없는 껍질만이 남아 부유하고 있는 행복. 나는 행복한가? 행복한가?

그 당시에는 몰랐지만 시간이 흐른 지금 나는 나를 관조적인 자세로 바라볼 수 있게 되었다. 하긴 할 일도 별로 없었으니까. 연구실에 처박혀 약초나 주무르는 인생이지.

10년이 넘는 시간 동안 계속해서 자문했다. 내가 그렇게 잘못한 것인가? 그 당시에는 잘못이라 생각하지 않았다. 아니, 지금도 내 선택이 잘못되었다고 생각하지는 않는다. 하지만 그게…… 일레나에게 큰 상처를 입힌 것은 사실이다.

그것은 충분히 죄악이다. 용납할 수가 없다.

그렇다. 나는 나 자신을 용서할 수가 없다. 지독할 정도로 욕망에 충실한 자신을, 그럼으로써 내가 사랑하는 사람들에게 상처 입혔는데 다시 선택의 기회가 온다 해도 바꾸지 않을 내 자신을 용서할 수가 없다. 그녀가 용서해 준다고 해도.

아니, 사실은 용서받고 싶어. 이야기를 하고 싶어. 안고 싶다. 눈을 보고 대화하고 싶어. 피부를 만지고 숨결을 느끼고 싶어.

하지만 나는…….

욕망을 억누른다. 꾹꾹 마음을 숨긴다. 무엇도 허용되지 않는다. 나는 그녀에게 영원히 용서받지 못한다.

미안. 미안. 미안. 미안.

마음이 없는 이상향에 도달했다.

"키워드, 당신의 ―은……."

이십 년 전에 뒈진 여신의 말이 귓가를 맴도는 건 왜냐.

"당신의……."

닥쳐.

키워드는 눈을 깜빡였다.

철야 작업이 일상생활이 된 그에게는 굉장히 드문 일이었다. 사흘 동안 안 자도 문제없는 몸일 텐데 깜빡 졸아버렸다. 그는 자신의 몸 상태를 점검했고, 작업의 진행을 확인했다. 조제 작업을 절반 넘게 진행했을 때 의식이 끊겼다.

"후우."

키워드는 어느새 눈까지 내려온 회색 머리칼을 옆으로 치웠다. 요새 안 자르고 있다 보니 거추장스럽게 길어졌다. 드문드문 하얀 머리칼이 섞여 있는 게 아무래도 문제가 발생한 것 같지만 알 바 아니다.

키워드에게 중요한 것은 첫 번째 아내, 리네스의 건강이었다. 그 다음은 가족이었다. 그 외에는 어떻게 돼도 좋다. 세간에는 대환란을 진압한 대영웅으로 받들어지는 그이지만 정작 그의 동기는 영웅스러운 것이 아니었다.

"으음."

목이 마르다. 키워드는 의자에서 일어나 작업실에서 나왔다. 이 작업실은 집 깊숙한 곳에 위치하고, 그 성격상 여간한 일이 아니면 아내나 자식이 접근할 수 있는 곳이 아니었다. 그러니 밖에다가 물을 달라고 소리쳐도 들릴 리가 없다.

물론 키워드에게 물의 생성이야 눈 깜빡이는 정도의 힘도

들지 않는다. 하지만 그는 번거롭게 방에서 나왔다. 어떤 예감이 그를 움직이게 했다.

그의 꿈에 과거사가 등장한 것은 예삿일이 아니리라.

그리고 그는 그것을 절감했다.

가족이 많은 만큼 이 집의 크기는 크다. 꽤 돈이 많이 들었지만 애초에 돈 걱정하며 살 집안이 아니다. 수준 높은 건축공과 이름 높은 설계사가 합심하여 만들어낸 역작의 포인트는 거실이 넓다는 데 있었다. 어느 정도냐면 집안 구성원이 총출동해서 축국을 해도 별 문제없을 크기이다.

다행인지 키워드의 시각은 빼어난 편이었다. 그래서 거실에 들어선 그는 저 멀리 소파에 앉아 있는 인영을 파악했다.

일레나였다.

확실히 예삿일이 아니었다.

상대를 확인한 키워드는 모든 동작을 멈췄다. 호흡까지도. 아들에게 쓰레기 취급을 당해도 할 말 없는 처지이긴 하지만 그는 환란을 깨뜨린 영웅이다. 숨 좀 참는다고 뒈지진 않는다. 아쉽게도.

키워드는 이토록 일레나를 오랫동안 본 게 얼마만인지 헤아렸다. 평소라면 눈도 못 마주쳤다. 그가 그의 아내를 계속볼 수 있던 것은 일레나가 졸고 있다는 사실에 기인한다. 그녀는 군복을 단정히 착용한 채로 서류 더미에 고개를 처박고 있었다.

본래라면 그녀가 이런 모습을 보일 리가 없다. 일레나는 자기 관리에 능숙한 여자다. 자신의 한계를 명확히 알고 선을 긋고 행동하는 인간이다. 무리는 무리라고 판단하고 하지 않는다. 그러나 지금 그녀의 모습은 자신의 한계를 돌파하려 했다가 실패한 인간상이었다.

키워드는 생각했다. 일레나를 저렇게 만든 것이 누구일까?

답은 뻔했다. 이 집안에서 최근에 일어난 사고 중 일레나를 저 지경으로 만들 건은 하나였다. 키워드는 타인의 마음을 잘 헤아리는 편이 아니었지만 이건 사탕 좋아하는 어린애도 알 만한 수준이었다.

리워드의 실종이었다.

물론 일레나에게도 딸이 있다. 그녀는 아이들에게 상냥한 편이었지만 편애는 했다. 공평하지 않은 애정은 일반적인 방향을 취한 것이 아니었다. 일레나는 자신의 딸보다 다른 배에서 태어난 리워드를 더 아꼈다. 물론 그녀 자신은 감추려고 했지만 아내들은 죄다 알고 있었다.

누구보다도 리워드를 아끼던 일레나였다. 편지 한 장도 남기지 않은 리워드의 실종은 그녀를 이런 꼴로 만들기에 충분했다. 모르긴 몰라도 속이 새까맣게 타버렸으리라.

이 집안의 가장은 키워드이지만 대표는 리워드였다. 리워드의 나이가 차기 전에는 일레나가 도맡았다. 군가(軍家) 출신인 일레나는 자신이 알고 있는 정치 기교, 협상 수단, 군략을 아끼지 않고 전수했다. 그래서 리워드는 속마음을 숨기고 사람을 대하는 것에 능숙해졌고, 집안의 대표로서 어린 나이에 꿀리지 않고 여러 거물들과 손쉽게 말을 섞을 수 있었다.

리워드는 그녀의 아들이자 후계자였다. 과장 좀 하면 전부라고 해도 좋으리라. 비록 군무에 바빠 얼굴을 마주하는 시간은 적었지만 일레나는 리워드를 매우 아꼈다. 쏟는 애정을 보면 친어미라 해도 믿지 않을 수 없을 정도였다. 둔감한 키워드였지만 그 정도는 충분히 알 수 있었다.

그 리워드가 사라졌다.

일레나는 모든 일을 동시에 해야 했다. 리워드의 수색, 자신이 맡고 있던 제국의 군무, 그리고 집안의 대표로서 활동. 일레나는 유능했지만 몸을 네 개로 만들 재주는 없었다. 무리한 스케줄을 억지로 소화하려다가 한계를 넘어 지금 거실에서 서류에 몸을 파묻고 자고 있는 것이다.

말했듯이 그녀는 자신의 한계를 잘 알았다. 다른 일이었다면 다른 사람에게 업무를 분담시켜 행동했을 것이다. 키워드의 다른 아내들도 제각기 빼어난 재주와 배경이 있었다.

문제는 실종된 것이 리워드라는 사실이다.

그 사실이 일레나를 공황으로 몰았다. 사실 실종이라고 말하기도 어렵다. 방 안에 있던 놈이 갑자기 사라지지 않았던가? 집 안의 누구도 눈치 못 채게 리워드를 유괴할 작자는 로스터 슬라프에 존재하지 않았다. 게다가 리워드의 방 안에는 싸움의 흔적이 전혀 없었다. 리워드가 애송이처럼 보이지만 검제의 제자다. 아무리 강적이라도 일검은 들 수 있다고 봐야 했다.

즉 자의적 실종, 속칭 가출이었다.

그 결론이 일레나를 돌아버리게 만들었다. 아닌 말로 그녀는 지금 정상적인 판단을 할 상태가 아니었다. 업무를 마치고 오니 그토록 아끼던 자식이 말 한마디도 없이 사라져 있다. 게다가 가출로 보인다. 성실한 부모라면 이성을 잃어버리기 딱 좋은 경우다.

그래서 일레나는 모든 일을 도맡았다. 다른 부인들의 말은 아예 듣지도 않았다. 이를 악물고 리워드에게 좀 더 신경을 쓰지 못한 자신을 책하며 일에 파고들었다. 일레나로선 일에 빠지는 것이 정신을 유지할 수 있는 유일한 길이었다. 가만히 있다가는 불안한 마음에 잠식되어 견딜 수가 없었을 것이다.

물론 일레나는 키워드에게도 손을 벌리지 않았다.

당연하다. 벌릴 리가 없다. 말조차도 건네지 않은 지 몇 년인데 도움을 요청할 리가 없다.

아니, 그러니까 도움을 청할지도 모른다. 지금 당장은 아니지만 도저히 견디지 못하면 키워드의 손이라도 빌리려 할지 모른다. 공황 상태니까 기대할 수 있는 행동이다.

물론 그전까지 일레나의 몸이 상하지 않는다는 가정이 필요하다.

"후우."

이미 충분히 몸이 상한 것 같다. 피로 회복 주문이라도 걸어줄까 생각하던 키워드는 이를 악물었다. 그걸 일레나가 알아차린다면 어떤 반응을 보일지 알 수 없다. 하지만 아무리 공황이라고 해도 긍정적인 반응이 안 나올 건 분명했다.

키워드는 망가져 가는 아내를 방치할 수밖에 없었다.

그 아내는 절대로 키워드의 도움을 원하지 않았다. 그것이 죽음과 직면하는 상황이라고 해도 달라질 것은 없었다. 키워드의 도움으로 명을 부지하느니 목이 잘리는 게 낫겠다고 판단하겠지. 그런 그녀가 키워드에게 말을 건넨다면, 도움을 필요로 한다면 리워드의 일밖에 없었다.

자신의 목숨보다 소중하게 여기는 자식.

"젠장."

물론 그 자식 놈은 전혀 눈치를 못 채는 것 같지만, 애초에 그 새끼는 쓰레기다. 리워드를 생각하는 순간 키워드는 맹렬한 살의를 느꼈다. 여간해서는 참아넘겼지만 일이 이 지경으로 가니 참을 수가 없었다. 지금 눈앞에 있다면 분명히 쳐죽였을 것이다. 그는 그럴 만한 힘이 있었고, 망설임도 없었다.

그 새끼가 어떻게 되든 좋다. 그놈 따위는 알 바 아니다. 문제는 그놈의 실종으로 망가져 가는 일레나이다. 그리고 자신은 아무것도 할 수 없다. 마지막 조항은 그도 일조했지만 분노로 돌아버리기 직전인 키워드로선 자신의 허물은 눈에 들어오지 않았다. 끓어오르는 살의를 억누르는 것만으로도 너무 힘들다.

"무서운 얼굴을 하고 있네."

어깨에 얹어진 손에 키워드는 고개를 돌렸다. 검은 머리칼의 여성이 빙긋 웃고 있었다. 어른스러운 미소였다.

"사키."

"쉿, 일레나가 깨니까 이리로."

한마디로 입을 막은 여자는 키워드를 끌고 주방으로 갔다. 키워드를 식탁 의자에 앉힌 사키엔은 식기들을 뒤적이며 물었다.

"뭐라도 마실래?"

"됐어."

키워드의 답변이 저렇게 짤막해지는 건 기분이 안 좋다는 소리이다. 부인 중 누구보다도 같이 지낸 시간이 긴 사키엔은 키워드의 심리를 잘 알고 있었다. 뭐, 그날 이후로 계속 저 상태이기는 하지만 지금은 좀 더 심각했다.

"누나가 말하는데 마셔야 한다는 생각 안 들어?"

몇 년 만에 나오는 단어인가. 키워드는 갑자기 과거의 무게가 자신을 짓누르는 걸 느꼈다. 그는 그것에서 헤어 나올 방법을 몰랐다. 멍한 얼굴을 하고 있는 남편에게 아내는 빙긋 웃어 보였다.

"자."

거창하게 말했지만 정작 내놓는 건 우유다. 사키엔은 차에

취미가 없었다. 한참을 멍하게 있던 키워드는 앞에 놓인 우유를 내려다보았다. 사키엔은 우유를 홀짝이며 키워드의 건너편에 앉았다.

잠시 침묵이 있었다.

그것을 깬 것은 키워드였다. 본래 대치 국면에서는 하수가 견디기 힘들다. 화술과 인간관계라는 면에서 키워드는 까마득히 아래였다.

"일 안 바빠?"

"아들이 실종됐는데 일이 뭐야."

태평한 어조지만 내용이 키워드의 신경을 헤집었다. 키워드의 입술이 뒤틀렸다. 그걸 본 사키엔의 눈이 가늘어졌다.

"누나 앞에서 성질내는 거니?"

"…화 안 났어."

잔뜩 화가 난 도깨비 얼굴을 하고 말하면 설득력이 전혀 없다. 그리고 그걸 지적당해도 아니라고 우길 게 뻔하다. 서른이 넘게 먹어도 애라는 점은 안 변했다. 사키엔은 피식 웃어 버렸다. 뭐, 남자는 다 애라지만 이 망할 남편은 죽었다 깨어나도 성장하지 않으리라.

"키워드."

아내의 말에 남편은 침묵했다. 사키엔은 잠시 말을 골랐다. 그녀는 난감한 화제를 아무렇지도 않게 다루는 훌륭한 재주를 가지고 있었지만 그것도 한계가 있었다. 지금 꺼내려는 것은 잘못 만지면 바로 터지는 것이다.

"리워드가 어디로 간지 아는 거지?"

키워드는 대답하지 않았다. 긍정의 의미다.

"어딘지 말해줄래? 내가 데려올게."

한참 뒤에야 남편이 불퉁하게 답했다.

"몰라."

명백한 거짓말이다. 그건 너무도 잘 보였지만 사키엔은 이 이상 건드리기 어렵다고 판단했다. 하지만 어차피 상황은 최악이었다. 리워드의 실종은 여러 가지 문제를 낳았고, 가장 큰 문제는 일레나였다. 사람 말은 전혀 듣지 않고 일에 미쳐 사는데 그대로 놔둘 순 없었다.

"일레나를 생각해."

키워드는 폭발했다.

"모른다니까."

그래도 한 번은 참았다. 눈앞의 여자는 사랑하는 가족이다. 키워드의 짧은 신경으로도 한 번은 인내할 수 있었다.

"키워드."

"모른다고 했잖아!"

격렬한 반응에 사키엔은 이마를 감싸 쥐었다. 성질 같아서는 한 대 확 쳐버리고 싶다. 하지만 폭력에 대한 유혹과 동시에 사키엔은 키워드에게 연민을 느꼈다.

그는 아직도 그 일에 얽매여 있다.

애 같은 데다가 거짓말도 제대로 못하고, 화술도 어리숙하다. 과거에 얽매여 헤어 나올 줄을 모른다. 멍청하고 순진해서…… 나잇살이나 처먹어놓고 자신을 용서하는 법도 모른다.

'이런 걸 사랑스럽다고 느끼는 나도 멍청한 걸까.'

자신이 갖고 있지 않은 부분—별로 보기 좋은 건 아니지만—에 대한 애정은 일단 미뤄야겠다. 혼란스러운 감정을 다독인 사키엔은 짧게 말했다.

"나도 힘들어."

연극은 쉬운 일이다. 사키엔은 키워드를 다루는 법을 알았다. 아내의 목소리가 잦아드는 것을 인식하자 키워드의 분노는 순간 가라앉았다. 사키엔은 식탁에 팔꿈치를 얹고 양손으로 눈을 가렸다. 어둠이 눈앞에 드리워진다.

"네가 그 아이를 미워하는 건 알아. 너에게 포용력을 바라는 건 아냐. 하지만 일레나를, 리네스를 놔둘 수는 없잖아? 다들 걱정하고 있어."

키워드는 입을 다물었다.

"그리고 나도 걱정돼. 왜 아무 말도 없이 사라진 건지, 대체 어딜 간 건지 불안해서 잠도 안 와."

"놈은 어른이야."

키워드는 얼토당토않은 소리로 방어를 시도했다. 하긴 키워드도 지금 리워드의 나이 때 대환란에 뛰어들지 않았던가?

어쩌면 이 발언은 진심일지도 모르겠다. 사키엔은 그렇게 생각했지만 공세를 늦추지는 않았다.

"그래도 걱정돼. 너는 카렌이 사라져도 그렇게 말할 거니?"

사랑하는 큰딸의 이름을 거론하자 키워드는 입을 다물었다. 그는 거짓말할 재주가 없는 남자다.

"지금 당장 하라고는 말하지 않겠어. 하지만…… 네가 일레나를 생각한다면 그 아이를 데려와 줘."

키워드는 대답하지 않았다. 사키엔은 그에게 긍정의 대답을 기대하지 않았다. 당장 그렇게 해주기에는 키워드가 갖고 있는 증오가 너무도 거대했다. 키워드는 자신의 감정에 지나치게 솔직한 편이다. 증오를 누르고 행동하기란 매우 어려웠다. 무시라면 모를까.

침묵이 길게 지속되었다.

그 끝에서 키워드는 우유를 마시고 일어났다. 주방을 나가는 남편의 등을 보며 아내는 눈을 감았다. 할 수 있는 만큼은 했다. 이제 결정타는 리네스에게 기대하는 수밖에 없었다. 키워드는 그녀의 말이라면 뭐든지 들어줄 테니까.

"하아."

정말 어쩌다 저런 녀석을 사랑하게 된 건지 자신의 취향에 회의를 가지며 사키엔 이실피르는 식탁에 머리를 박았다. 명백한 승리를 거뒀음에도 기분이 유쾌하지 않았다.

"어머니."

배다른 딸의 목소리에 사키엔은 시선을 올렸다. 파자마를 입고 있는 갈색 머리칼의 소녀가 우울한 낯빛을 하고 있었다.

"안 잤어, 카렌?"

사키엔이 상냥하게 혀를 굴리자 집안의 장녀, 카렌은 고개를 끄덕였다. 얼굴색이 어두운 게 별로 즐거운 용건을 가지고 온 건 아닌 듯했다. 하긴 아이들도 집안의 심상치 않은 기운을 모를 리가 없었다. 무엇보다 일레나가 망가지고 있지 않은가?

"잠깐 이야기해도 돼요?"

"나야 언제나 환영이지."

어머니의 승낙에 딸은 조심스레 맞은편에 앉았다. 키워드가 앉았던 자리다. 사키엔은 멍하니 의미없는 생각을 했다. 지금 작업실에 들어가 있을까, 아니면 리네스에게 갔을까?

"오빠가…… 어떻게 된 거예요?"

사키엔은 띠고 있던 미소를 지우지 않았다. 어디까지 아는지 모르기에 일단은 시침을 떼어두는 게 좋다.

"카렌은 리워드와 동갑인데 계속 오빠라고 하네?"

"어릴 때부터 그랬으니까요."

몇 개월 늦게 태어난 것을 신경 쓰고 있다니. 저 나이대 애라면 형제 간의 주도권을 잡기 위해서 악을 쓰는 나이가 아닌가?

생각해 보니 카렌은 언제나 리워드의 옆에 붙어서 보좌 역을 자처했다. 혼자 갈 수는 없지만 그렇다고 집안 외 사람과 가기는 곤란한—세간의 오해를 살 수 있기에—각종 행사에 리워드와 참석했다. 언제나. 이 정도 정성이라면 수행 비서로 여겨져도 이상하지 않을 정도다.

딸의 성장을 되돌아보는 어미의 기분을 맛보며 사키엔은 피식 웃었다. 이 애가 언제 이렇게 큰 걸까.

"흐음."

장자의 권위를 세워주기 위해서 계속 오빠라고 부른 걸까, 아니면 입버릇일까? 흥미로운 탐구 과제였지만 사키엔은 생각을 끊었다. 정작 그 장자라는 놈이 이 집안에 없지 않은가.

"말하지 않았니? 장기적으로 볼일이 있어서 얼마간 못 볼 거라고."

"그럴 리 없어요."

카렌은 입술을 꾹 깨물고 도리질 쳤다. 지금 사라져 있는 오라비란 작자는 한마디로 규정하긴 어렵지만, 적어도 이런 사람은 아니었다. 어딜 가면 간다고 말해주는 사람이다. 거짓 말이라도 해서 걱정시키지 않을 인간이다.

"가기 전에 오빠가 저에게 말하지 않았어요."

사키엔은 침묵했다. 낭패다. 이 둘의 유대가 생각 외로 깊었던 모양이다. 사키엔이 생각을 정리하려는 찰나, 카렌의 말이 이어졌다.

"오빠는 사라진 거죠? 그래서 어머니가 저러고 계신 거죠?"

추측치고는 너무 정확하잖아. 사키엔은 한숨을 쉬었다. 그래, 생각해 보니…… 이 아이는 계속 리워드의 옆에 있어주었다. 다들 각자의 일로 바쁜 구성원이지만 카렌은 어린 시절부터 오빠에게 찰싹 붙어 있었지. 떨어져 있는 걸 못 본 것 같아.

과거를 회상하던 사키엔은 즐거운 기분이 되었다. 하지만 감상과 판단은 별개다. 사키엔은 더 이상 숨길 수 없다고 결론을 내렸다. 판단을 내리면 행동이 빠르다. 사키엔의 장점이다.

"응."

짧은 답변이 가지는 무게는 컸다. 카렌은 한층 더 우울한 얼굴이 되어 중얼거렸다.

"그럴 줄 알았어요. 오빠는 계속 괴로워했으니까."

카렌은 모두가 방치했던 상황, 누구도 꺼내려고 하지 않던 이야기를 꺼냈다.

"오빠는 아버지가 미워하는 걸 힘들어했으니까요. 말은 안 했지만."

역시 예상보다 많이 알고 있다. 사키엔은 판단을 정정했다. 어쩌면 이 집안의 그 누구보다도 리워드를 잘 알고 있을지도 모른다. 리워드와 가장 시간을 오래 보낸 사람은 바로 이 아이가 아닐까?

"가르쳐 주세요, 어머니. 어째서 아버지는 그렇게 오빠를 미워하는 거죠?"

"그걸 들어서 뭐 할 거니?"

대답은 놀라울 정도로 매끄러웠다. 해묵은 문제를 다루는 데도 목소리가 흐트러지지 않았다. 사키엔은 생각보다 자신이 그 문제를 크게 담고 있지 않다는 걸 깨달았다. 시간은 아픔의 무게를 줄여 나간다.

"오빠를 데리러 갈 거예요."

딸의 결연한 대답에 어머니는 눈을 감았다. 마냥 어린애라고만 생각했는데 어느새 한 사람의 몫을 해낼 정도로 컸다. 이 정도라면 답해줘도 별 문제 없으리라.

마음을 정한 사키엔이 씁어뱉었다.

"네 아버지가 엄청난 머저리라서 그렇단다. 바보 같은, 정말 구제불능의 머저리."

정말로 최악이다.

그래, 이 집안의 남자라곤 둘밖에 없는 주제에 하나같이 정상이 아니었다. 키워드는 머저리이고, 리워드는 병신이다. 후자의 평가에 동정을 실어봤자 달라지는 것은 아무것도 없다. 환경이 어찌 되었든 자신은 자신이다. 변명은 변명일 뿐이다.

하지만 병신은 막대한 힘을 손에 넣어 이계에서 자기가 최고인 양 콧대를 세우고 있다. 눈앞의 일만을 보고 뒤를 돌아보지 않는다. 남겨진 사람들의 마음은 전혀 헤아리지 않는다는 점에서 참 병신 같다는 평 이상이 안 나온다.

그렇지만…… 제아무리 병신이라고 해도 부모 마음은 한결같은 법이다. 가끔 가다 부모라는 것들도 제정신이 아니라서 하드코어하게 사는 경우도 있지만 이 집안의 어머니들은 거기에 속하지 않았다. 그래서 머저리를 움직이려 한다.

그 남자는 멍청하지만 그 능력만큼은 능히 천지를 아우를 만하다. 제아무리 병신이 힘을 기르고 이빨을 세운다고 해도 머저리에게 대적하기란 불가능하다.

하지만 과연 머저리가 움직일까? 아무리 대단한 능력을 가지고 있다 해도 행사하지 않으면 아무런 의미가 없다. 아들이라는 딱지가 붙었다고 해서 증오를 삭이면 그건 머저리라 불리지 않는다.

이미 카드는 돌려졌다. 받느냐, 손을 드느냐의 선택만이 남았을 뿐이다.

Hi, Axel. I'm Break!!

『이계용자전』 구도(求道)편 終

지금 유전자가 말하는 사랑과 성의 관한 솔직 대담한 진실이 펼쳐집니다!

남편의 후광을 등에 업는 것은 까마귀와 인간뿐…

모두에게 바보 취급받던 독신 암컷이 단번에 인생대역전을 해서
서열 1위인 수컷의 아내 자리를 차지하게 될 수도 있다는 말입니다.
모든 여성이 이상형의 남자와 결혼할 수 있는 것은 아닙니다.
적당한 선에서 타협하여 적당한 사람과 결혼하지요.
하지만 솔직히 말해서 당연히 멋진 남자가 더 좋지 않겠습니까?
따라서 여성은 생각합니다.
'그럼 어떻게 하지? 유전자만이라면 가질 수 있어!'
그리하여 장기계획형이나 단기승부형과 같은 여러 가지 방법의
외도가 생겨나는 것입니다.
물론 모든 여성이 이를 실행에 옮기지는 않습니다.

하지만 기회가 있다면 어떨까요?
다른 조건과 이미 타협을 봤다면?
남편이 사소한 일은 눈치 못 채는 둔한 남자라면?
뭔가 유전자의 음모가 느껴지지 않습니까?

실패를 모르는 남자 선택법!
「내 남자친구는 왼손잡이」 법칙

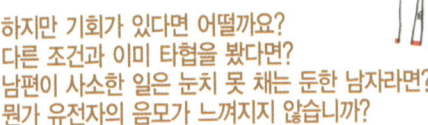

어째서 여성은 왼손잡이 남성에게 마음이 끌리는 걸까요?

여기서 기억해야 할 것은 몸의 좌우와 뇌의 좌우는 원칙적으로 반대 관계라는 점입니다.
따라서 왼손잡이 남성은 우뇌가 발달했습니다.
발달했다는 사실이 왼손잡이를 통해 반영된 것입니다.

그리고 두 번째로 생각해야 할 것은 우뇌는 남성 호르몬의 일종인 테스토스테론에 의해 발달한다는 점입니다.
요약하자면 왼손잡이 남성은 우뇌가 발달했는데, 그것은 테스토스테론 수치가 높기 때문입니다.
그것은 다름 아닌 생식 능력이 높다는 것을 의미하지요.

「내 남자 친구는 왼손잡이」에 감춰진 의미는… 내 남자 친구는 생식 능력이 높아… 인 것입니다.

입소문을 통해 아는 분은 다 알고 계십니다!
올 한해 공인중개사 최고의 화제작!

1~2권 합본 | 이용훈 지음
3~4권 합본 | 이용훈 지음
5~6권 합본 | 이용훈 지음
용어 해설 | 이용훈 지음

수험생 기본 필독서
만화 공인중개사

제목 : 만화공인중개사 쓰신 분에게 감사드립니다.

학원을 두 달 다녔어요. 근데 과연 그 숫자 외우기 그런 게 몇 문제나 나올까 생각을 했어요.
아니라는 생각이 드네요. 학원강의를 뒤로하고 서점을 갔어요. 내 머리에 가장 이해될 수 있는
책이 없나 하구요. 거기서 만화를 발견했어요. 무조건 세 번 봤어요. 3개월 걸렸어요. 문제집을 보라고
했는데 그건 시행을 못했어요. 근데 합격을 했네요.
어떻게 감사의 말을 해야 될지……
도서관에서 만화책 들고 다니니까 사람들이 비웃더라구요. 만화책으로 공인중개사를 공부한다고
미친 사람처럼 보더라구요. 근데 그거 다 감수하고 했던 내가 자랑스럽습니다.
어떻게 감사의 말을 해야 할지… 정말 감사합니다.
부디 행복하세요. 제 나이 41살에 좋은 스승을 만난 것 같습니다.
엎드려 감사드립니다.

−본사 홈페이지에 독자분이 올린 메일 中 에서 발췌−